CHRISTIAN KORTMANN

DER LÄUFER

CHRISTIAN KORTMANN

DER LÄUFER

ROMAN

Karl Blessing Verlag

FSC
Mix
Produktgruppe aus vorbildlich bewirtschafteten Wäldern und anderen kontrollierten Herkünften
Zert.-Nr. SGS-COC-1940
www.fsc.org

Verlagsgruppe Random House FSC-DEU-0100
Das für dieses Buch verwendete
FSC-zertifizierte Papier *EOS*
liefert Salzer, St. Pölten.

1. Auflage

Umschlaggestaltung: Hauptmann & Kompanie, München – Zürich
Layout und Herstellung: Ursula Maenner
Gesetzt aus der New Baskerville bei Leingärtner, Nabburg
Druck: GGP Media GmbH, Pößneck
Printed in Germany
ISBN 978-3-89667-412-8

www.blessing-verlag.de

INHALT

1. Schotterebene 7

2. Kupiertes Gelände 101

3. Bergankunft 205

1. SCHOTTEREBENE

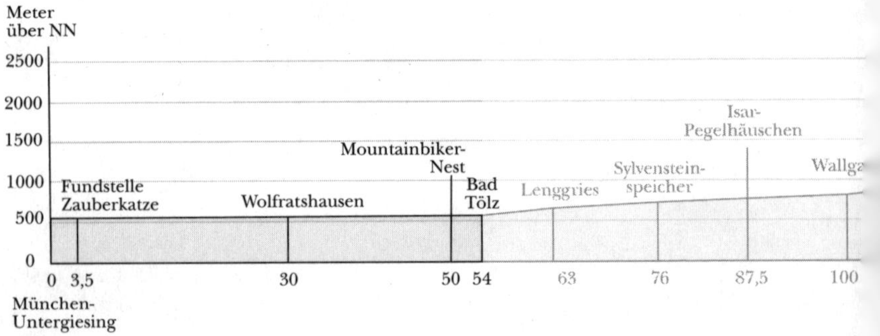

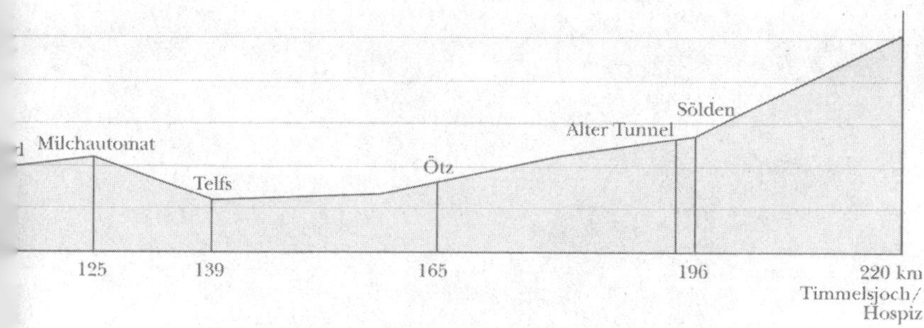

d
Milchautomat
Telfs
Ötz
Alter Tunnel
Sölden
125
139
165
196
220 km
Timmelsjoch/
Hospiz

Wer einen Ausweg sucht, muss Nomade werden, denn im Nomadentum ist ein Glücksprinzip aufgehoben.

Auf den Knopf rechts unten drücken, Piep!, schon ist eine Sekunde vergangen, und los. Köstlich, hier am grünen Fluss zu laufen. Ich mache das sonst jeden Abend eine Stunde lang in der Dämmerung. Flussaufwärts. Flussabwärts zurück. Die Isar. Täglich. Im Winter auf Schnee mit Stirnband und Handschuhen, jetzt im Sommer mit nackter Brust, denn das ist so schön frei und luftig wie Cabriofahren. Im grünen Wasser stehen die blauen Bierkästen der Augustiner-Brauerei, am Ufer Lagerfeuer, Spaziergänger mit Hunden. Abenddämmerung. Doch jetzt laufe ich auf die Mittagshitze zu, musste heute früher los, schließlich ist heute der Tag des großen Laufs.

Am Anfang muss man sich einlaufen, die ersten ein, zwei oder drei Kilometer. Ich atme durch die Nase, und es pfeift aus meinen Nasenlöchern. Die Gefäße weiten sich jetzt gleich für perfekten Sauerstoffdurchzug. Nasenatmung ist gute, aerobe Atmung, die den Körper kontrolliert, ihn im optimalen Leistungsbereich arbeiten lässt. Die Muskulatur erwärmt sich, erreicht ihre Betriebstemperatur, und man merkt, wie die Tagesform ist, ob man gute Beine hat, die dahinfliegen und den Körper leicht durch die Landschaft tragen, oder schlechte, die man selbst unter sich herschleppen muss, absoluter Klump in der Muskulatur. Vergiss es, weiß man dann, du wärst besser zu Hause geblieben.

Diese Unbeeinflussbarkeit der Tagesform ist ja ein Konstrukt aus Sportpublizistik und Sportpsychologie. Tagesform, ein unscharfer Begriff, aber er trifft ins Herz des sportlichen Erfolgsmoments, der eben kaum planbar ist, weil der Körper einen stets durch neue Kapriolen überrascht, die kein Sportmediziner der Welt vorausahnen kann: Ronaldo als Totalausfall beim 0 : 3-Fußball-Weltmeisterschaftsfinale in Paris, ein plötzlicher Muskelkater aus dem Nichts, weil man am Vorabend vielleicht etwas zu beinverkrümmt und etwas zu kühl in einer Gartenwirtschaft gesessen hat, Chaostheorie, Butterfly-Effect, schlechten Tag erwischt, Lebenstraum gescheitert.

Und? Habe ich heute gute Beine?

Und wie! Das wird was werden.

Die Schnürsenkel müssen sorgfältig gebunden sein, ihre Enden fest unter dem Schnürungszickzack stecken, damit sie und vor allem ihre plastikummantelten Endstücke nicht vor die Schienbeine schlagen, das macht mich nämlich verrückt. Im Schuh darf kein einziger Stein sein, kein Steinchen noch so klein: Es ist nicht der Berg vor uns, der uns hindert, Dinge zu tun, sondern das Steinchen im Schuh. Schuhe, mein Interface für den Bodenkontakt, mehr nicht: Die Verkäuferclowns in ihren Running-Schuhen in der Running-Schuh-Abteilung vom BlödiaMarkt wollen mir Dämpfungsschuhe für 130 Euro verkaufen. Vorher wollen sie eine Videoanalyse auf dem Laufband machen, mich filmen, den Lauftyp bestimmen, um mir dann ihre teuren Made-in-Chinas anzudrehen, Materialwert vielleicht 80 Cent, die nach 1000 Kilometern eh platt und durch sind. Und wie schnell habe ich die nächsten 1000 Kilometer hinter mir? Ich sage dann immer: »Nö, danke, brauche ich nicht. Haben Sie noch dieses alte Modell von Adidas, Marathon-Trainer?«

»Ja, hier, haben wir auch noch«, sagt der Verkäuferclown und zieht ein Paar Adidas-Marathon-Trainer aus einer Art Wühltischgrube – sie sind jetzt schwarz und nicht mehr so schön lebendig blau wie früher –, »aber bitte, sind ja Ihre Knochen.«

Hat der eine Ahnung: Ich brauche keine Dämpfung, da meine Muskulatur für mich dämpft. Rolle nämlich nicht über den ganzen Fuß, sondern nur über den Mittelfuß, die Ballen und die Zehen ab. Dämpfung kann er den übergewichtigen Bären, den Abrollern verkaufen. Laufen ist kein schnelles Gehen, sondern eine Abfolge von Sprüngen. Die schnellsten Unterschenkelprothesen werden nicht grundlos »Cheetahs«, Geparden, genannt.

Hier vorne gleich ist der Zoo, dieser Garten für bewegliche Dinge. Schließe einmal die Augen und sage »Indien!«. Riechst du die Tiere in ihren Gehegen? Die Ziegen riechen intensiv, da vorn im Streichelzoobereich. Oft höre ich die Löwen brüllen, wenn ich vorbeilaufe. Nie nur einmal, sie brüllen immer mehrmals. Da: Löwengebrüll. Seehundfreudenschreie. Die Robben sind gut drauf.

Leider gibt es hier nicht nur Tiere, sondern auch Menschen. An der Isar hängt eben auch München dran. Sie kommen hierhin und machen Feuer, sie sind Getriebene des Drangs zu grillen und vernebeln alles mit ihrem Würstchenqualm, sodass der Rauch weit sichtbar über dem Fluss hängt, wie in einer Indianersiedlung beim Häuptlingskrönungsfest. Manche kommen auch zum Laufen, vor allem am Wochenende sieht man die wildesten Stile, modisch und läuferisch: All die Wochenendläufer, die denken, ah, heute ist Samstag und gutes Wetter, da gehe ich mal laufen, und die dann ihre halbwegs laufkompatiblen Klamotten zusammenkramen, schlabberiges Sweatshirt und lange Hose bei 30 Grad im Schatten, weil sie keine kurze haben, und dann schlurfen sie hier entlang oder rennen viel zu schnell mit hochrotem Kopf, dass man denkt, na gut, wenn er gleich umfällt, hat er wenigstens am Ende intensiv gelebt. Gut auch der zwei Meter große, massige Hip-Hopper mit langen Dreistreifenhosen und Achselshirt, der quasi auf der Stelle schlurft und Riesenkopfhörer trägt. Run, DMC, run!

Wenn Zweifel bestehen, ob es sich um Wochenendläufer handelt, werden diese durch das Klimpern von Schlüsseln ausgeräumt, die sie in der Hand halten oder in der Seitentasche der fallschirmseidenen Trainingsjacke transportieren. Sie haben nie darüber nachgedacht, wie man die Schlüssel geschickt unterbringt, in einer Tasche am Knöchel oder am Handgelenk. Und man braucht doch ebendiesen kompakten unklimpernden Körper zum Laufen, einen Körper, an dem alles Funktion ist, an dem nichts hindert, sondern jedes Detail die Freiheit fördert. Wie in dieser Kangaroos-Laufschuh-Werbung damals, in der der Läufer an einen unüberwindbaren Abgrund kommt und einen Fallschirm aus der Reißverschlusstasche am Schuh holt und in den Canyon springt.

Was ihre seltsamen Laufstile angeht, das mangelnde oder übertriebene Schwingen der Arme, das unökonomische, kräftezehrende Stampfen der Beine, das ozeandampferartige Schaukeln und Rollen der Oberkörper, so ist das Verblüffende daran, dass diese Stile, obwohl sie Talent und Anspruch des Läufers verraten, trotzdem unanschaulich bleiben. Man kann vom Laufstil nämlich nicht auf die Geschwindigkeit schließen. Da, der da vor mir, der watschelt doch wie eine Ente, Pam Shriver oder wahlweise Daisy Duck mit Handtasche, der tritt doch auf der Stelle, aber dennoch komme ich ihm nur langsam näher. Er ist also tatsächlich eine Ente, nur keine watschelnde, sondern eine, die knapp über dem Boden ziemlich zügig dahinflattert. Und genauso unanschaulich ist das Gegenteil: die langsamen Renner, deren Bewegungen an einen Sprint erinnern, was ihnen aber nichts nützt, da sie sich wie David Byrne im Talking-Heads-Video auf einem rückwärtslaufenden Road-to-Nowhere-Fließband befinden.

Und vielleicht hören sie gerade genau diesen Song. Dafür haben sie schließlich die weißen Kabel, die ihnen allen aus den Ohren hängen. Man läuft doch auch mit den Ohren, hört die Geräusche der Natur und die, die aus dem Körper kommen, und die eigenen Schritte. Ich würde nie mit iPod-Stöpseln oder Kopfhörern laufen, ich will nichts hören außer den Tieren und dem Wind in den Bäumen, nichts außer meinen Schritten und meiner Atmung. Will hören, wie sich das Nasenpfeifen legt und zu einem ruhigen Luftstrom wird.

Es zwickt in der Hose, mal aufräumen, reingreifen und den Kram nach links sortieren. Die Fähigkeit des Penis, mal ganz klein zu sein – während des Schwimmens im kalten Wasser oder bei Ausdauersportarten, wenn alles Blut in die benötigte Muskulatur abgezogen wird, verwandelt er sich in das possierlich-winzige Fabelwesen Le Schrumpf – und dann wieder, holla, als gemächtiger harter Balken in den Gefechtssituationen zu überraschen, in denen es auf ihn ankommt, das ist ein Naturschauspiel, über das man als Penisbesitzer auch nach jahrzehntelangem Gebrauch noch staunt.

Manche sagen, es bilde sich beim Laufen ein Sediment, es lagere sich all das ab, was einem im Kopf herumschwirrt und für Unruhe sorgt. Vielleicht ist es das, ich weiß es nicht. Ich weiß aber, dass das Laufen aufräumt im Kopf, alles an seinen Platz rückt, und dass ich nach dem Laufen weiß, was ich tun muss; weiß, was wahr ist und relevant. Und viel Unwichtiges, das sonst so oft das Denken verschleiert, verblasst im Hintergrund oder verschwindet ganz. Komme vom Laufen nie ohne einen guten Satz zurück. Gebe keinen Text raus, solange ich nach seiner Niederschrift nicht mindestens ein Mal gelaufen bin, denn unterwegs fallen mir stets Verbesserungen ein. Ohne dass ich bewusst darüber nachdenken muss, die Wörter kommen einfach. Laufen ist ein Selbstgespräch mit einer Schicht des Ich, die nur unter ausdauernder Anstrengung zum Vorschein kommt. Hey, Lauf-Ich! – Servus Kornell, was kann ich für dich tun?

Ich habe mich schon immer bewegt, als Kind in den Wäldern gespielt, jeden Tag. Der erste Text, den ich geschrieben habe, war eine vier Worte lange Nachricht an meine Mutter, als ich zu meiner ersten Solo-Expedition in den Wald aufgebrochen war, ein Zettel, auf dem stand: »Carlo Kornell ist raus.«

Wir liefen durch die Wälder, und, was mir im Nachhinein seltsam erscheint, aber damals ein großes Abenteuer, eine Schatzsuche war: Wir sammelten Flaschen, Leergut, meist Bierflaschen, die wir aber nie in den Momenten sahen, in denen sie von wem auch immer leer getrunken wurden, sondern die einfach, wie vom Himmel gefallen braun und leer und von Tannennadeln verklebt, im Wald lagen. Wir sammelten sie ein und brachten sie in den Supermarkt, wo sie mit einem Lastenaufzug in den Keller gefahren wurden. Wir sahen den Flaschen von oben nach, wie sie im Schacht verschwanden, in der Unterwelt klirrte und rumorte es, und wir verdienten ein paar Mark. Ich lief die Hügel des sauerländischen Mittelgebirges hinauf und hinunter, ich räumte den Wald auf, befreite ihn von den Verunreinigungen der Zivilisation und wurde dafür belohnt.

Ich muss bis heute raus, immerzu, sonst würde ich verrückt. In meiner Wohnung, einem Arbeitszimmer mit Schlafabteil, bin ich ein anderer. Ein Tag in der Wohnung bedingt ein anderes Ich. Sechster Stock, Fenster und Balkon zeigen nach Süden. Eine Wohnung wie ein Dachsbau, bestehend aus Kesseln, einem Waschkessel, einem Kochkessel, einem Arbeitskessel und einem Schlafkessel.

Meine Wohnung liegt wie in einer anderen Zeitzone, in Buenos Aires, Argentinien, minus vier Stunden zur MEZ. Pflege unter anderem den Brauch der Porteños, Tageszeitungen in der Nacht vorm Erscheinungstag zu lesen, denn am nächsten Morgen sind sie ja schon alt, da werden längst die neuen Zeitungen vollgeschrieben. Wenn ich also meine Wohnung verlasse und einen Termin in der Restwelt wahrnehme, fliege ich über den Atlantik und kann den Jetlag nicht vermeiden, nicht nur den zeitlichen, auch den sozialen Jetlag, der etwa darin besteht, sich um ein Uhr mittags, das heißt vor dem Frühstück, in der gut abgehangenen und durchgestaubten Untergiesing-Gammelkleidung, Cargo-Pants aus dem Army-Shop und rotem Kapuzenpullover mit hellblauer »Thrasher-Magazine«-Aufschrift, durch die Untergiesinger Supermärkte zu schleppen auf der Suche nach halbwegs vernünftigem Parmesankäse für das späte Abendessen, während es von den heißen Theken nach Mittagessen riecht.

Der Schlafkessel ist am weitesten von der Wohnungstür entfernt, liegt also ganz normal in der Welt und ist zugleich von ihr abgekapselt. Manchmal, wenn ich in Sommernächten wach liege, der Verkehr nur leise rauscht und die warme Luft die Löwen im Zoo mit Savannennervosität erfüllt, höre ich ihr Brüllen bis hierhin. Auf dem Balkon steht ein rot-blauer Sonnenschirm mit dem Aufdruck »San Pellegrino«. Durchs Fenster sieht man einen hellblauen Himmel, an dem eine Mittagssonne steht, darunter die Dächer und Auenwälder des Münchner Südens. Untergiesing. Der Horizont wird in knapp 200 Metern Entfernung von einem Bürogebäude begrenzt, an dem eine große »OSRAM«-Schrift aus Neonröhren angebracht ist, die zu leuchten beginnt, sobald es dunkel wird. Auf einem der Häuserdächer spaziert eine schwarze Katze umher. Weit hinten zeichnet sich blass die Alpenkette ab, ihre Silhouette erinnert an ihr eigenes Höhenprofil, ganz rechts die Zugspitze als Bergankunft.

Im spärlich möblierten Arbeitskessel flimmert Staub im Sonnenlicht. Direkt vor dem Fenster steht ein Schreibtisch aus dunklem Holz, darauf stehen eine orangefarbene Siebzigerjahre-Lampe, ein tragbarer Computer und ein schwarzes Telefon aus Bakelit. Auf dem Boden neben dem Schreibtisch steht ein altmodisches Faxgerät, das mit Thermopapierrollen bestückt wird. In einer Ecke des Zimmers steht ein Dual-Kofferplattenspieler, umgeben von vier Stapeln Schallplatten, sortiert nach Supergruppen, Diverse, Singer/Songwriter und Klassik. Von unten dringt leichtes Verkehrsrauschen und – näher – das helle Knattern des rotierenden Kunststofffadens eines Langgrasschneiders ins Zimmer. Zwei Schwäne fliegen vor der »OSRAM«-Schrift, von links nach rechts vorbei, Richtung Isarauen, mit den charakteristisch groovenden Halsbewegungen und dem charakteristisch gurrend-hupenden Geräusch.

Ein ganz leises Knacken ist zu hören, das Telefon klingelt einmal, dann beginnt eine grüne Lampe am Faxgerät zu blinken. Die Faxgeräte, Sender und Empfänger, unterhalten sich, dann schiebt sich knirschend das Thermopapier hervor. Eine Seite kommt an, die Übertragung dauert eine Minute, mit drei kurzen und einem langen Piepton wird sie beendet.

Ich habe mir das aus dem Schlafkessel angehört, wo ich im Bett liege. Es ist kurz vor zwölf, und das ist meistens noch Schlafkesselzeit. Jetzt ziehe ich den dunkelblauen Frotteebademantel mit den weißen Streifen an, öffne die Tür zum Arbeitskessel und gehe zum Faxgerät. Gerade könnte ein Auftrag oder die Zusage zu einem Auftrag gekommen sein.

Ich bücke mich, reiße das Fax ab und überfliege neugierig die Zeilen. Ich lese den Briefkopf: »Verlag für neue Perspektiven in Leben und Beruf. Geschäftsleitung«. Weiter: »Liebe Leserin, lieber Leser, ich muss Ihnen eine drollige Geschichte erzählen. Meine Frau und ich waren kürzlich zum Abendessen eingeladen. Zur Begrüßung öffnete der Hausherr eine Flasche Deinhard. Später gab es Lammkeule. Und nach dem Essen Stracciatella-Eis von Schöller, wie uns die Gastgeberin verriet. Irgendwann kam das Gespräch aufs Einkaufen. Meine Frau fragte die Dame des Hauses: ›Kaufen Sie auch bei Aldi?‹ Diese antwortete entsetzt: ›Um Gottes willen!‹«

Es ist ein Fax von Stefan Weber, der mir eine Liste anbietet, mit deren Hilfe ich die »heimlichen Markenprodukte« bei Aldi und Lidl in die offiziellen Markenprodukte entschlüsseln könne, deren Qualität sie entsprächen.

Ich gehe mir die Zähne putzen, knülle das Fax auf dem Weg ins Bad zusammen und werfe es in den Papierkorb. Ich bin enttäuscht. Denn es ist so: Ich denke immer, Erfolgsmeldungen, wichtige Anrufe, die mein Leben verändern, etwa von Consulting-Agenturen, die mich als Berater gewinnen wollen, oder Zusagefaxe von Verlagen, die ein Manuskript von mir drucken wollen, kommen vor 12 Uhr mittags. Um 11.47 Uhr hätte es also sehr gut ein Erfolgsfax sein können.

Ich denke jede Nacht vor dem Einschlafen daran, dass ich im Laufe des Vormittages von einem Anruf geweckt werde. Ich träume mich aus meinem Körper und meiner Wohnung und komme im Traum plötzlich in dem Zimmer an, in dem ich halb bei Bewusstsein im Bett liege. Ich höre dann wie mir ein mächtiger Mensch, ein Entscheider, der sich für mich entschieden hat, die Erfolgsmeldung auf den Anrufbeantworter spricht. Ich höre aus dem Bett zu und werde schon nervös. Ich verstehe durch die Tür aber nicht genau, was der Entscheider sagt, also gehe ich rüber und höre mir die Anrufbeantworteraufnahme sofort noch einmal an, nachdem er aufgelegt hat. Oder ich höre, wie das Faxgerät anspringt und kann einfach nicht länger im Bett liegen bleiben, obwohl ich mich noch ausruhen müsste, weil ich denke, dass es ein Erfolgsfax ist. Noch im Stehen lese ich »Verlag« im Briefkopf. Und da freue ich mich. Und bin erregt. Und begeistert. Und der Puls kommt in den morgenfragilen Körper, schlägt bis in den Kopf, und ich denke, das ist der Erfolg, der Durchbruch – und dann lese ich von der Aldi- und der Lidl-Liste!

Schön ist das natürlich nicht. Noch unschöner: Ich habe tatsächlich schon ein paar Erfolgsanrufe und Erfolgsfaxe bekommen. Sie kündigten jedoch immer Erfolge an, die sich dann nicht einstellten. Das »New York Times Magazine« machte mir sagenhafte Angebote, und Literaturagentinnen aus Berlin, die mich groß rausbringen wollten, säuselten mir am Telefon ins Ohr. Nie wurde etwas draus, aber es zeigte mir, dass Erfolgsfaxe *theoretisch möglich sind,* so wie außerirdisches Leben auf Exoplaneten. Erfolg ist ein sprechendes Hologramm, das zu mir sagt: »Hallo, hier bin ich. Du musst nur nach mir greifen.« Und ich greife danach, und es passiert nichts, wieder und wieder nicht, das ist ja der Witz. Dafür folgt auf jeden Hoffnungsschimmer, immer wenn ich mal denke, hui, jetzt läuft es aber gut, Mensch, wirklich ganz erstaunlich gut; dafür folgt dann mit Sicherheit ein Schlag in die Fresse. Volles Rohr, full impact, mit Kieferknacken.

Das könnte heilsam sein, aber das Gegenteil ist der Fall: Ich lebe im Erfolgsfaxwahn. Denn Erfolg ist so ein gutes Gefühl. Ich ahne es. Habe daran gerochen, und es war berauschend. Wie Trüffel. Ich bin das Seelentrüffel-Schwein. Man kennt diese ganzen Gründungsmythen, die sich um Künstler ranken, die erfolgreich sind. Immer gibt es Anekdoten, die von dem Moment erzählen, in dem es bei ihnen unwiderruflich losgeht; in dem ihre Karriere nicht nur beginnt, sondern ein thermischer Aufwind entsteht, der sie bis zum Ende ihres Lebens mitreißen wird: Als der Verleger René Julliard das Manuskript von »Bonjour tristesse« in die Hände bekam, sagte er alle wichtigen Termine ab, versetzte einen wichtigen Industrieboss, las den Roman und bestellte die 17-jährige Françoise Sagan in sein Büro. So was in der Art. Ein Augenblick der Entfesselung.

Weil solche Reaktionen auf das, was man geschaffen hat, denkbar sind, bin ich stets bereit, wenn das Telefon klingelt oder das Fax anspringt. Denn im nächsten Moment, denke ich, könnte meine große Karriere beginnen, ja, gleich könnte mir meine persönliche Thermik durch die Bettfrisur wehen. Per E-Mail? Nein. Per E-Mail kommen keine lebensverändernden Nachrichten, E-Mail ist fürs Tagesgeschäft. Und wenn man auf diese Lebensveränderung wartet und sie nicht kommt, muss man selbst sein Leben verändern, und der kleinste Schritt, den man tun kann, ist, seinen Körper zu bewegen. Deshalb muss ich raus, laufen, immerzu.

Nach dem Abitur habe ich mich eine Zeit lang nicht bewegt. Ich habe nur Stadtgolf gespielt. Das heißt Golf auf einem ehemaligen Friedhof vor meiner Wohnungstür mit den Grabsteinen als Fahnenstangen und dem Sandkasten auf dem Kinderspielplatz als Bunker. Und ich bin spazieren gegangen, doch die Strecken wurden immer länger, der Körper sucht sich seine Wege. Die harten, anstrengenden Sachen machen mir erst seit den späten Zwanzigern Spaß. Das liegt am Testosteronspiegel, der um die dreißig am höchsten ist. Ausdauersport verbrennt Testosteron und Adrenalin und macht den Ehrgeiz erträglicher. Und Ehrgeiz ist mein Thema.

Ich frage mich nämlich: Ist die Hormonvernichtung ein Ersatz für das erfüllende Gefühl des Erfolgs, das ich immer haben wollte? Ich trage Bilder dieser Erfüllung im Kopf herum. Bilder des Erfolgs: Iren Dornier, der mit seiner DO 24 auf dem Ammersee landet, Station eines Weltfluges mit seinem Flugboot. Habe mir den Sound von Iren Dorniers Erfolgsbiografie bei Wikipedia eingeprägt: »Als Modefotograf führte er zwei Studios in München und eines in Madrid. Mit 20 Jahren erwarb er sämtliche Pilotenscheine: Fluglehrer, Hubschrauber-Pilot, Pilotenschein für Verkehrsflugzeuge.« Nicht nur des Fliegenkönnens wegen: Ist ein Pilot freier? Ich besitze auch sämtliche Pilotenscheine, die man braucht, um frei zu sein: den fürs

Laufen und den fürs Radfahren. Die Befugnis, sein Menschsein nach den Gegebenheiten dieses Menschseins voll auszuleben, also den Nomadenkörper, der uns gegeben ist, auch wirklich zu benutzen.

Weitere Bilder des Erfolgs: Das Foto von Faye Dunaway beim Frühstück am Pool des Beverly Hills Hotel, »Faye and Oscar« heißt das Bild, Faye im Morgenmantel, die Oscar-Statuette steht auf dem Tisch, auf dem Boden liegen Zeitungen, die von ihrem Triumph berichten. Der größte mögliche Erfolg für eine Schauspielerin. Sie hat eine Nacht lang gefeiert, jetzt sitzt sie dort, erschöpft und glücklich, gleichermaßen berauscht von Alkohol, Schlafentzug und Erfolgszufriedenheit. So ein Erfolg hat immer auch mit Glück zu tun: Faye hat unter Anleitung des richtigen Regisseurs im richtigen Film mitgespielt. Sie hat in der Academy die Sympathie der richtigen Leute auf ihrer Seite gehabt. Sie hat etwas getan, das in die Zeit passte.

Und jetzt über die Baumstämme springen. Treibgut. Hochwasser. Hopp! Und hopp! Trainiere äthiopisch. Hindernislauf. Kenianisch. Eins Komma fünf, na, höchstens zwei Prozent Steigung hier, flussaufwärts, genau richtig, nicht steil, aber ich spüre den Widerstand, den ich spüren will. Die Isar zieht sich wie ein grünes Band durch die Schotterebene, wie ein Niltal-Zitat, Donau statt Delta. Bin schon durch ein anderes Niltal gelaufen, in Argentinien, Patagonien, entlang am Río Chubut. Vom Pazifikstrand in Rawson lief ich durch Trelew, Gaiman und Dolavon immer am Fluss entlang. Am Stausee warf ich meinen Rucksack auf die Ladefläche eines Trucks, und wir fuhren nach Las Plumas. Schwarze Schwäne und Kormorane schwammen auf dem See. Schotterpisten über Los Altares bis nach Paso del Sapo, dieser Coverversion des Monument Valley. Dort rollte ich mich mit meiner Matte unter einen Busch und schlief sofort ein. Am nächsten Morgen lief ich weiter in die Kordilleren.

Da ist noch einmal das Brüllen der Löwen. Es kommt aus der Brust wie mit einem Zucken des Körpers, den es aus dem Kopf verlässt: »Hmm … aargh!« Ist mir lieber, ich höre sie nur, als sie zu sehen. Denn wenn ich Raubkatzen sehe, werde ich traurig. Mit Raubkatzen ist es noch schlimmer als mit Schlittenhunden, und am allerschlimmsten ist es mit Tigerjungen. Sie sind so schön, reduziert aufs Wesentliche, Jagen und Schlafen, pures Leben, sodass ich einsehe, dass sie die Krone der Schöpfung sind und ich hier völlig fehl am Platz.

Nicht viel Wasser in der Isar. Dem Hund in der Mitte des Flusses steht es noch nicht mal bis zum Bauch. Am liebsten mag ich die Isar bei mittlerem Hochwasser, dann ist sie wie glitzerndes Quecksilber, das das Flussbett ebenmäßig ausfüllt.

Ich erreiche die Betriebstemperatur. Schweiß sammelt sich in meinen wenigen Brusthaaren.

Hinter der Marienklausenbrücke liegen links und rechts vom Ufer-Trampelpfad nackte Menschen im Gras und sonnen sich. Schon jetzt am Vormittag. Wochentags ist es das Gleiche. Woher kommen die alle? Wieso haben die jetzt schon Zeit zum Rumliegen? Ist das hier vielleicht die schwule Cruising-Gegend? Denn es sind hauptsächlich nackte Männer, die ihr Glied im Schneidersitz in der Sonne wärmen.

Der Mann hat immerhin eine Hose an, aber wo kuckt er hin? Da ins Wasser, am anderen Ufer, wo der Golden Retriever eines Pärchens ein Stöckchen apportiert. Der Mann blickt traurig, vielleicht hat er seinen Hund verloren, seinen besten Freund. Da noch ein Hund, ach, wie ist der Welpe schön. Wie gemein, dass man beim Anblick des Welpen, den man, in ein Handtuch gebettet, vom Züchter nach Hause holt, schon weiß, dass man in nicht allzu ferner Zeit sein Sterben erleben wird. »Das kauft man immer mit« – sagte das mein Vater einmal?

Der Welpe hier ist ein Golden-Retriever-und-Dalmatiner-Mischling, ich sehe ihn oft, kann verfolgen, wie er wächst, wie sich seine geerbten Hundefellmuster vermischen. Einmal stand er plötzlich vor mir, und von ihm weg führte eine Leine direkt zum Fernsehmoderator Kai Pflaume. Kai Pflaume grüßte mich, obwohl wir uns nicht kennen und ich nur den Junghund gegrüßt hatte, wie ich eben alle sympathischen Hunde grüße. Als ganz junger Welpe hatte er noch scharf konturierte schwarze Punkte im goldenen Retriever-Fell. Jetzt wachsen sie allmählich raus, werden zu breiten grauen Flecken.

Die Hunde an der Isar und ich, das ist etwas Besonderes, wir sehen uns jeden Abend. Sie erkennen mich, sie blicken mich an, ich schaue ihnen in die Augen, wir nikken uns zu, und sie wissen, dass ich bin wie sie. Auch ein Läufer. Dann laufen sie ein Stück neben mir her, bis ihr Alphatier sie zurückpfeift und ein lang gezogenes »Hierher!« ruft. Wir verstehen uns. »Let's run with the dogs tonight in Suburbia!«

Die Huskys dort drüben waten durchs Wasser, um sich Abkühlung zu verschaffen. Fühlen sich in kälteren Klimata wohler. Der Schlittenhund ist ja eine reine Funktionszüchtung. Von Nordamerikas ersten Siedlern gekreuzt. Sie nahmen die Hunde mit der größten Ausdauer und die, die am schnellsten waren. Da ist alles Mögliche drin: Schäferhunde, Pointer, Setter, Foxhound. Deshalb sehen sie so unterschiedlich aus. Ist das ausdauerndste Landtier, das es gibt. Würde man ein 150-Kilometer-Rennen für alle Landlebewesen veranstalten, würde ein Schlittenhund gewinnen. Ist die reine Freude für ihn, jeden Tag weit zu laufen, und sein Körper ist perfekt darauf abgestimmt: die schlanken, langen Beine, das Blut, der Stoffwechsel. Ihr Läuferleben ist anstrengend, ihre Hundejahre zählen doppelt, Schlittenhunde werden nicht alt.

Wenn ich die Schlittenhunde mit heraushängenden Zungen durch die Schneewüsten Alaskas laufen sehe, dann kommen mir die Tränen: diese intensiv ausgeschöpfte Existenz, dieses Glück, das vom Laufen kommt. Ich ahne, wie sie sich fühlen. Laufen: meine Selbstbefragung, mein Golgatha der blutigen Zehen und Hacken, mein Wehrdienst, meine Fremdenlegion. Das Alleine-draußen-Sein: meine Psychoanalyse-Couch.

Sehe die Schlittenhunde immer wieder im Fernsehen. Beim Rumschalten rennt mir da plötzlich wieder so eine Meute im Geschirr entgegen, ihre rosaroten Lappen hängen fast im Schnee, hinter ihnen rauscht der Schlitten durch die weiße Landschaft. Stumpfer Polarschnee, da kommt man kaum voran, braucht Verstärkung, tierische – deshalb wurde der Schlittenhund erfunden.

Die Tierdokumentation ist ja eines der schönsten Genres. Ich glaube, je älter man wird, desto mehr rührt einen das Gute, Unverstellte, das Wahrhaftige der Tiere an. Mein Großvater hat die letzten Jahre seines Lebens damit zugebracht, mit Kopfhörer in seinem Sessel vor dem Fernseher zu liegen und Tiere zu beobachten. Manchmal habe ich gesehen, wie er dabei feuchte Augen hatte. Ich setzte mich neben ihn, die Schlittenhunde kamen, schon hatte auch ich feuchte Augen.

Manchmal halte ich diese ganzen Verstellungen und Hierarchiekämpfe unter den arbeitenden Menschen nicht mehr aus. Weltekel. Dann denke ich, dass ich nur noch Tierpfleger werden will, hier im Zoo. Erst gestern noch: Hab im Internet nach Jobs gesucht, bin auf der Homepage von McKinsey gelandet und von dort in einem Anfall akuter Aversion direkt auf die Seite von Zoo-Munich.de, nach Hellabrunn, geflüchtet: Hallo, braucht ihr jemanden, der die Sibirischen Tiger füttert, jemanden, der den Elefantendung wegschaufelt und den Przewalski-Stall fegt?

Da stehen die Fliegenfischer in Watstiefeln im goldenen Wasser in der Isar, und ihre Angelschnüre zeichnen feine Linien in die Luft und schraffieren das Wasser.

Ah, und da ist die Brücke: Großhesselohe. Oben die Eisenbahnschienen, unten der Fußweg, der Selbstmörderkäfig, vollvergittert, damit sie dort nicht wie früher runterspringen und hier zwischen den sommerlichen Lagerfeuern im knochenbleichen Kies aufschlagen. Dahinten das gelbe Haus am Wehr, und aus dem Wald tönt schon schwach die Blasmusik der Waldwirtschaftskapelle. Ich liebe diese Brücke, sie ist meine Folterbank, hier beginnt das eigentliche Training. Noch ein paar Meter gröbere Kiesel, in denen die Füße bis zu den Knöcheln einsinken wie in Steindünen, dann bin ich am Hang.

Diesmal laufe ich nicht die Achterbahn rechts der Isar, Waldhügel rauf und runter, die sonst auf meiner Halbmarathonstrecke liegt. Nein, ich will auf der anderen Seite weiterlaufen, an den Tennisplätzen des TC Großhesselohe vorbei. Ich muss aufs Hochufer und greife munter die Naturtreppe an, die in einer Kehre nach oben führt. Ich laufe hart, stemme mich gegen die mit Holzbohlen gefassten Stufen im Waldboden und übertrete die anaerobe Schwelle, den Punkt, an dem die ruhige Nasenatmung den Körper nicht mehr mit genug Sauerstoff versorgt.

Ich atme durch den Mund, hechele, muss zum Hochufer hoch. 17 Prozent Steigung. So schnell es geht. Hart laufen. Beim Intervalltraining laufe ich hier an der Großhesseloher hoch und runter, immer wieder. Beim Bergabtraben erholen. Dann wieder hart hoch. So schnell es geht. Runter. Hoch. Schneller, bis es nicht mehr geht. Runter. Immer wieder. Bis die Beine zu weich sind zum Hochlaufen. Intervalltraining. Im äthiopischen Hochland, sagt Haile Gebrselassie, der große Neftenga, machen die Kinder das auf ganz natürliche Weise, wenn sie in den Bergen ausbrechende Ziegen einfangen. Äthiopien, die Wiege des Laufens. Zum Hochufer hoch. 17 Prozent. »Ich krieg dich, Ziege!« Runter. Intervalltraining. Hart. Es bringt Erschöpfung, und Erschöpfung bringt Glück.

Ich sage mir: Das ist für die Berge, ich mache Alpentraining, Dolomitentraining, Stilfser-Joch-Training, ich muss bereit sein. So wie die deutsche Meisterin im Berglaufen allzeit bereit ist: Sie trainiert im Flachland und kommt nur für den Wettbewerb in die Berge. So wie die niederländischen Radrennfahrer bereit waren, die in den Siebzigern Alpe d'Huez erobert haben bei der Tour de France. Nur dank der Perspektive, nicht dort zu sein, kann man sich darauf vorbereiten, dort hochzulaufen oder hochzufahren. Man will ein geistiges Konstrukt erklimmen, darauf bereitet man sich vor. Da fährt man dann hoch auf diesen in der Fantasie überhöhten Berg.

Die, die dort in den Bergen wohnen, müssen nicht auf die Gipfel, warum auch: Sie wissen ja, dass es nur echte

Berge sind, Steine, Gras, Eis und Schinderei und nicht mehr. Die Ausnahmen, also Berufswilde wie Reinhold Messner, machen etwas anderes: Sie klettern auf Gipfel, auf die man nur klettern kann, *wenn* man im Gebirge groß geworden ist. Der junge Messner: Um seine Form zu überprüfen, weil er zu viel Zeit am Schreibtisch verbracht hat, läuft er mal eben von Bozen aus hoch nach Jenesien, 1000 Höhenmeter in 35 Minuten, und befindet, dass er noch in passabler Form sei. Bergab läuft er nicht, sondern schlendert gemütlich ins Tal, um seine Kniegelenke zu schonen.

Intervalltraining bis der Berg zurückbeißt und es im ganzen Körper brennt, erst in den Oberschenkeln, dann in den Armen, der Brust, und dann wird einem schwarz vor Augen. Herz hämmert von innen an die Schädeldecke. Bumm!, bumm!, bumm! Blutgeschmack im Mund. Ich würde auch bis zum Brechen laufen, wenn ich nicht solch eine ausgeprägte Abneigung gegens Brechen hätte.

Heute muss ich nur einmal hoch. Ich laufe über die Brücke durch den Käfiggang, als träte ich wie ein Fußballer nach dem Aufwärmen aus den Katakomben in die Arena, ins wahre Laufen jenseits des Stadtgebiets hinein, wo man nicht nur eine Runde dreht, sondern echte Distanzen überwindet. Ein Blick von der Brücke nach links: Es ist schon zu diesig, um die Berge zu sehen. Ein Blick nach rechts: Der Olympiaturm, und ein letztes Mal krümmt sich München am Horizont, die Stadt, in der ich zu Hause bin, weil sie im deutschsprachigen Ausland liegt und ich mich guten Gewissens fremd fühlen darf, was befreiend ist, wenn man sich sowieso überall fremd fühlt. Bei den Nachtläufen im Herbst sah ich von hier den Lichtdom über dem Oktoberfest, ein Monument kollektiver Bierseligkeit, das sogar aus dem Weltall sichtbar ist. Jetzt rattert es über meinem Kopf. Ein Zug kommt mir entgegen, fährt über mich hinweg.

An den Spätnachmittagen vor meinen Läufen, wenn ich mich schwach und lethargisch etwa im Supermarkt-Bewegungsmodus auf der Suche nach Dosenthunfisch und Kapern durch die Regalreihen schiebe, kann ich mir gar nicht vorstellen, dass ich in mir die Kraft habe, eine so große Runde zu laufen, dass ich die Stadt nur noch klein aus der Ferne sehen werde. Aber ich weiß, was mein Körper von mir erwartet und was ich von meinem Körper erwarten kann. Mit jedem gelaufenen Schritt verfliegt die Müdigkeit – Gehen macht im Gegenteil noch müder. Man muss eine Stadt aus eigenen Kräften verlassen können, sodass sie nach einer Lauf- oder Fahrradstunde aus Naturperspektive hinter einem liegt, alle anderen Bevölkerungsballungen sind zu groß, da fängt der Moloch an, der für den Menschen zur Mausefalle wird.

TC Großhesselohe, ich will die Tennisplätze sehen, weil ein Tennisclub ein Erinnerungsort für mich ist. Da schaue ich hinein wie in eine Schneekugel, und über der modellhaften Realität rieseln meine Erinnerungen nieder, legen sich zart auf das, was meine Augen sehen. Dort hinten auf der Terrasse sitzen sie leicht erschöpft bei einem kühlen Drink, die jungen Menschen in weißen Hosen und Röcken. Nie schmeckte ein eiskaltes Malzbier besser als nach einem Tennismatch. Früher war Tennis die Fortsetzung meiner Kinderspiele. Carlo Kornell ist raus. Das hieß dann irgendwann: auf dem Tennisplatz.

Am schönsten waren die Momente, wenn wir an einem Freitag- oder Samstagabend im Sommer auf Platz Nummer 6 am Rand der Anlage außerhalb des Blickfelds der auf der Terrasse Alkohol trinkenden Erwachsenen spielten; wenn wir auf diesem etwas schief gewachsenen Platz Punkte für die Galerie ausspielten, nüchtern, aber mit selten offenem Geist. Wir nahmen den Gestus der Stars an, spielten beidhändige flache Rückhände wie Jimmy Connors oder bedingungsloses Serve & Volley wie Boris Becker. Auf dem schnellen Tartanplatz musste man so schnell wie möglich nach vorn ans Netz. Ein Extradank an John McEnroe für den Aufschlag mit dem Rücken zum Gegner (wie einst Jim Morrison mit dem Rücken zum Publikum sang), das eindrucksvollste aller Tennis-Bewegungsmuster.

Wir waren fast immer mehr als zwei oder vier Spieler auf Platz Nummer 6. Und die, die gerade nicht spielten, saßen auf der Bank oder auf dem Schiedsrichterstuhl oder lehnten mit den Jungs und Mädchen am Zaun, die gar kein Tennis spielten und einfach so vorbeigekommen waren, weil hier die beste Freitagabendstimmung in der Kleinstadt herrschte, die die besten Möglichkeiten für die Nacht eröffnete. Aus dem Wald oder von der Straße traten sie an den Platz, und ganz anders als im Wettkampf wurde unser Spiel mit wachsender gesellschaftlicher Ablenkung nicht etwa unkonzentrierter, sondern leichter, freier, mutiger und besser.

Wir spielten in den Sonnenuntergang hinein und weiter, bis jeder neu Hinzugekommene die Bälle nicht mehr gesehen hätte, wir aber noch präzise Slice-Stops knapp hinters Netz und Top-Spin-Mondbälle an die Grundlinie trafen, weil unsere Augen sich ganz allmählich an die Dunkelheit gewöhnt hatten. Das war meine Zeit dort unten im kühlen Grund, im Muschelgrund, Erdbeermund.

Eine Einbahnstraßenschleife zog sich hinab zu den Plätzen. Mit dem Fahrrad fuhren wir Bergrennen hinauf. Es waren vielmehr Bergsprints, Zwei- bis Drei-Minuten-Explosionen, bis die Oberschenkel brannten. Rieker Grund, mein Urberg, höchstens 100 Höhenmeter, aber die setzten in beide Richtungen, bergauf und bergab, extreme Emotionen frei. Beim Bergabfahren mein erster schlimmer Fahrradsturz mit dem Bonanzarad auf Rollsplitt. Motorradfahrer fanden mich. Meine Mutter sagt, sie habe mein Schreien bis zu den Tennisplätzen gehört. Habe heute noch Rollsplittreste in der Oberlippe.

Rieker Grund bergauf: die Duelle mit dem Fahrrad, gegen ältere Jungs, unzweifelhafter Beweis, wer stärker ist, meine Niederlagen gegen Sebastian D., Schalke-Fan, Fußballstar, Ladykiller, großes Ballgefühl, wir beide auf weißen Kalkhoff-Rennrädern. Mein Abreißen-lassen-Müssen schon auf der Hälfte des Anstiegs, vom Älteren in die

Schranken gewiesen, das würde mir heute nicht mehr passieren. Habe alle alten Freunde überholt mit meinem übertriebenen Training, das geistige Freiheit bringen sollte: Sebastian D. ist heute Bankangestellter und verheiratet, I am still running free.

Wir fahren nicht mehr gegeneinander mit dem Fahrrad aus dem Rieker Grund herauf. Er geht jeden Tag in die Bank, und ich fahre ein paar Tage mit dem Rad in die Berge, kehre abends in Gasthöfe ein, die ich morgens noch nicht kenne – meine Höhentrainingslager: der fest in die Schläfen schlagende Puls, der einen in der ersten Nacht in großer Höhe nicht schlafen lässt, obwohl man zehn Stunden Schwerstarbeit verrichtet hat. Denn der Körper hat dann Wichtigeres zu tun, in seinen Adern brodelt es, er kocht sich neue Blutkörperchen. So trainiere ich, aber ich trainiere nicht für etwas, nicht auf eine konkrete sportliche Absicht, ein Medaillenziel hin, sondern nur für das metaphysische Siegesgefühl. Das Training an sich ist die Performance – der Trip ist die Ankunft.

Habe mich hier hinter der Brücke mal an einem Sommerabend mit dem Fahrrad neben die Terrasse gestellt und eine ganze Weile über die Anlage des TC Großhesselohe geblickt, mich in die Schneekugel versenkt. In den Tennisclubs hat sich nichts geändert, die Szenerie beinhaltet eine feste Typologie: Zwei Männer spielten ihr Abendmatch, einer mit Manschette am Knie; da wurden Bälle aus gegeben, die nicht im Aus waren, Diskussionen über den Spielstand geführt (»Wie haben wir's?« »30 : 15.« »30 : 15? Nicht 15 : 30?«) und mit der eigenen Leistung gehadert, obwohl die Fehler für den Außenstehenden so offensichtlich wie zeitlos waren: Immer liegt es an der mangelnden Beinarbeit. Der eine Mann beschwerte sich, dass der andere Mann seine tollen Schläge, die ihm bei einem von 20 Versuchen gelangen, nicht würdigte und er sich selbst loben musste. Vier Frauen spielten Doppel, Jugendliche spielten auf einem Nebenplatz. Ein Edelproletenpaar, beide in Designerjeans und er mit spitzen Schuhen, kamen mit ihren beiden Edelproletenkindern zum Abendessen auf die Terrasse.

Dann Auftritt Tennistrainer, 1,75 Meter groß, mit übergroßer Schlägertasche und einem Korb frisch gelb strahlender Bälle behängt, kinnlange Haare und krumme Beine. Er und sein Begleiter, ein Clubfunktionär in graubraunem Sommeranzug, sprachen Französisch. Dann gingen sie an mir vorbei zum Jaguar des Clubfunktionärs. Im Tennisclub traf ich als Kind jenen Mann, der mir das Sprichwort »Was lacostet die Welt, Geld spielt keine Rolex« beibrachte und es ernst meinte.

Jetzt aber erst mal weiter beruhigen vom Bergsprint. Ich brauche meine Energie heute noch, muss mich langsam und kontrolliert abbrennen wie die erste und zweite Stufe des Spaceshuttles, mit einem Turboschub in der finalen, dritten Phase. Wie bei den Radtouren durch die Berge: 100 Prozent gebe ich immer erst ab der siebten oder achten Stunde. Also jetzt den Puls runterbringen wie ein Biathlet vorm ersten Schuss. Durchatmen, durchladen, gut zielen. Biathlontraining. Beim Laufen erholen, den Körper einfach trudeln lassen, locker, als fahre man ihn wie ein Fahrrad, dann wieder schneller werden.

Frau Maximowitz, einen heißen Tee, bitte! Ich weiß, Frau Maximowitz, nicht stehen bleiben, nicht hinsetzen, sonst schießt der Erschöpfungsschmerz in den Körper, und alles wird steif. Gehen, die Arme hoch, auslaufen. Man will nur, dass man wieder atmen kann; dass das Stechen aufhört … Frau Maximowitz war meine erste Leichtathletiktrainerin damals mit zehn oder elf, als das harte Laufen begann. Der 1.-Mai-Lauf am Wehberg, Lüdenscheid, neun Uhr morgens, müde Eltern in feuchtklammer Sauerlandwaldeskälte, eine Horde dünn bekleideter hyperaktiver Kinder irisiert hinter der Startlinie. Mühe für den Starter, sie im Zaum zu halten, wie bei Rennpferden in der Startbox.

Dann ein Schuss, und die Horde rast durch den Wald, bergauf, bergab, über weichen Nadelboden, über nasses Laub und glitschige Wurzeln, Hauptsache, die ganze Zeit Vollgas. Vor mir immer Tim Reuter, der war nicht zu schlagen, noch dünner, noch leichter, hat schon als Kind hart trainiert, ist die 1000 Meter (»Die Tausend«) ganz früh unter drei Minuten gelaufen. Ob der immer noch läuft?

Hinterher ausgelaugt, entkräftet, durchgefroren, Ohrenschmerzen von der kalten Morgenluft. Frau Maximowitz mit dem heißen Tee im Plastikbecher, nicht stehen bleiben, gehen, Arme hoch, Stechen in den Ohren, noch in der Haustür sagte Mama zu mir: »Ab mit dir in die Wanne!«

An den Tennisplätzen vorbei. Habe selbst bis in die 1. Herrenmannschaft gespielt. Überraschende Siege, die man nicht vergisst, gegen Jungs, die teures Einzeltraining bekamen. Aber auch epochale Niederlagen gegen die jüngere Generation, die erst nach Becker gegen Curren angefangen hatte – für mich der Zeitpunkt aufzuhören. Was kommt der 0:6-0:6-0:6-Niederlage eines Tennisprofis in einem anderen Beruf gleich? Ist es für einen Autor eine Erstrundenniederlage, wenn er eine schlechte Kritik erhält, oder bedeutet Scheitern für ihn, keinen Verlag für sein Manuskript zu finden? Was bedeuten solche Krisen überhaupt, wie entsteht dieses ominöse Formtief, wie gerät man da hinein, und wieso findet man plötzlich wieder raus?

Ich denke, dass es sich um eine Art Strömungsabriss handelt, wie bei einem Flugzeug, dessen Flügel nur dann einen ausreichenden Luftdruck erzeugen, um es in der Luft zu halten, wenn die Geschwindigkeit hoch genug ist. Bewegt man sich im ewigen Luftkampf der Karriere zu langsam, erreicht man die Strömungsabrissgeschwindigkeit und sackt zum Boden durch. Das kann einem auch in der größten Höhe passieren: Deep Stall, Höhenruder-Kontrollverlust, servus, mach's gut, unter den Wolken muss die Depression wohl grenzenlos sein.

Nach solch einem Abriss hebt man erst mal nicht mehr ab, obwohl die eigenen Fähigkeiten immer noch dieselben sind. Man muss wieder Schwung holen, ganz von vorn anfangen, die einfachen Dinge tun, vier gegen zwei spielen, wie beim Fußball. Torlose Minuten. Bei Stürmern wird die Krise in dieser brutal-objektiven Einheit gemessen, torlose Minuten, da weiß jeder ganz genau, was er nicht zustande gebracht hat. Obwohl der Stürmer über die gleiche exquisite Ballbehandlung verfügt wie eh und je, technisch alles kann, will er einfach nicht treffen. Strömungsabriss. Er braucht ein Tor, um wieder Tore schießen zu können. Nichts ist erfolgreicher als der Erfolg. Er muss Wasser in die Pumpe gießen, damit die Pumpe Wasser ansaugen kann. Welches Stürmergehirn soll das verstehen?

Deshalb arbeiten die jetzt alle mit Sportpsychologen zusammen, mittelalten Männern mit Zehntagebart und beruhigender Stimme, die mit den Sportlern reden, sie nicht nur zum Massieren auf die Bank legen, sondern auch mal die anale Phase thematisieren. »Und ich hätt auch schon für Deutschland gespielt und wär mental topfit.«

Mentale Fitness gab es früher gar nicht. Zum ersten Mal habe ich davon in den 80ern aus dem Mund von Boris Becker gehört, als die Professionalisierung vieler Sportarten in die Dimension des ganz großen Geldes vorstieß und deshalb der individuelle Erfolg, seine Thematisierung in den Medien und der Druck, damit umzugehen, für den Sportler immer wichtiger wurden. 0:6-0:6-0:6-Erstrundenniederlagen, 1000 torlose Minuten, Strömungsabrisse, wer soll diese Blockaden aus eigener Kraft durchbrechen? (»FAZ«-Marcel-Proust-Fragebogen: Welche Fehler verzeihen Sie am ehesten? – Schwäche. [Später weiter ausfüllen.]) Da ist dieser Riesenglaube an sich selbst, der im Normalbetrieb zur selbstverständlichen Arroganz wird, überlebensnotwendig.

Hey, Junge, du bist gut drauf. Du bist in Topform, in Bergform. Schlittenhunde? Der Mensch ist auch nicht schlecht, der Mensch würde beim 150-Kilometer-Rennen auch einen guten Platz belegen: Alles am Körper ist zum Laufen gemacht, nicht zum Denken, das Denken ist eher ein Effekt der Degeneration, eine Folge des Zu-wenig-Laufens. Du hast trainiert, viele Jahre, dir deinen Laufkörper zurückgeholt. Mister Hunderttausend Watt. Keine Schmerzen. Was fehlt dir dann? Erfolg. Was ist das für dich, Erfolg, was soll das sein?

Erfolg ist: Für das bezahlt werden, was man tut. Nachgefragt sein. Etwas entstehen lassen. Sozial interagieren, mit den eigenen Handlungen das Leben anderer beeinflussen. Schaffen. Eingeladen werden. Mehr Angebote haben, als man annehmen kann. Erfolg ist ein Selbstläufer. Ein Auskommen haben. Arbeiten. Erwachsen sein. Erfolg ist das Kreieren seiner eigenen Form. Einer Form, in der die eigenen Fähigkeiten vollends aufgehen und zur Meisterschaft getrieben werden, angetrieben, weil die Ansprüche der Form stete Verbesserung der persönlichen Leistung bedingen. Der erfolgreiche Künstler erfindet sein eigenes Genre, oder er treibt ein vorhandenes Genre auf die Spitze. Man muss seine eigene Form finden, muss einen Beruf ergreifen, den es vorher nicht gab. »Che Guevara and Debussy to a disco beat«: Neil Tennant von den Pet Shop Boys über seine Vision, sich selbst als Großmeister des bis dahin unbekannten Genres linker hedonistischer Kunsttanzmusik zu erfinden.

Nur wenn ich diese Form finde, kann ich erfolgreich sein. Bis dahin bleibt etwas unausgefüllt. Es gibt Signale, die mich an mein Defizit erinnern: Geräusche des Erfolgs, wie die Rasensprenger in einer Sommernacht.

Ich höre diese Rasensprenger, wenn ich nachts auf die Terrasse meiner Villa trete, Hacienda-Style, in Südamerika oder den amerikanischen Südstaaten, in weißem Anzug, mit Zigarillo. Bilder des Erfolgs: Garri Kasparow, der seine Rolex vor sich neben das Schachbrett auf den Tisch legt, e2-e4 zieht und später die Rolex wieder ums Handgelenk legt, als Zeichen für seinen Gegner, dass er fertig ist mit ihm. Iren mit Flugboot, Faye mit Oscar; in diese Region muss ich vordringen, nicht materiell, sondern im Sinne des schöpferischen Freiheitsgefühls.

Da muss ich hin, denn Schachweltmeister werde ich nicht mehr werden. Das aber ist das Größte: Schachweltmeister zu sein. Denn es ist ein Erfolg, der nicht von Sympathien abhängt, ein Erfolg ohne Glück und Seilschaften. Souverän unzeitgemäß. Wie die Spieler schon aussehen: wie Menschen, die es nicht nötig haben, chic auszusehen, willkommen im Reich der Strickpullover und Trainingsanzüge. Weil er mit allem Irdischen besonders wenig zu tun hat, wird der Schachspieler Wassili Iwantschuk von seinen Gegnern anerkennend »Planet Iwantschuk« genannt. Schachweltmeister rangieren über allem, über Regisseuren und Schauspielern, über Komponisten und Malern, und über Schriftstellern sowieso. Supergroßmeister zu sein, das bedeutet, objektive, absolute Schönheit zu produzieren. Am Schachbrett gibt es keine Ausreden wie beim Sport, kein Blendertum wie in der Kunst – stattdessen Petites Combinaisons oder ein so weit vorausberechnetes Positionsopfer, dass selbst die besten Computer es nicht verstehen. Die Welt ist, was auf dem Brett ist.

In meiner Welt schlagen die mentalen Mattkombinationen meist wie Blitze aus heiterem Himmel ein: der junge überdrehte Schauspieler Robert S., der sich aufdringlich produzierte, als ich in aller Ruhe Beim Sedlmayr zu Abend essen wollte. Wildschweingulasch, Weißbier, wunderbar, dann kam dieser junge forsche Erfolgsmensch, so laut, so im Mittelpunkt stehend und so unangenehm, weil ihm alles gelingt, weil ihn nichts bremst. Keine Demut. Kann kein Läufer sein, kein Schachspieler.

Da, eine völlig andersartige Gattung, weder Schauspieler noch Schachspieler: ein Rudel Nordic Walker. Die kehren gleich in die Waldwirtschaft ein; ich höre die Livemusik der Jazzband mit ihren Bläsern immer noch, jetzt im Rücken, die vom Rondell in der Mitte des Biergartens durch den Wald bis hierher schallt. Nordic Walking: Seltsame Bewegungsbemühungen sind das, aber für die, die so etwas machen, ist es wohl gut, dass sie überhaupt mal rauskommen. Rosi Mittermaier und Christian Neureuther predigen landauf, landab, dass man sich gefälligst bewegen soll. Bitte schon beim Zähneputzen Kniebeugen machen und einen Schrittzähler tragen, von dem man dann abends abliest, wie viel man sich während des Tages bewegt hat. Aber damit wird die Bewegung zur Neurose, man pfercht den freien Auslauf in die Zwangsjacke von Arbeit und Kontrolle.

Noch ein Ding mehr, das etwas von mir will, dabei wollen die eigenen vier Wände doch schon so viel. Ständig stellen sie mich vor Aufgaben, um den Status quo eines würdigen Daseins mit angemessener Hygiene zu erhalten: Fege mich!, ruft das Parkett, spüle mich! das Geschirr, schrubbe uns!, schreien die Badewanne und das Klo, los, bring uns endlich runter!, flehen die Biotonne, die Wertstofftüten und der Restmüll. Kauf mich neu, dringend!, seufzt das letzte Blatt Klopapier wie eine schlaffe Flagge auf halbmast. Und jetzt fordert also auch noch der Schrittzähler: Bewege dich, du faule Sau! Liegestütze, Klimmzüge wie ein Lebenslänglicher in der Zelle, dann auf die kantige Kreisbahn des Gefängnishofes, Hospitalismus total.

Nein, das Laufen muss frei sein, ohne manische Kontrollgeräte. An meinem Fahrrad habe ich einen Kugelkompass, aber keinen Tachometer. Der Mensch braucht Bewegung jenseits aller Zwänge über eine Dauer, die eine individuelle anthropologische Konstante ist: Der eine hat nach einer halben Stunde genug, der andere läuft täglich einen Marathon. Da kommt der Mensch nämlich her, er ist ein Läufer in der äthiopischen Hochebene und beim Jagen und Sammeln täglich acht Stunden auf den Beinen unterwegs.

Ich habe mal vor der Tür so ein Möchtegern-Mittermaier-Neureuther-Paar gesehen, Mann und Frau, die aus einem Nebenhaus motiviert und mit besten Absichten in ihren glänzenden Trainingsanzügen zum Nordic Walking starteten. Wie üblich schleiften sie ihre Stöcke sinnlos hinter sich her. Nach ungefähr hundert Metern merkte der Mann, dass er etwas vergessen hatte. Ganz Mann der Tat, lehnte er seine Nordic-Walking-Stöcke an eine Mauer, wo sie dann zusammen mit der Frau und ihren Stöcken auf den Mann warteten, der ohne lästige Stöcke mal eben schnell nach Hause ging, um zu holen, was er vergessen hatte.

Nordic Walking, an Stöcken gehen, Dr. House, da können Sie doch gleich ein Gehgestell nehmen: Die alte Frau mit dem Gehgestell am Rand der staubigen Ausfallstraße von Särna in Dalarna, Schweden, bewegt sich in Richtung Norden, sieht mich mit meinem schweren Rucksack und bietet mir scherzhaft an, mich mitzunehmen. Ich drehe aber nur eine Runde durch den Ort, am zugefrorenen See vorbei, auf dem Schneemobilspuren zu sehen sind, Eisangler an ihren Löchern und dahinter die Wälder mit ihren Bären, Elchen, Wölfen, die sich allerdings niemals zeigen. Als mir die Frau mit dem Gehgestell später an der Hauptstraße durch den Ort noch einmal begegnet, grüßen wir uns wie zwei Kapitäne der Landstraße: Mir fällt es besonders leicht, ihr besonders schwer – das Gehen nimmt in unserem Denken bedeutenden Raum ein, das verbindet uns. Ich erkenne in ihrem Gesicht ihr junges Alter Ego wieder. Ich sehe, wie sie hier vor Jahrzehnten selbst mit einem Rucksack zur Reise zum Nordkap oder, viel wahrscheinlicher, abenteuerlicher, schwedisch-exotischer, nach Sizilien aufbrach. In ihrem 80-jährigen Lächeln steckt eine ganz junge, 18-jährige Erinnerung. In eine knisternde Cellophanhülle verpackt, laufen die jungen Ichs stets in den alten mit und zeigen sich manchmal ganz klar. Seltener ist der umgekehrte Fall, dass man nämlich jungen Menschen präzise die Richtung ansieht, in die sie altern werden. Man ist ja sogar bei sich selbst überrascht, wenn man den üblichen Routineblick in den Spiegel wirft und plötzlich merkt, dass man eine neue Altersstufe erreicht hat: »Hoppla, jetzt bin ich wohl erwachsen, jetzt bin ich ein Mann.«

Noch ein Erfolgsgeräusch: das Planschen hinter der Hecke einer Villa an einem Sommernachmittag, die Stimmen im Pool spielender Kinder, Vogelgezwitscher, die dezenten Motoren vorbeifahrender Limousinen. Das höre ich, wenn ich hier durch die Wohngebiete von Grünwald und Pullach laufe. Sie liegen in der Mitte meiner Halbmarathonrunde, jetzt bin ich also an der Elf-Kilometer-Marke.

Aber heute drehe ich nicht um. Ich laufe gleich wieder über die Isar, über die Grünwalder Brücke – unten rechts in dem Restaurant wurde Derrick mal eine Falle gestellt – und dann rechts der Isar weiter, also in Laufrichtung links, aber (Erdkunde Leistungskurs, danke, Herr K., viel fürs Leben gelernt) bei Flüssen bezieht sich die Seitenangabe immer auf die Fließrichtung. Beim Mühlenwirt werde ich die Alpen sehen, die Berge, nah, ganz nah.

Meine Wohnung ist schuld an meiner Sehnsucht nach den Bergen: Schon mein Vormieter hat es darin immer weniger ausgehalten, ging immer öfter in die Berge und ist schließlich für immer dorthin gezogen. Sein Bett stand damals in dem großen Raum, meinem jetzigen Wohn- und Arbeitskessel, sodass er, wenn der Föhn blies, beim Aufwachen über den Balkon hinweg die Alpenkette sah. Diese Wohnung ist eine Berghütte in München. Der Vormieter hatte eine abschaltbare Türklingel eingebaut. Zeigt ein Schiebeschalter den roten Punkt, ist die Klingel scharf, beim schwarzen Punkt hat man Ruhe. Anfangs verstand ich nicht, wozu das gut sein sollte, doch dann benutzte ich den Schalter immer öfter, schaltete die Klingel ab, wenn ich nicht von Briefträgern oder Postwurfwerbesendungssklaven gestört werden wollte, und stellte mich tot in meiner Berghütte. Diese derart erzeugte formale Weltabgeschiedenheit gefiel mir so gut, dass ich die Klingel bald nur noch in Ausnahmefällen, wenn ich Besuch erwartete, scharf machte. Oft vergesse ich selbst dann, sie einzuschalten, und der Besuch muss, sofern er nicht über ein Mobiltelefon und meine Nummer verfügt, auf der

Hausrückseite zu meinem Balkon hinaufrufen. So wurde das Jodeln erfunden.

Wie ginge es mir, wenn ich anderswo wohnte, etwa hier, wo hinter den Hecken geplanscht wird und wo man erfolgreich ist? Nein, auch das Erfolgreichsein ist nicht auszuhalten, genauso wenig wie das Nicht-erfolgreich-Sein: Jeder will immer noch etwas anderes, will ans grünere Gras auf der anderen Seite des Zaunes, oder nach Schleswig-Holstein.

Wie die beiden halb betrunkenen Mittvierziger-Rumhänger kürzlich in München, der eine legt dem anderen beim Überqueren der Kreuzung an der Reichenbachbrücke den Arm um die Schultern, vor Begeisterung muss er stehen bleiben, obwohl die Ampel für Fußgänger längst Rot zeigt und die startklaren Autos die Motoren aufheulen lassen. Er bleibt also stehen und sagt zu seinem Rumhänger-Kumpel: »Schleswig-Holstein ist einfach fantastisch. Fantastisch, das sage ich dir. Ich bin erst letztes Jahr wieder hochgefahren.«

Das andere sind nicht die vielen Autos, die der Popstar Noel Gallagher sich gekauft hat, obwohl er gar keinen Führerschein besitzt; ist nicht der Swimmingpool, den Noel in seine Londoner Villa einbauen ließ, obwohl er gar nicht schwimmen kann und noch nicht mal einen rotgoldenen Seepferdchen-Aufnäher auf der Badehose tragen darf: Das andere, das die Erfolgreichen immer noch wollen, ist ein Mehr, das sie nicht haben, nicht haben können, weil es nicht in ihren Fähigkeiten steht, denn Erfolg erfordert Spezialisierung. Da fällt immer etwas weg, und ein Defizit entsteht: Das Popsternchen, das mit 15 von der Schule abgeht, folgt dem Erfolg, genießt ihn, aber das Mädchen spürt auch Lücken: an Bildung, an Erfahrung; spürt sogar den Mangel an Leere, die man braucht, um sich zu orientieren. Vom potenziellen Weg ihres Lebens, den sie auch hätte gehen können, wäre sie anders abgebogen, geht ein Phantomschmerz aus. Sie will diese leere Stelle füllen, denn sie ist ehrgeizig, andernfalls wäre sie nicht erfolgreich, und sonst kriegt sie doch auch alles, was sie will. Erst wenn sie auch das Unerreichbare erreichen, ist das Streben der Stars vollendet.

Britney Spears trug einmal ein T-Shirt mit dem Aufdruck: »Harvard University«. Auf der Straße sprach sie ein Fremder an, ein Nichtfan wohl: »Warum trägst du so ein Shirt, wenn du doch kein Hirn hast?« Da fing Britney an zu weinen, bitterlich, gar bitterlich.

Bei den Erfolgreichen interessiert man sich gerade für ihr Scheitern. Ihr Scheitern soll erheitern. Und doch bleiben sie immer die Erfolgreichen: Kein Sportler beendet wegen einer verheerenden Niederlage die Karriere. Denn man sieht ihren Fehlschlägen gerne zu.

Hinter Pullach also über die Brücke, durchs Dickicht, aufpassen, dass die Zweige nicht ins Auge schlagen, wegboxen wie Kippstangen, Slalom durch den Wald. Und jetzt erst mal einen Schluck saufen, direkt aus dem Fluss. Jeden Tag trinke ich zwei, drei hohle Hände aus der Isar. Das ist mein Zaubertrank, die Kraft der Berge. Das Wasser ist herrlich frisch, nicht kalt. Dann weiterlaufen, wieder schneller werden, das Feld kontrollieren.

Beim Laufen freue ich mich immer schon auf den Muskelkater hinterher, der schmerzt wie zwei symmetrische Pferdeküsse auf die beiden Oberschenkel, sodass ich mich beim Kacken mit Unterstützung der Hände auf die Klobrille absenken muss, Badewannenlift aus dem Sanitätsfachhandel, weil die Beine streikend in Trillerpfeifen blasen. Und wenn die Beine dann zuckend im Bett vor einem liegen, liebt man sie so, als seien sie zwei Haustiere, die am Tage viel erlebt haben und nun in die Nacht hineinzucken wie träumende, mit den Hinterbeinen in die Luft strampelnde Hunde.

Aber Profisport, das ist doch nichts, das bedeutet, hart trainieren zu *müssen,* superhart, wochen-, monate-, womöglich jahrelang auf einen Punkt hin, auf einen Tag, auf das große Rennen hin, Olympia! Und dann kriegt man am Vorabend des D-Day einen Schnupfen oder beim Marathon Durchfall, sodass man's laufen lassen muss, wenn man keine Zeit verlieren will. Oder dass man überhaupt nicht mehr weiterlaufen, -schwimmen oder -fahren kann: Das ist doch nicht schön.

Einen Pass für sich selbst hochzuradeln, das ist wunderschön, aber auf Zeit gegen andere anzutreten, mit dem Atem der Verfolger im Nacken, da wird jeder Berg zur Schlachtbank, jeder Tempowechsel zum Ausreißversuch, jeder Mensch zum Gegner, jeder Gedanke ans Alleinsein als Flucht interpretiert. Im Wettkampf ist man nicht mehr selbstbestimmt, im Wettkampf wird man gejagt. Das Ich wird zur Beute.

Jetzt geht das Furzen los. Es beginnt beim Laufen immer nach 40 bis 45 Minuten, wenn die restlichen Nährstoffe in Magen und Darm verwertet sind und der Körper nach weiteren Kalorien fahndet: »Hallo, sind da noch ein paar Kohlenhydrate für die Beine?« Und wenn da nichts mehr ist, quetscht er die Speicher aus, wie eine leere Plastiktüte, die man zusammenfaltet und aus der nur noch Luft entweicht. Das sorgt für einiges Rumoren im Darm, wild angekurbelter Stoffwechsel, der pulsierend vor sich hin verdaut, und in den meterlangen Windungen setzt die rhythmisch pumpende Peristaltik ein.

Manchmal muss ich beim Laufen kacken, weshalb ich immer eine halbe Packung Tempotaschentücher in der Tasche habe. Dann hocke ich mich wie ein Hund am Wegesrand hinter einen Busch, lege einen feuchten Haufen in den Wald und verscharre ihn. Da habe ich Übung drin, Künstlername Carlos Peristaltos. Oder wie man bei Hunden sagt: Da macht er gerne. Danach muss man gut sauber machen, am liebsten nehme ich nasses Laub, weil ein unsauberer Anus beim Laufen scheuert, bis er in höllischer Qual brennt. Hat Arno Schmidt nicht über eine Passage bei Novalis geschrieben, in der Novalis schreibt, wie herrlich es ist, morgens zu kacken, und sich darüber beschwert, dass das nicht Thema der Literatur sein darf, obwohl es den Menschen täglich Glück und Erleichterung verschafft?

Wenn das Furzen kommt und andere Läufer in der Nähe sind, halte ich es zurück und lasse es erst mit Sicherheitsabstand raus. Am Rand der Konventionen am Rand der Städte. Da, da bläst er! Nennt ihn Carlo.

Soll der Körper ruhig allmählich auf Fettstoffwechsel umstellen. Nahrung bekommt er von mir erst nach 90 Minuten. Dann gibt's eine Banane, diese geniale gelbe Nach-dem-dritten-Satz-Grand-Slam-Frucht, die ich mir zuerst in einen Spezialgürtel stecken wollte, Bananen wie Patronen, Magenmunition. In dem Bananen-Minirock hätte ich ausgesehen wie Josephine Baker. Habe jetzt einen kleinen Rucksack mitgenommen voller Bananen und mit dem Nötigsten drin: Pflaster, Stirnlampe, Sonnencreme, Taschentücher, drei Aspirin. Hoffentlich scheuern die Träger nicht auf der nackten Haut, habe sie deshalb schön festgezogen, wird schon gehen. Dieser ganze zuckrige Energieriegel-Scheiß, mit dem die Running-Industrie die Läufer stopft wie Foie-gras-Gänse, damit sie die Werte ihrer Läuferstopfleber anschließend mit einem Handgelenkcomputer und Brustgurt messen und am PC analysieren, auf diesen klebrigen Mundvoll, diesen Mundzoll, verzichte ich. Dafür ist die 20-Cent-Münze umso wichtiger. Die habe ich natürlich auch dabei. Für später.

Und einmal pro Stunde einige Schlücke aus dem Fluss, mehr Flüssigkeit braucht man nicht. Selbst bei härtestem Laufen schwitzt man nicht mehr als einen Liter pro Stunde aus. Und mein Schweiß ist besonders dünnflüssig, die

Schweißdrüsen lassen nicht mehr so viele Salze und Nährstoffe mit raus, weil der Körper gelernt hat, dass er sie bei langen Anstrengungen besser für sich behält, als sie in die Außenwelt wegzuschwitzen. Das ist eine effiziente Wasserkühlung, die am besten funktioniert, wenn ich mit nacktem Oberkörper laufe.

Die Menschen trinken mittlerweile viel zu viel, das hat die Mineralwasserindustrie super gemacht: allen eingeredet, sie bräuchten »mindestens zwei Liter Wasser am Tag, und Kaffee zählt nicht«. Vor vielleicht zehn Jahren hat man das entdeckt, und vorher sind die Menschen reihenweise im städtischen Alltag verdurstet, einfach zusammengeschrumpelt, knittrig wie ausgemergelte Möpse lagen ihre von Sandpapierhaut überzogenen Karkassen in den Fußgängerzonen. Aber jetzt, da sie ihre 1,5-Liter-Notreserve-Evian-Tanks mit sich herumschleppen, überstehen sie sogar einen Samstagnachmittag im Markenwaren-Shopping-Outlet draußen in der Wüste bei Ingolstadt.

Ich traf an der Isar mal die äthiopische Frauen-Nationalmannschaft. Sie waren für ein 10 000-Meter-Rennen im Olympiastadion nach München gekommen. Um sich zu akklimatisieren, reisten sie vom Sommertrainingslager in St. Moritz ein paar Tage vor dem Rennen an. Hier an der Isar trainierten sie. Plötzlich, beim Evening-Run kurz vor Sonnenuntergang, liefen wir nebeneinander. Sie waren zu viert, kleine zierliche Dinger, keine von ihnen wog mehr als 45 Kilo, und trugen Shorts und legere T-Shirts im üblichen Grün-Rot-Gelb. Wir waren an der

Marienklausenbrücke, aus verschiedenen Richtungen kommend, auf die 7,5-Kilometer-Waldpiste nach Grünwald eingebogen, die im hinteren Teil zur anspruchsvollen Flussauf-Achterbahn wird. Wir bewegten uns ganz natürlich nebeneinander her, weil die Frauen wie ich ungefähr einen 15er-Schnitt liefen. Ganz leicht flogen sie dahin, spürten ihr Körpergewicht nicht, für sie war Laufen immer wie Radfahren. Ich erlebe das Gefühl nur an ausnehmend guten Tagen. Diese fantastischen vier lächelten mich an, das heißt, sie lachten mich wohl aus, waren aber so höflich, dass es nur zu einem Lächeln reichte, aber das Ausgelachtwerden störte mich in diesen Momenten nicht.

Sie sprachen nur wenig Englisch, und ich verstand nicht alles, was sie sagten, und sie sagten auch nicht viel, und auch das war egal, denn wir verstanden uns laufend. Auf der Achterbahn vor der Grünwalder Brücke zogen sie spaßeshalber das Tempo an, 16er-Schnitt, aber ich blieb dran.

»Water?«, fragte ich in die Runde und deutete mit einer Kippbewegung von Hand und Kopf Trinken an. Sie nickten, und ich zeigte ihnen, wo bei Pullach das Wasser aus dem Stein entspringt, nämlich den versteckten Brunnen. Eine von den Läuferinnen war ein großer Star. Sie zahlten ihr viele Tausend Dollar, wenn sie bei einem der großen Stadtmarathons antrat. Zu Hause in Äthiopien ernährte sie damit ein ganzes Dorf und hatte eine Schule bauen lassen. Ihr Alltag: eine Stunde Morning-Run, Dorfleben, eine Stunde Evening-Run, Dorfleben, ab und zu ein paar Tage verreisen, um die berühmtesten Marathons zu gewinnen.

Viele Stars wussten angeblich schon immer, dass sie Stars werden würden. Was aber ist mit den Zahllosen, die das auch schon immer wussten und trotzdem keine Stars wurden? Von denen müssen doch einige hier rumlaufen. Haben die genauso komische Gedanken wie ich? Der da, der Läufer, der mir jetzt entgegenkommt, auch mit freiem Oberkörper hier draußen in der Zone, weit genug entfernt von der Stadt und den Radien der Stümper und Wochenendläufer. Denkt der, der mich jetzt grüßt, auch darüber nach, ob es besser ist, als junger oder alter Mensch erfolgreich zu sein? Ist er ehrgeizig, trainiert er für ein Rennen, was ist seine 10 000-Meter-Bestzeit, ist er besessen vom Erfolg? Kompensiert er etwas, oder ist er Profi? Oder ist er für einen Profi schon zu alt? Andererseits sind die Besten in den harten Ausdauerdisziplinen oft weit über 40, das heißt: Mindestens zehn gute Jahre habe ich noch.

In manchen Disziplinen kann man nur jung erfolgreich sein. Dann gibt es wieder Fälle wie diesen alten Musiker vom Buena Vista Social Club, der erst mit über 80 Jahren berühmt wurde. Man ist schon in Rente, sitzt gemütlich auf einem Gartenstuhl in Havannas Altstadt und blickt aufs Leben zurück, nippt am Daiquiri, pafft Zigarrenqualm in die immer warme Luft, macht noch ein bisschen Musik und denkt gelegentlich übers Sterben nach, da kommt plötzlich Wim Wenders im viel zu weiten

Yamamoto-Jackett vorbei, textet einen in nöligem Englisch zu, blickt einen durch einen mit Zeigefingern und Daumen gebildeten Rahmen an, und ab geht's zu Box-Office-Rekorden und Worldwide Fame.

Berühmt. Ruhm, ja, Ruhm ist gleichbedeutend mit einer bestimmten Art von Erfolg, dem öffentlichen Erfolg. Hart für einen Künstler, bei ausbleibendem Erfolg weiterzumachen, bestätigungslos an sich selbst zu glauben: der Maler ohne Krankenversicherung (kein falsches Klischee, gibt es heute noch in Schwabing) in seinem kalten Kellerverlies, dessen Bilder niemand kaufen will, weshalb bei seinen Vernissagen Mitleid das vorherrschende Gefühl ist; der Singer/Songwriter, dessen melodiöse Tunes nicht in die Zeit passen; der Autor, dem seine Manuskripte zurückgeschickt werden, während er den Aufstieg von gleichaltrigen und bald auch jüngeren Autoren beobachten muss und darüber manchmal bis zur Verzweiflung wütend ist. Jeder Tag bringt eine neue Demütigung. Tränenerfüllte, ergriffene Gemüter, das Leben als ganzheitliche Kränkung.

Ab 30 ist es essenziell, sich diese ganzheitliche Kränkung nicht zum Wesenszug werden zu lassen. Kuck dir Erwachsene an, die so sind, wie du einmal sein willst! Kein Clown. Kein Würstchen. Irgendwann ein alter Mann zu sein, der seinen Weg gegangen ist und nur die Dinge getan hat, an die er glaubte, und noch passabel aussieht, schlank ist, einen Anzug trägt, Pullunder und eine Krawatte aus kräftigem Tuch, glatt rasiert ist (oder auch Vollbart und lange graue Haare) und eine große Hornbrille auf der großen Nase hat, das ist gar nicht so unerstrebenswert.

Man muss zum richtigen Zeitpunkt innerlich aussteigen aus dem Rattenrennen namens Große Karriere, sodass man es trotz seiner peinvoll durchlebten Desillusionierung und des ins Leere gelaufenen Ehrgeizes schafft, ein unverbittertes Leben zu führen. Kein Clown. Kein Würstchen. Der Ausstiegsmoment scheint mir ums dreißigste Jahr herum zu liegen. »Er gehörte zu den Stürmern und Drängern, die mit dreißig, wenn Erfahrung sie die Grenzen ihrer jugendlich überschätzten Intelligenz sehen lässt, sich zu anregenden und angenehmen Leuten mausern.« Somerset Maugham, Plantagenaufseher der traurigen Tropen.

Zu Hause habe ich eine Sammlung von Fotos alter Männer, die ich aus Zeitungen ausgeschnitten habe, Männer in schmalen Anzügen, mit verwegenen Frisuren und Brillen. Fand es immer eine gute Vorstellung, später, sagen wir mit 75, einmal so auszusehen wie sie, schlank und formell gekleidet. Sie sind meine Vorbilder. Ob ich dann noch laufen werde?

Auch im Rollstuhl kann man weite Touren machen. Die Rollstuhlmänner fahren den New-York-City-Marathon in 90 Minuten, fast 40 Minuten schneller als die Kenianer und Äthiopier zu Fuß. Alejandro Albor, 43, aus Kalifornien, mit seinem Handkurbel-Fahrrad, brauchte sogar nur 1:17:48, was der wohl für Arme hat? Das beruhigt mich. Eventuell mal der Erste sein, der im Rollstuhl alle Alpenpässe hochfährt. Übers Timmelsjoch, die letzte Reise.

Für eine Reportage für das »New York Times Magazine« habe ich mal am New-York-City-Marathon teilgenommen, und zwar im weißen Tom-Wolfe-Anzug mit weißen Gamaschen, weißem Hut und Spazierstock. Ich bin nicht gelaufen, das war die Idee der Reportage, sondern 42,195 Kilometer spazieren gegangen. Denn wann kann man tagsüber in schönerer Ruhe durch Brooklyn, die Bronx, Queens und Manhattan spazieren?

Auf der Verrazano Narrows Bridge wehte mir der Seewind beinahe den Hut vom Kopf, und Blasen lief ich mir in den weißen Berluti-Slippern auch, ansonsten war ich bestens ausgerüstet. An den Verpflegungsständen bediente ich mich wie an Freilufttheken, nahm einen isotonischen Drink, plauderte mit den Helfern, jubelte den Läufern zu und nahm eine Banane mit auf den Weg. Zu Mittag aß ich in einem Deli in der Nähe von Grand Central Roastbeef-Sandwich mit Senf, später Kaffee und Brownies bei Starbucks.

Mein Spaziergang dauerte inklusive Mittagessen und Kaffeepause etwas mehr als acht Stunden. Ich hatte ein autofreies New York gesehen, war beim New-York-City-Marathon 26 133. geworden und hatte neun Männer hinter mir gelassen. Eine Minute nach mir trudelte der 67-jährige Ernest Crosthwaite aus Texas ins Ziel. Er und die anderen acht trugen eben nicht die weißen

Speed-Dreiteiler, die wie die Haihaut-Rennanzüge beim Schwimmen uns Leistungsflaneure so unverschämt schnell machen.

Dort, die Meerjungfrau, die auf dem Felsen sitzt und ihre Füße in der Isar kühlt. Das Mädchen kuckt mich an. Ich weiß nie, ob Frauen das bescheuert finden oder gut, wie ich laufe. Nass geschwitzt die Haare unterm Stirnband. Glänzend feucht die nackte Spuchti-Brust. Dünnflüssiger, geruchloser, nein, wie Bleiche duftender frischer Schweiß spritzt beim Laufen von den Armen weg. »Ich mag Männer, die sich verausgaben und sich die Beine rasieren« heißt es in irgendeiner Werbung. Werbedreh, Synonym für schnelles Geld. Bin auch mal gecastet worden. Eine Frau sprach mich im British Book Shop in Frankfurt an. Das war ein echter Lebensveränderung-durch-blitzartigen-Erfolg-Moment: Gut, dachte ich, meinetwegen, dann bin ich eben Model, ist ja im Grunde egal, was man macht, wenn's brummt, dann brummt's. Meine Entdeckerin hieß Regina. Regina gab mir ihre Visitenkarte – ich schickte ihr Fotos und hörte nie wieder etwas von ihr.

Es muss daran gelegen haben, dass ich an dem Tag in Frankfurt heiser war und eine tiefscharfe Flachlegerstimme hatte. Barry Whites Geist war in mich gefahren, wo immer ich die Stimme erhob, tapezierte ich den Raum mit Schlafzimmer-Soundtapeten. In dem Moment wehte ein Hauch von Erfolgsthermik durch den British Book Shop, und ich dachte, mein Leben würde endlich in Fahrt kommen, anspringen, so wie eine Brunnenpumpe, in die man erst Wasser hineingießen muss, ehe sie ein »Ja, ich komme schon!« gurgelt und Wasser hochpumpt. Wie viel Wasser ich schon in den Schacht gegossen habe!

Jetzt könnte gerade in meiner Wohnung das Telefon klingeln. Ich hätte inzwischen die Morgentoilette beendet und würde, nackt aus dem Bad kommend mit dem Bademantel über der Schulter, abheben.

»Guten Tag, Herr Kornell, hier spricht Andrea von der U. von der Boston Consulting Group.«

Das ist ein Hobby von mir: Ich lese die Stellenanzeigen in den großen Zeitungen und bewerbe mich für Berufe, von denen ich vorher gar nicht wusste, dass es sie gibt. Ja, das ist es, denk ich dann, genau das könnte ich machen. Damit könnte ich Geld verdienen, darin könnte ich erfolgreich sein. Stellen, von denen ich mir eine ganzheitliche Lebensveränderung erhoffe: Nicht mehr nur zu Hause sitzen, alleine, und Ideen haben, die wirkungslos bleiben. Stattdessen eingebunden sein in ein Netzwerk produktiver Beziehungen, in dem ich eine aktive Stellung habe, wo meine Leistung nachgefragt wird, wo ich täglich neue Probleme löse, vorankomme, etwas produziere, Dinge verbessere. Das läuft dann so: Ich habe einen Chef, der mich auf schwierige Missionen schickt, bei denen meine Talente gefordert sind, auch die, die ich noch gar nicht habe, sondern erst während der Mission entwickle, sodass ich selbst überrascht bin über das, was ich alles kann.

Der Chef, mein guter Hirte, sagt zu mir: »Kornell, fahren Sie nach Afrika und finden Sie Livingstone.« Und dann merke ich, vielleicht nachts im Bett oder erst im Urlaub, dass ich die ganze Zeit über mich selbst vergessen habe, weil die Anforderungen der Arbeit alles ausgefüllt haben; weil alles in mir *die Mission* war. Sich selbst vergessen heißt glücklich sein. Eine erfüllende Arbeit zu haben heißt, eine Aufgabe zu haben; heißt, glücklich sein zu dürfen, weil sie die problematischen Bereiche des Ich auslöscht. Keine Zeit für Zweifel, kein Grübeln mehr, keine Frage mehr, was ist, denn was ist, gibt die Aufgabe vor, und das Individuum setzt alles daran, dieses Sein zu erfüllen, sich in der Aufgabe aufzugeben.

Für diese lebensverändernde Stelle bin ich bereit, überall hinzugehen: Ich habe mich bei den Kempinski-Hotels in Genf als »Vice-Director Communications« beworben, obwohl ich keine Ahnung habe, was das sein soll; beim Goethe-Institut habe ich mich beworben für eine Stelle in Japan, obwohl ich kein Japanisch spreche. Auch bei der Boston Consulting Group, einer Unternehmensberatung, habe ich mich beworben, obwohl ich nicht weiß, wen ich als Ratloser beraten soll. »Denken ist Handeln« lautet das Motto der Organisation. Da fühle ich mich als Theoretiker angesprochen. Im Bewerbungsgespräch stellen sie angeblich Fragen wie »Wie viele Münztelefone gibt es in Manhattan?«. Quatschfragen, nutzloses Wissen, Party-Talk, liebe Boston Consulting Group, wir werden sehr, sehr viel Spaß zusammen haben!

Bevor ich die Bewerbung abschickte, hatte ich mir das Palais der Boston Consulting Group auf der Ludwigstraße angeschaut, weil ich bald dort arbeiten würde, in Münchens bester Lage. Morgens radele ich hin, an der Isar entlang, in schwarzem Anzug, mit der Lederaktentasche am Lenker. Mein neues Leben als Strategieberater. Und dann ruft die Boston Consulting Group tatsächlich bei mir an. Ich räuspere mich, rieche meinen Zahnpastaatem und sage: »Ah, guten Morgen ... Frau Wonnehusten!«

Das ist doppelt schlecht. Frau von der U. wird zu Frau Wonnehusten, und auf den »Guten Tag« der Frau Wonnehusten antworte ich mit meinem Frère-Jacques-Guten-Morgen. Die übliche Falle. Deswegen gehe ich vor dem Brunch eigentlich nie ans Telefon, aber manchmal packt es mich, weil ich denke, es könnte etwas Wichtiges sein. »Guten Morgen« zu wünschen nach zwölf Uhr mittags, das kann man nur auf den Dauerjetlag schieben. Meine Bäckerin unterscheidet da genau, wenn ich Semmeln hole: Bis halb zwölf heißt es »Guten Morgen«, danach »Grüß Gott!«. In München-Untergiesing endet der Morgen genau um 11.30 Uhr. Und im Ludwigstraßenpalais wohl kaum später.

Frau von der U. spricht zu mir: »Herr Kornell, ich rufe wegen Ihrer Bewerbung an. Sie ist schließlich bei mir gelandet, nachdem sie bei einer Kollegin und beim Recruiting-Director war. Vier Augen sehen mehr, Sie wissen schon. Nun, leider ist bei Ihnen eine Absage daraus geworden.«

Ein Absageanruf. Das ist mir neu. Absageanrufe. Das ist ja noch schlimmer als Aldi- und Lidl-Listen. Was die Menschen doch für unangenehme Kommunikationsgenres erfinden. Kassandra war ein Waisenmädchen dagegen.

»Es war eine knappe Entscheidung«, erklärt mir Frau von der U.: Ich sei schon zu alt für sie, hätte zu lange studiert und bisher kein wirtschaftliches Interesse erkennen lassen. Das stimme, sage ich, ich hätte mich bis jetzt nie drum gekümmert, wie man Geld verdient. Ich dächte immer, das komme von selbst, Erfolg und Geld, wenn man eine Sache, seine Sache gut macht.

»Herr Kornell, ähm, es gibt noch einen Grund, warum ich Sie anrufe: Sie hatten uns ein Buch mitgeschickt.«

Ja, ich habe ihnen ein Buch mitgeschickt, mein erstes, einziges und wahrscheinlich letztes, denn es führte seit 37 Wochen die »Spiegel«-Worstseller-Liste an. Ich schickte es als eine Art Werbebroschüre an alle möglichen Leute.

»Meiner Kollegin hat Ihr Buch so gut gefallen, dass sie es mit in den Urlaub genommen hat. Sie kommt erst nächste Woche zurück. Genügt es, wenn wir Ihnen Ihre Unterlagen dann zurückschicken?«

Ich sage ihr, dass sie mir einfach 14 Euro überweisen sollen. Das sei der reguläre Ladenpreis.

Aber sie will von meiner Bankverbindung nichts wissen: »Na, wirtschaftliches Denken haben Sie doch schon gut gelernt!«

Also muss ich deutlicher werden: »Schließlich habe ich Ihnen mein Buch als Köder geschickt. Und Sie, Sie stehlen den Köder von der Angel und schicken mir den leeren Haken zurück.«

»Wir würden das Buch aber lieber in Ruhe zu Ende lesen und es Ihnen dann zurückschicken.«

Obwohl ich mich im alarmroten Ich-bin-jetzt-30-Jahre-alt-Abschnitt des immer schmaler werdenden Ich-muss-jetzt-endlich-Geld-verdienen-Korridors befinde, merke ich, dass dies einer der Fälle ist, in denen nur Großzügigkeit hilft, denke: »Vergib ihnen, denn sie sind schwach und wissen es nicht besser« und sage, dass sie's so machen und sich beim Lesen ruhig Zeit lassen sollen.

»Wenn ich Ihnen noch eine Frage stellen dürfte: Haben Sie sich auch bei anderen Unternehmensberatungen beworben?«

»Meinen Sie, das wäre aussichtsreich für mich?«

»Ehrlich gesagt: Nein.«

So sitzen Frau von der U. und ihre Consultingpiraten also in ihrem Palais an der Ludwigstraße und beuten Worstseller-Autoren aus. Man nennt das Matthäus-Prinzip. Hat nichts mit Lothar zu tun, sondern bezieht sich auf eine Bibelstelle: Die, die haben, bekommen immer mehr, und denen, die nichts haben, wird das wenige, das sie haben, genommen. Denken ist Handeln. Und für die Nichthabenden gibt es keine Aldi- und Lidl-Liste des Lebens, auf der steht, wie sie für weniger mehr bekommen können.

Deshalb muss man sich etwas schaffen, das mit alldem nichts zu tun hat, etwas, das man so tun kann, wie man will, bei dem einem niemand dazwischenfunkt, bei dem man nicht auf Zustimmung von anderen angewiesen ist, etwas, das gut und konsequent und in sich richtig ist, ohne dass einem jemand das schriftlich geben muss.

Wie Sport. Sport als Wort, um die Sache, an die ich denke, verständlich zu bezeichnen. Denn das, was ihr als Sport versteht, körperliche Bewegung, ist für mich weniger der Zweck, »Sport« zu treiben, als ein Lebensstil. Wenn ich laufe, ist das die intensivste Form des Daseins. Es gibt keinen inneren Schweinehund in mir, den ich mittels Sport besiegen müsste, wohl aber einen Hund, der täglich rausgelassen werden muss. Vor die Tür. Über den Fluss und in die Wälder. Denn nur wenn dieser Hund sich bewegt, finde ich die Wahrheit. Jetzt lasse ich ihn über Holzstege durch das Waldmoor, vorbei am mächtigen Wehr, durch die geschlossenen steinernen Schleusen mit ihren bemoosten Wänden laufen. Muss aufpassen, dass ich nicht ausrutsche, seitlich wegknicke, mir den Knöchel verstauche. Obwohl das Risiko gering ist, weil ich ja stets auf unebenem Grund trainiere, um die Muskulatur der Sprunggelenke zu stärken. Carlo, der Hund, ist raus.

Als Kind habe ich viele Sportarten ausprobiert, ein wilder Zehnkampf war das, mindestens. Fußball, Tischtennis, Skateboardfahren, im Judo habe ich's bis zum weißen Gürtel gebracht. Doch völlig unabhängig vom Ausprobieren sind meine Bewegungsarten von selbst zu mir gekommen. Heute weiß ich, was ich will, heute habe ich neben dem Laufen zwei weitere genuine Sportarten, zwei von mir aus den Gegebenheiten heraus erschaffene Bewegungsmodi: Der erste Modus, Stadtgolf, ruht momentan.

Früher habe ich intensiv Stadtgolf gespielt. Ich wohnte an einem Park, und in dem Park gab es große Bäume und verwitterte Grabsteine, Kieswege und einen Kinderspielplatz mit Sandkasten. Dort auf den Rasenflächen habe ich Golf gespielt. Klar, nur 9er-Eisen und Wedges, das Sandwedge für den Sandkasten. Die Grabsteine waren meine Fahnen. Skinheads mit Bierdosen, ihren Kampfhunden und gepiercten Mädchen saßen auf Bänken und sahen mir zu. Einmal kam sogar die Polizei, aber ich habe die Polizisten beruhigt und weitergespielt. Die Schläger stehen im Keller, im Zweifelsfall wäre ich bereit für eine Runde. Mein Blick auf die Welt hat sich durch Stadtgolf nachhaltig verändert. Ich suchte damals stets nach neuen Möglichkeiten im Altbekannten, und das prägte sich mir ein. Immer noch denke ich bei bestimmten Landschaftskonstellationen, angesichts einer hundebeinförmig geknickten Lichtung im Wald oder einer gemähten Wiese mit prächtigen Laubbäumen, dass das ein gutes Fairway, Par 3, Par 4 oder Par 5, für eine Runde Stadtgolf wäre.

Zweiter Bewegungsmodus ist das Langstreckenradfahren, am liebsten durch die Alpen über die höchsten Pässe. Was das Genuine daran ist? Nun, ich fahre mit einem ganz normalen Dreigang-Cityrad die Pässe hoch. Es ist ein Puch Elegance, schnell und wendig, 26-Zoll-Reifen, wie ein smarter alter Sportwagen, Jaguar E-Type. Damit diese Monsterpässe hochzufahren ist unglaublich anstrengend, es hat aber trotzdem nichts mit Extremsport zu tun. Ich mache das vielmehr im Stil von Forrest Gump.

Bin irgendwann losgefahren mit dem Rad und habe einfach nicht mehr aufgehört. Das hat sich so entwickelt. Als ich nach München kam, hatte ich gar kein Fahrrad mehr, aber in dieser Stadt muss man einfach Fahrrad fahren. Man muss das erlebt haben, an der Isar entlangzucruisen, über die Maximilianstraße und bis zu den Schlössern Nymphenburg und Blutenburg, dort Fischsuppe und ein Weißbier, und an den Kanälen entlang zurück. Und die schönsten neuen Hobbys sind sowieso die alten, die man ruhen ließ und dann neu entdeckt.

Schon als Kind habe ich meine sportlichen Aktivitäten mit der sachlichen Reporterstimme eines Dieter Kürten begleitet. Heute, vor allem beim Laufen, kommt es vor, dass ich für mich selbst unmerklich beginne, meine Selbstgespräche in einer Tonlage zu führen, als würde ich gerade bei Larry King vor einem Millionenpublikum über meine Erfolge interviewt. Auch manche überwältigte Kritik meines Schaffens und tiefsinnige Laudatio auf mich habe ich schon in Gedanken einer nicht existenten Sekretärin in den Block diktiert; bevor die Arbeit liegen bleibt, muss sie ja einer machen. Habe den Ego-Hymnen-Sound nicht nur in Deutsch, sondern auch auf Englisch drauf: »Nothing betokened a storm, but then Carlo Kornell came. And he ran and now we know, that Mr. Kornell is one of the few non-African athletes who are able to seriously challenge the African dominance in long-distance running.«

Schon im Alter von zehn Jahren, als ich im Hauptberuf Fußballtorwart beim TuS Halver war, beseelte mich der

Gedanke, etwas Großes zu leisten. Wirklich groß würde es aber erst sein, wenn die Medien darüber berichteten, wenn die Tat also von der Welt gespiegelt wird. Eines Tages war es so weit: Auf den Lokalsportseiten des »Allgemeinen Anzeigers« erschien ein Spielbericht unserer 0:19-Niederlage gegen den TuS Herscheid. Darin stand der Satz, den ich am Frühstückstisch vor meinem dampfenden Kakao wieder und wieder las: »Ein Sonderlob gebührt Halvers Torwart Carlo Kornell, der eine höhere Niederlage durch glänzende Paraden zu verhindern wusste.«

Ich hatte die Meldung ausgeschnitten, sie wie die anderen Artikel über unseren Rote-Laternen-Triumphzug durch die E-Jugend-Kreisliga B in einem silbernen Tabakdöschen gesammelt. Auf der Rückseite des Ausschnitts hatte ich in meiner Handschrift, die früher kontrollierter aussah als heute, vermerkt: »Erster Artikel in der Zeitung«. Das 0:19 war mir damals so egal wie heute. Ich war groß gewesen, ganz groß, und hatte einen Elfmeter gehalten.

Herr Kornell, zurück zu Ihrem Dreigangrad. Ein Puch sagen Sie, die große alte österreichische Fahrradmanufaktur …

Entschuldigen Sie, Larry, natürlich: Ich habe also das Puch gebraucht gekauft, für 100 Euro oder so, und bin damit rumgefahren, in der Stadt, durch den Englischen Garten, wir sind die Coolsten, wenn wir cruisen. Dann bis zum Starnberger See. Dann zum Tegernsee, M-Wasserweg, 80 Kilometer entlang an den Leitungen, die das gelobpreiste Münchner Trinkwasser aus dem Mangfalltal transportieren. Da ist man schon mitten in den Bergen. Also habe ich mir mal die Deutsche Alpenstraße angekuckt, bin von Lenggries aus durchs Karwendel über Schloss Elmau nach Oberammergau gefahren. Danach war ich verloren. Seitdem muss ich durch die Berge fahren. Es ist einfach erhebend: Zum Beispiel die Strecke von Bayrischzell über Ursprungpass nach Berchtesgaden, da bieten sich einem Kulissenwechsel, als würde ein Theatermacher stets neue spektakuläre Alpentapeten aufziehen: Wilder Kaiser, Loferer Steinberge, und am Ende hinter der Passhöhe zum Naturpark Berchtesgaden der Blick auf den Watzmann und den Königssee.

»Wo ist der Watzmann?«, habe ich einen Einheimischen gefragt.

»Da, direkt vor dir«, hat er gesagt, »groß und mächtig ist er, der Berg!«

Da ist man hin und weg. Das vergisst man nicht. Das Gefühl, die Erhebung, hält später im Flachland eine Zeit lang vor, dann wird man unruhig und muss wieder aufbrechen und Berge sehen, sie hinaufrollen, sie begleiten. Je öfter man in den Bergen ist, desto öfter muss man wieder hin, als wüchsen beim In-den-Bergen-Sein die Berge irgendwann in einen hinein.

Im Winter ist man ruhiger, weil man weiß, dass der Schnee hoch auf den Pässen liegt, dass die Pässe und die Berge schlafen und es nicht in der eigenen Macht steht, sie zu wecken. Doch dann, im April, im Mai, taut der

Schnee ab, und die Unruhe schwillt an, zuckt in den Armen und den Beinen. Und spätestens am ersten Juniwochenende kann ich den Impuls, in die Berge fahren zu müssen, nicht mehr unterdrücken.

Ich höre dann einen stummen und mächtigen Ruf. Das ist wie bei jungen Lachsen, die unbedingt stromaufwärts an ihre Geburtsstätten schwimmen müssen. An jedem ersten Juniwochenende höre ich diesen Ruf und muss aufs Timmelsjoch, nicht nur bei schönem Wetter, auch gegen Kälte und Nässe fahre ich an, sie hindern mich nicht.

Als die deutsche Nationalmannschaft 2006 in München die Fußball-WM eröffnete, fuhr ich das Timmelsjoch hinauf, denn es war das erste Juniwochenende, und ich wurde gerufen. Da war die Straße fast leer, wie immer an solchen Fußball-Ruhetagen, wenn die Welt 90 Minuten lang so ist, wie sie auch sein könnte, und nur zwei verschwindend kleine Radfahrer fuhren irgendwo vor mir.

Ich muss Pässe hochfahren, denn Passstraßen sind wie Adern, die zum Herzen der Berge führen. Mit dem Dreigangrad und kleinem Gepäck, Regenkleidung, Zahnbürste, eine Unterhose zum Wechseln. Aufbrechen, fahren und nicht wissen, wo man die Nacht verbringen wird. Das Überwinden solch weiter Strecken, das Reisen in Tagesetappen. Und dieses Gefühl auf dem Rad: Sein eigener Steuermann zu sein, zu lenken, zu navigieren, frei dahinzugleiten, nur fliegen kann schöner sein. Bei den Abfahrten gleiten manchmal Greifvögel neben mir talwärts, die ahnen das auch und kucken so, als ob sie gerne mal tauschen würden, Flügel gegen Fahrrad, der Neid des Ikarus. Am Ende meiner Bewerbungen schreibe ich unter »Besondere Interessen« immer »Laufen, Radfahren, Schachtheorie«, mein Triathlon des Glücks, meine Wahrheitsfindungsbewegungen.

Ich spüre jeden einzelnen Pass, den ich mit meinem Dreigang-Fahrrad gefahren bin, im Körper. Und ich sehe die erlebten Gefühle als Punkte auf der Linie des Höhenprofils vor mir. Der Lukmanierpass zum Beispiel, auf Italienisch Lucomagno, führt vom Tessin nach Graubünden, von der italienisch- in die romanischsprachige Schweiz. Ich bin von Biasca, 305 Meter über dem Meer, gekommen, es waren 35 Grad, und dann kämpft man sich Klimazone für Klimazone nach oben. Über 40 Kilometer lang fährt man bergauf, 1700 Höhenmeter. Auf der warmen Seite des Passes stehen in kleinen italienischsprachigen Dörfern südländische Villen, in deren Gärten tropische Früchte wachsen, Kiwis und Zitronen. Oben, auf der Passhöhe, knapp 2000 Meter über dem Meer, blickt die Statue einer Patronin schützend aufs Tessin hinab, und ich ließ mich von ihr gerne in die Arme nehmen. Es hatte nur noch sechs Grad, und ich trank im schützenden Hospizio Lucomagno starken und heißen Kaffee, dazu Schokoladenkuchen mit Schlagsahne, voll auf Kalorien-Cold-Turkey.

Dieser Pass ist fantastisch, weil man über ihn in einen völlig andersartigen Kulturraum vordringt: Bei der Abfahrt kam ich durch Dörfer wie Sogn Gion, wo dunkle Chalets zwischen grünen Almwiesen stehen, ich sah finstere Schluchten und traf Menschen, die Romanisch sprachen: Bainvis, Bun Di, A Revair, Willkommen, Guten Tag, Auf Wiedersehen, so viel versteht man dann doch.

Und eine junge Wirtin mit schweizerisch schwarzen Locken hat Spaghetti gekocht und wünscht mir auf Sursilvan Bien Appetit, im Val Lumnezia, dem Tal des Lichts. Einzigartig der Hunger, den man am Ende solch eines Tages verspürt, sobald man vom Rad steigt und der Körper versteht, dass die Anstrengung vorbei ist. In den Gasthöfen bestelle ich das Wiener Schnitzel oder das Cordon bleu mit einer extragroßen Portion Pommes frites. Und die Wirte oder Bedienungen kucken mich irritiert an, mit einer Mischung aus Beleidigtsein und Ungläubigkeit (»Haben Sie Angst, Sie würden bei uns nicht satt?«), sie können einfach nicht verstehen, dass jemand einen derartigen Hunger hat. Ich versuche nicht mehr, es zu erklären. Einen Tag bergauf fahren: Da versagt bei den meisten die Empathie. Und nein, nein, so muss ich es doch immer wieder erklären, ich habe mich nicht vertan, ich bestelle wirklich *zwei Hauptgerichte,* erst den Eintopf, dann das Steak, zum Dessert Zwetschgenkuchen, aber bitte mit Sahne. Später im Bett noch ein Snickers. Oder zwei.

Ich kucke mir die Profile von den Pässen, die ich gefahren bin, hinterher gerne an, immer wieder nehme ich sie zur Hand, nachts im Bett oder zwischendurch, aus heiterem Himmel erfasst mich der Drang, sie zu betrachten.

Diese Höhenprofile können losgelöst im Raum stehen, die Linien sind so schön, sie sind Kunst, und ich habe diese Kunst mit dem Fahrrad nachgemalt und lebendig werden lassen. Solch eine Tour erfüllt einen gänzlich, sättigt auch den geistigen Hunger. Kein Bedarf mehr nach Vollendung, kein Druck mehr, etwas zu erreichen, denn man vollendet sich selbst.

Ich mache das alles immer alleine. Ich bin Solist. An meine Haut lasse ich nur Egoïste. Meine Großmutter fragte mich immer, wenn sie von meinen Touren hörte, ob ich dabei auch »Gesellschaft« habe. Es war ihr wichtig, dass ich nicht allein war, ich aber sagte ihr, dass ich völlig frei sein wolle. Mein Vater meint, wenn er sich nach meinem Befinden erkundigt, ich sei nur glücklich, wenn ich abends irgendwo ein Bier trinken gehe. Wenn man in München wohnt, erwarten die Leute ja überhaupt von einem, dass man ständig im Biergarten hockt, mit einem Maßkrug in der Hand, mentale Burschenschaft qua Wohnsitz.

Aber ich bleibe lieber allein zu Haus. Bei Freud steht irgendwo, dass sich das Individuum in seine Höhle zurückzieht, zurück in den Mutterleib, aus dem es kommt, weil es hofft, dort nicht länger den Enttäuschungen durch andere ausgesetzt zu sein.

Immer allein. Immer unterwegs. Und heute eben die nächste Stufe: Noch nicht einmal einen Drahtesel habe ich als Gefährten, nur meine Beine auf Schusters Rappen. Vorbei am Mühlenwirt, gute Küche, Leberknödel groß wie Handbälle. Die Floßrutsche. Da rauschen die Trachtengruppen, Kegelclubs und Betriebsausflügler hinunter, betrunken in Lederhosen, angetörnt von Strömung und Fassbier, ein Flussklo am Floßrand hinter Blümchenvorhang, und dann weiter auf der Isar bis nach München und betrunken vom Floß in die nächste Wirtschaft fallen.

An der Durchfahrt des Wasserkraftwerks die beiden gläsernen Lampen, die wie Windrosen aussehen, gut geschliffene Kristalle. »Captain Future and the Seven Space Stones«, »Diamanten der Macht«, die Folge der Science-Fiction-Serie, in der Bösewicht Ui Quorn flüchtet, indem er sich auf Atomgröße verkleinert und in das subatomare Universum in einem roten Sandkorn abtaucht, das in die Spitze eines schwarzen Diamanten der Macht gefasst ist. Doch Captain Future verkleinert sich auch und folgt ihm in die dunkel hallende Kristallwelt, während sein Raumschiff Comet um den Vergnügungsplaneten kreist: was für ein Finale, die Lösung der ganz großen Probleme auf engstem subatomarem Raum.

Ich komme hoch auf den Damm, hinter der lang gezogenen Wasserfläche öffnet sich der Wald und gibt den Blick auf die Berge frei. Nicht nur auf die obersten Felszacken, die ich auch von meinem Balkon aus sehe, sondern auf die kompletten Wände, die hinter dem diesigen Schleier fast schwarz sind.

Das ist immer ein berauschendes Gefühl, sich mit eigener Körperkraft den Bergen zu nähern, Doping durch die Augen. Mit dem Fahrrad brauche ich von München aus knapp 40 Minuten, bis ich bei Straßlach die Berge vor mir sehe. Nach diesen 40 Minuten habe ich das Leben in der Stadt hinter mir gelassen, und es fängt ein neues Leben an, das Abenteuer.

Ich laufe auf dem schmalen Damm, links der Kanal mit dem Kraftwerkwasser, rechts der Fluss, vom Wald verborgen. Dick und schlammig steht das grüne Wasser im Kanal. Rascheln des Schilfgrases, Kreischen der Vögel. Enten platschen übers Wasser, für die ist das Abheben auch nicht leicht. Kanalratten strecken die Nase aus dem Wasser. Treibholz auf dem Weg in die große Stadt, bei Hochwasser schleppt die Isar ganze Baumstämme an, die in München das Ufer neu gestalten, auch das Kiesbett ist immer in Bewegung, wird täglich neu aufgeschüttelt. Mir fällt das Wort »Mangrovenwälder« ein, weiß aber nicht genau, wie die Dinger aussehen. Mississippi. »›Tom!‹ Keine Antwort. ›Tom!‹ Keine Antwort.«

So, mal kurz an den Rand stellen: Wenn ich trotz des ganzen Schwitzens ab und zu pinkeln muss und der Strahl schön hell ist, dann ist mein Flüssigkeitshaushalt in Ordnung. Ja, das ist er, champagnergolden. Auf gar keinen Fall darf er ins Trübe, Weißbierartige changieren, dann muss ich mehr trinken. Kaum stehe ich, halte einen Moment inne, schon fühlt sich der Körper kälter an. Ich merke, wie nass geschwitzt ich bin. Gleich wird alles wieder gleichmäßig warm, werden Körper und Schweiß wieder eins.

Und weiter. Ich blicke über die Wälder, die Hochufer werden niedriger. Wie weit und öde diese Münchner Schotterebene ist, merkt man, wenn man die langen schnurgeraden Korridore durch den Forst auf dem Fahrrad oder zu Fuß durchmisst und immer nur weit entfernte Lichter am Ende der Baumtunnel sieht. Lange Geraden sind wie ein Buch, dessen Text in kleinster Schriftgröße auf einer einzigen Seite steht. Der Mensch blättert aber ganz gern mal um. Auf jeder neuen Seite und hinter jeder Kurve könnte eine Überraschung lauern.

Da kommt mir auf dem schmalen Damm ein riesiger Traktor entgegen, mit einer Hummerschere hinten, die er schräg nach unten klappt und die zum Kanal hin abfallende Böschung rasiert. Ganz schön breit, der Trecker, hoffentlich komme ich dran vorbei. Fein geraspeltes Gras spritzt in die Luft und eine Wolke aufgewirbelten Wassers, in dem die Mähermesser wie ein Pürierstab gurgeln. Laufe im Seitgalopp rechts vorbei, muss mich dünn machen. Solche Arbeiten mit schwerem Gerät sind gefährlich. In den Bergen wäre ich einmal beinahe von Holzfällern übersehen worden, die Baumstämme mit ihren spinnenbeinigen Kränen herumwerfen wie Mikadostäbchen. Ich stand auf einmal dazwischen, hätte ich damals kein Glück gehabt, liefe ich heute nicht hier.

Der Kanal sieht jetzt aus wie ein geschorener G.I., eine Landebahn, Brazilian Waxing Landing Strip. Die Berge tauchen immer wieder auf und verschwinden hinter den Bäumen, je nach Kurvenlage. Am anderen Ufer radeln drei Schäftlarner Klosterschülerinnen vorüber, Englische Fräulein?, eine mit Zopf, zwei mit hochgesteckten Haaren.

Autofreie Straße, beliebt bei Radfahrern und Inlineskatern, dieser hartnäckig sich haltenden Problemspezies. Sie schwenken auf ihren Rollschuhen weit nach links und rechts aus, müssten eigentlich rote Fahnen am Hintern tragen wie Baumtransporter: »Achtung, Hänger schwenkt aus!« Ihr Fahrstil wirkt meistens unsicher, sodass man mit dem Fahrrad nicht nah ran oder dran vorbeifahren will, weil sie jederzeit nach vorne oder zur Seite stolpern könnten. Und diejenigen Inlineskater, die Knie- und Handgelenkschützer tragen, überholt man besser mit einigen Metern Sicherheitsabstand, so wie Kühe, die in den Bergen auf den Straßen stehen und jederzeit austreten können.

In sesshaften Phasen schwillt mein geistiger Hunger an und ist kaum zu bändigen. In diesen Phasen gibt es nur eine Sache, die mir Befriedigung verschafft: Schach, Glanzpartien.

Wie die Partie von Louis Charles Mahé La Bourdonnais gegen Alexander MacDonnell, gespielt 1834 in London. Gleich, mit dem nächsten Zug, dem 36., wird La Bourdonnais, der die schwarzen Figuren führt und materiell bereits im Rückstand ist, seine Dame opfern und mit ihr den weißen Turm auf dem Feld d1 schlagen. Eine unglaubliche Stellung, der ultimative Bauernangriff: La Bourdonnais verlässt sich allein auf die Kraft seiner mate-

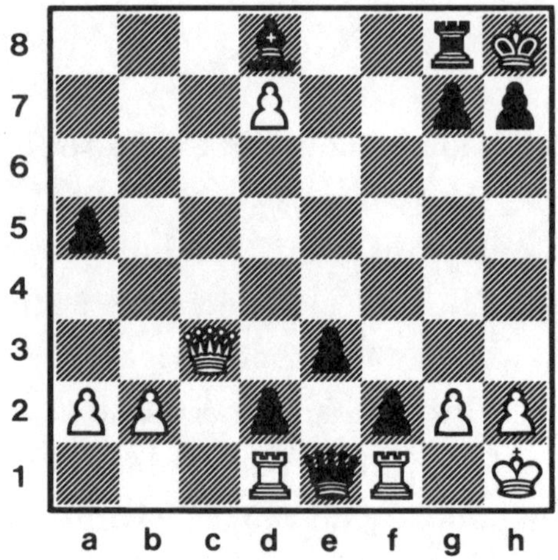

riell schwächsten Figuren, drei verbundenen, weit vorgerückten Bauern, die sich in mächtige Damen verwandeln werden, sobald sie die achte Reihe erreichen.

Eine Schachpartie ist immer mehr als das, was man auf dem Brett sieht, ihr Wurzelwerk besteht aus den unsichtbaren Verästelungen des Verlaufs, den sie nicht nahm, aus den Variationen, die nicht gespielt wurden, weil die Spieler sie vermieden oder aber übersehen haben. La Bourdonnais hat seit Beginn der Partie allen Verlockungen des materiellen Gewinns widerstanden, ist seiner Strategie treu geblieben und hat sogar Verluste bereitwillig hingenommen. Am Ende siegt tiefe Strategie über oberflächliche Taktik: La Bourdonnais triumphiert als Immaterialist, dessen Vorteil allein in Zeit und Raum besteht. MacDonnell gibt einen Zug später auf.

Schach bietet mir die strategische Form des Vorankommens, den gerechten Erfolg aus eigener Kraft, den das Leben mir versagt. Ich spiele nachts. Entweder nehme ich meinen Künstlernamen Chessbohemian an und spiele in einem Forum im Internet gegen Spieler auf der ganzen Welt, gegen Filco aus Como, EricNYC in New York oder gegen CarbonatedBeef – mein Lieblingsschachforumkünstlername. Noch lieber spiele ich die großen Partien der Meister nach. Mein Bett, mein Schlafkessel, mein Schachbrett und die großartigen Züge eines Paul Morphy, José Raúl Capablanca, seine fantastische Verteidigung gegen Marshalls Gambit, und vor allem das Sizilianisch von Bobby Fischer und Garri Kasparow, Poisoned-Pawn-Variante, der vergiftete Bauer, den Schwarz raubt und dann beweisen muss, dass er ein Gegengift gefunden hat. Oder Alexei »Fire on Board« Schirow: Der geniale Geist dieser Spieler schwebt im Raum, weil ich am Brett die gleichen Züge ausführe, die sie einst ausführten, mit dem kleinen Unterschied, dass ich diese Züge nicht erdacht habe, sondern sie aus einem Buch oder von einem Computerausdruck ablese. Oder Aljechin, dieser Teufel, dieser waghalsige Angriffsspieler und Meisteropferer, wie hat der seine Gegner fertiggemacht! Armer Réti.

Ich spiele jede Nacht, bis es hell wird und die Vögel anfangen zu singen, oder bis die Müllmänner kommen und mit den Tonnen rumpeln. Manchmal vertiefe ich mich in die möglichen Folgen einer Kombination, tiefer und tiefer dringe ich in die Varianten von Kasparows doppeltem Läuferopfer vor und sehe die entstehenden Stellungen vor mir – und wache dann vom Klackern der Schachfiguren auf, die ich umgestoßen habe, als ich mich im Schlaf umdrehte.

Laufen, nicht mehr denken: Es gibt keine steilen Passagen, wenn man aus München rausläuft. Da ist die Münchner Schotterebene, durch die muss man hindurch, das Gefälle der Isar hinauf, um zu den Bergen zu kommen, an die steilen Pässe und langen Hänge. Das Piepen der Uhr weckt mich nicht aus meiner Meditation. Es piept jetzt zum zweiten Mal, Rhythmus des Stundenalarms, besser mal ausschalten, nervt auf die Dauer. Das Tropfen der Zeit wie bei dieser Uhr, moderne Kunst, die aus einem riesigen Teertropfen besteht, der langsam zu Boden fällt und nur alle acht Jahre eine Zeitmarke setzt.

Kloster Schäftlarn liegt hier unten im Isartal und hat zu beiden Seiten Serpentinen, zu denen die Poser aus der City gerne hinfahren mit ihren 3000-Euro-Carbon-Rennrädern und denken, das sei wirklich hartes »Bergfahren«, diese 100 flachen Höhenmeter hochzurollen. Aber das ist gar nichts, höchstens ein Bergzitat.

Links, auf der östlichen Seite, da liegt diese schöne Straße nach Beigarten, die oft wegen Krötenwanderung gesperrt ist. Dann fahre ich sie erst recht, weil sie autofrei ist, und ich würde nie über eine Kröte rollen, ausgeschlossen. Im Kloster befindet sich ein Gymnasium, vielleicht ist es sogar ein Internat. Jedenfalls entstehen hier gute Jugenderinnerungen, da bin ich mir sicher. Es ist angenehm ländlich hier, denn München wirkt wie eine Patronin: Die Nähe der liberalen Stadt schützt die rurale Idylle vor provinzieller Idiotie und der als gesunde Strenge missverstandenen Erziehungsdiktatur auf gymnasialen Verbannungsinseln. Ob die Schülerinnen hier auch ein für alle Mal einen erkennbaren Klang in der Stimme haben werden? Salem-Absolventinnen erkenne ich während der Konversation an ihrer akustischen Signatur. Sie reden ohne ähm und hmm und klingen tief, auch wenn sie gar keine tiefe Stimme haben, im Grunde alle ein bisschen wie Tita von Hardenberg, obwohl die Waldorf-Schülerin ist, Sachen gibt's.

Es geht leicht bergab, rolle jetzt über die Fersen ab, das mache ich nur selten, aber manchmal ist es das Beste. Das ist der Sinn der Technik des Laufens, sofern man sich mit ihr beschäftigen will: die Vor- und Nachteile der Varianten, den Fuß auf den Boden zu setzen. Bei der Vorderfußtechnik setzt man den Fuß auf Höhe des kleinen Zehs auf, ein Spitzenlauf, tänzerisch, gazellenleicht, wie die Afrikaner auf der Bahn; bei der Mittelfußtechnik findet der Bodenkontakt ungefähr in der Fußmitte statt; und dann gibt es eben noch das Abrollen wie beim Gehen. Das ist das faulste Laufen, für das man keine Technik trainieren muss und für das sie diese dicken Dämpfungsplateausohlen unter die Laufschuhe schrauben, gefüllt mit Air oder Gel oder Wabenkonstruktionen oder sonstigem technologischen Fortschritt simulierenden Quatsch, den ein trainierter Vorderfußläufer gar nicht braucht.

Sowieso wird kein Dämpfungssystem der Welt deine Gelenke jemals retten – ich schlage jetzt mal diesen »Runner's World«-Ton an, oder wie diese Outdoor-Spießermagazine heißen –, nur eine trainierte Muskulatur entlastet die Gelenke und dämpft den Aufprall, wie eine Feder mit Vorspannung. Im Winter ist das Auftrittgefühl am schönsten, am sanftesten, wenn der Schnee den Aufprall dämpft, Schnee und Muskeln, ein wirklich funktionierendes, natürliches Dämpfungssystem. Kornell Snow, so hieße der Laufschuh, den ich auf den Markt brächte.

Als ich meinen Laufstil auf die Vorderfußtechnik umstellte, veränderten sich meine Füße komplett, weil die Belastung im Schuh eine andere war. Ich hatte wochenlang Blasen und Schwielen an den Zehen und unter dem Ballen, lief bandagiert, blutend und unter Schmerzen, bis sich Hornhaut an den entscheidenden Stellen gebildet hatte. Heute wechsele ich zwischen allen drei Techniken, Vorderfuß, Mittelfuß und Abrollen, ab, weil das die Belastung gleichmäßig verteilt. Habe mehrere Gänge wie eine Rennmaschine, und es ist immer gut, Optionen zu haben.

Marcel-Proust-Fragebogen: Was wäre für Sie das größte Unglück? Soll ich da »Nicht mehr laufen können« hinschreiben?

Menschen sind angeblich ein halbes Jahr lang traurig, wenn sie ein Schicksalsschlag in der Dimension einer Erblindung oder einer Querschnittslähmung trifft. Nach sechs Monaten erreichen sie wieder das Zufriedenheitsniveau wie vor dem Unfall oder sind sogar glücklicher als je zuvor.

Auf der Abfahrt mit dem Rad vom Stubaier Gletscher, diese fantastische Gletscherstraße hinab, die durch eine Mondlandschaft auf 2750 Meter hinaufführt – man kuckt zur Seite und sieht, dass ewiges Eis unter einem liegt –, habe ich mal einen Typen auf einem Handfahrrad getroffen. Er stand auf 2000 Metern Meereshöhe am Straßenrand, blickte über den Stausee und ruhte sich aus. Ohne darüber nachzudenken, hielt ich an und stellte mich zu ihm, sagte, Kompliment, Respekt, was man eben so quatscht, dass du dich bis hierher hochgekurbelt hast. Er trug eine Trainingshose, T-Shirt, hatte mächtige Oberarme, war etwas jünger als ich.

»Bist du früher Rad gefahren«, fragte ich ihn.

»Ja, früher Rad, dann hatte ich den Unfall. Ist es noch weit bis zum Gipfel?«

»Noch mal 800 Höhenmeter von hier«, sagte ich, »mittelsteil, aber es zieht sich.«

Er nickte und wiegte dann den Kopf hin und her, einerseits glücklich, an diesem schönen Frühherbsttag so weit oben zu sein, andererseits aufrichtig resigniert über die volle Härte der Steigungen. Er steckte mittendrin. Wäre ich auch so stark, so weiterzumachen?

Proust-Fragebogen-Fragen:

Was ist für Sie das größte Unglück? Auf andere angewiesen zu sein.

Wo möchten Sie leben? Berghütte mit Kabelfernsehen und Breitband-Internetanschluss.

Was ist für Sie das vollkommene irdische Glück? Bergankunft mit dem Rad auf einem Alpenpass oberhalb von 2500 Metern, beziehungsweise das Abendessen danach, beziehungsweise das anschließende Fernsehkucken im Bett.

Da kommt mir ein Floß entgegen, Ausflugsfahrt, Frauen in Dirndln, die Brüste fest unters Kinn gepresst, Männer in Lederhosen, frische weiße Hemden, akkurat frisiert, aber fleckig im Schritt. Sie schunkeln auf den Wogen der Bierseligkeit, die Blaskapelle spielt den »Sound of Jamaica«, dadadadidada. Sie sind auf dem Weg nach München, im Isarströmungstempo, also etwas langsamer, als ich laufe. Treiben in die Stadt, die hinter mir liegt.

Seit ich die Berge sehe, verändert sich auch die Landschaft, sie ist jetzt voralpin, öffnet sich zur Alpenkette hin, die wie eine breite Himmelssprungschanze der Möglichkeiten am Horizont liegt. Das ist immer das Härteste bei jeder Tour: das Sichlösen von zu Hause, die Anstrengung, die Wohnung zu verlassen, wie ein Raumschiff, das mittels massiver Raketenladungen von der Schwerkraft losgeeist wird. Am Vorabend muss man entscheiden, dass man morgens aufbrechen wird, und man weiß dann schon, dass man am Morgen, wenn man Minuten vorm ohnehin viel zu frühen Weckerklingeln unruhig-verschwitzt nach flachem Wälzschlaf erwacht, keine Lust zum Aufbrechen haben, sondern vielmehr trostlos verstimmt sein und den Gedanken denken wird: Ist es zu

Hause nicht doch am schönsten? Diesen Auswuchs des freien Willens muss man ignorieren, ihn abwehren wie einen Sabotageversuch der Terrorgruppe Bescheidenheit: Das größenwahnsinnige Spätabends-Ego legt vorab ein Veto gegen das defätistische Frühmorgen-Ich ein. So muss sich ein Schweinehund anfühlen.

Hat man das Kesselsystem des Dachsbaus hinter sich gelassen, dann werden die Möglichkeiten weit, dann kann man schwerelose Entscheidungen treffen. Der grüne München-Isar-Schlund hat mich ausgespuckt, jetzt bin ich im Orbit, der Spalt zum Wechsel in andere Realitäten öffnet sich, wir machen den Weg frei.

Tägliches Training ist nur die Basis der Freiheit, dorthin zu gehen, wohin man will. Training räumt Hürden aus dem Weg. Kein Berg ist mir mehr zu hoch, keine Ebene zu weit: Wenn es irgendwo eine unbewohnte Wildnis gäbe, 500 gefährlich exponierte Kilometer weit, und die Einheimischen im Dorf am Rande dieser Wildnis mich eindringlich warnten, sie zu betreten – ich würde trotzdem gehen.

Weil ich weiß, dass ich so schnell und austrainiert bin, dass ich die 500 Kilometer zu Fuß durchqueren kann. Das gibt mir Sicherheit, ich bin in Form, ich bin bereit, wenn die Menschen eines Tages wieder in die Wälder gehen. Über den Läufer Hicham El Guerrouj las ich mal den Satz: »Seine Trainingsgründe liegen in den Zedernwäldern des Atlasgebirges.« Wie schön. In Zedernwäldern will ich einst auch laufen, wie ich schon im äthiopischen Hochland lief.

Hahaha, dieser Radfahrer aus Exeter auf dem Weg nach Peking: Zeltet er in der Mongolei und kettet vorsichtshalber sein Rad am Zelt fest. Nachts wird er von einem reißenden Geräusch geweckt, spürt einen Ruck, kuckt aus dem Zelt und sieht einen Mongolen davonreiten, an einem Lasso das Fahrrad hinter sich herschleifend, das er einfach mit Wucht vom Zelt losgerissen hat!

Darum geht's: Für solche Expeditionen bereit zu sein, die Ausrüstung einsatzfähig im Keller stehen zu haben, jederzeit die Taschen packen und aufbrechen zu können, meinetwegen mit dem Fahrrad in die Mongolei zu den wilden Reitern. Auf den Fotos stehen ihre schwarzen Pferde mit wehenden Mähnen in der Luft, nicht um die Reiter abzuwerfen, sondern von ihnen zu solch gemeinsamer Kühnheit ermuntert. Diese Stelle bei Bruce Chatwin nach einem Anruf am späten Abend: »Ich warf rasch ein paar Sachen in meinen Rucksack, zog die Wanderstiefel an, fuhr zur Victoria Station und nahm den Nachtzug nach Schottland.« Bereit sein für die Zeit, wenn die Menschen wieder in die Wälder gehen, mit Pfeil und Bogen.

Die Bereitschaft, überall hinzugehen: Ohne depressiv zu sein, überlege ich immer wieder mal, ob ich mich an meinem nächsten Geburtstag nicht einfach umbringen sollte. So wie die Familie in Michael Hanekes Film »Der siebente Kontinent«: Die motorsägen einfach ihre Möbel kurz und klein und geben erst ihren Kindern eine Überdosis Schlafmittel und dann sich selbst. Weil es einfach reicht und weil man gehen sollte, wenn es am schönsten ist. Dann wäre es vorbei mit der Unzufriedenheit, diesem peinlichen Leiden an sich selbst. Ich stelle mir dann meine Beerdigung vor, das heißt erst mal die Reaktionen der Menschen, wenn sie von meinem Tod erfahren, und dann die Beerdigung, also die Tom-Sawyer-Situation, wenn er und Huck bei ihrer eigenen Beerdigung zu Gast sind. Das kann man sich schön ausmalen, obwohl man weiß, dass es ganz anders sein würde. Und meistens höre ich auf, mir das vorzustellen, weil die eitel überskizzierte Traurigkeit der anderen auch mich traurig macht.

Da vorne geht eine überdachte Holzbrücke über den Kanal. »Bridges of Madison County«, Clint Eastwood fährt im Jeep durch den Regen, und Meryl weint, dann tanzen sie. Auf diesen überdachten Brücken zu stehen und dem Fluss beim Fließen zuzusehen ist immer ein kleines Melodram für sich: wie Fernweh und seine Erfüllung zugleich, ohne den Frust der die Erwartungen nicht befriedigenden Fremde.

Habe mal in Schweden, in Dalarna, dem weiten hügeligen Wälderland, an einem zugefrorenen See gezeltet, an dem ein paar Ferienhäuser standen, rot gestrichene Holzhäuser mit großen Fenstern und weißen Balken. Ein Haus hatte die perfekte schneefreie trockene warme Rasenstelle im Garten, wo mein Zelt genau hinpasste.

Ein weiter Blick über die Eisfläche des Sees nach Westen in den Sonnenuntergang, wo die Sonne so lange tief steht. Ein Lagerfeuer mit wenigen trockenen und vielen nassen Ästen, viel Rauch. Wildgänse fliegen aus der Sonne über den See, über die eingefrorene Badeinsel und über mich hinweg. Im an manchen Stellen schneefreien, ungemähten Gras erkennt man die Laufwege, die aus den Gärten der allwinterlich herrenlosen Häuser ans Ufer führen. Mit dem Kiel nach oben liegen die Boote aufgereiht, daneben Angeln, um die sich ihre Besitzer keine Sorgen machen müssen: Wenn sie im Sommer wiederkommen, werden sie sie einfach zur Hand nehmen, so wie sie sie ein halbes Jahr zuvor abgelegt haben. Auf einem Angelgriff steht der Name »Ellenor«, und als ich das lese, weiß ich, dass ich hier die Zutaten für die späteren Erinnerungen an eine glückliche Kindheit in eingefrorenem Zustand vor mir sehe.

Nachts erfriere ich dann fast im Zelt, es wird unheimlich kalt, minus 15 Grad, kontinentales Klima, 40 Grad Tagesamplitude, und ich auf meiner Frühlingsisoliermatte. Und in meinem Frühlingsdaunenschlafsack. Ziehe alle Kleidungsstücke an, die ich dabeihabe, und stecke meine Füße in den leeren Rucksack und friere immer noch.

Und dann knirscht der Schnee, und ich stelle mir mit Herzrasen vor, wie gerade ein Wolf oder Bär den aus dem Zelt strömenden Menschengeruch prüft. Gut, sage ich mir, ein Wolf, ein Bär, und wenn sie gegen alle Erwartung und Vernunft rauflustig gestimmt sind und in mein Zelt einbrechen und mich hinauszerren, dann soll es eben so sein. Ein Ende, das ein gutes Ende wäre. Doch zugleich merke ich frierend, wie gerne ich lebe, wie angenehm ich allein den Grundzustand empfinde, erschöpft und nicht frierend, warm, in der Natur zu liegen, als sei ich kein Mensch, sondern eine pulsierende Pflanze.

Gegen vier Uhr morgens kracht draußen der See, die Spannungen in den Eisschollen entladen sich, die gesamte Eisplatte auf dem See schwingt wie eine dunkle Glocke nach und beendet meine Totenwache. Endlich schlafe ich ein.

Laufe jetzt auf einer oberbayerischen Schwedenstraße, schmaler feinster Asphalt, der sich als lange Gerade durch den Wald zieht. In Schweden stand ich am Straßenrand und wollte trampen, doch kein Auto kam, und die wenigen, ein bis zwei pro Stunde, die dann doch kamen, brausten freundlich grüßend in der hellen, feinen Staubwolke einer selten benutzten Straße vorüber. Hier sind zwar auch keine Autos, aber anders als in Schweden ziemlich viele Inlineskater unterwegs, die auf Sportlich machen, beide Arme hinterm Rücken verschränkt oder einen Arm hinterm Rücken und mit dem anderen ausladend schwingend. Auch zwei Girls in engen Jeans staksen rollend durch den Wald, überholen mich und reden über Jungs, eine blond, eine schwarzhaarig, ist ja wie im Märchen hier.

Die Isar verschwindet rechts im Wald, weitet sich zur Auenlandschaft. Ich sehe sie erst an der Stelle wieder, wo die Flöße zusammengeschnürt werden für die Blasmusik & Bier-Fahrten nach München. Wie große Streichhölzer liegen die losen Floßstämme da, kurz bevor sie in die Schachtel gepackt werden, Spielzeug für zündelnde Riesen.

Komme auf noch eine lange gerade Straße, jetzt geht es durch einen Kiefernwald. Die Baumstämme leuchten rot, darüber das hellgrüne lichte Blätterdach, sandiger Boden, wie auf Quiberon, der Halbinsel an der bretonischen Küste, schönste Zeitfahrstrecke raus aufs Meer. Leitplanken, aus runden Holzbohlen gemacht, rechts Parkplätze, darauf einzelne Autos und ein Wohnmobil, als gingen die Touristen von hier aus nicht ans Isarufer zum In-der-Sonne-Braten, sondern an den Atlantikstrand zum Wellenreiten.

Aber im Wohnmobil sitzen gar keine Touristen. Zwei Nutten hocken auf der Chauffeursbank, rauchen bei offenen Türen. Unterwegs im rollenden Bordell, Fahrtenbuch der Lust.

Klopfe in Gedanken mal an und frage, wie viel »französisch« kostet, weil ich hören will, wie sie so reden. »75 Euro ohne Brüsteanfassen«, sagt eine Rothaarige, deren volle Brüste lose aus dem Leibchen baumeln, dazwischen eine silberne Kette mit silbernem Kreuz. »Und 100 Euro mit Anfassen.«

Brustgefühl für 25 Euro, so teuer wie ein Solo-Abendessen in München, der Eintritt zu einem Independent-Konzert oder eine Flasche Bordeaux, Château les Bouzigues Réserve 2000. Nur mal so für meine persönliche Warenkorbstatistik.

Am zweiten Parkplatz schlage ich mich in die Auen, zu denen das Isarufer hier wieder angeschwollen ist. Auch hier stehen Autos, manche leer, in anderen sitzen Männer alleine. Sie glotzen mich an. Was machen sie hier? Gehen sie in den Wanderpuff und parken diskret abseits? Oder sind sie zum Cruisen im Dickicht hier und hoffen, ich cruise mit? Findet hier gleich mythischer Wolfratshausenparkplatzsex statt, mit der Digitalkamera gefilmt und flugs bei YouPorn hochgeladen? Oder sitzen diese Männer einfach nur gerne auf Parkplätzen in ihren Autos rum?

Manchmal hat man erst Ruhe, wenn man sich eine Frage beantwortet hat, weil man weiß, dass sie einen als offene Frage ewig nerven würde. Aber bei diesen Fragen ist das zum Glück nicht der Fall.

Vorbei am Naturschutzgebietsschild, dem grünen mit dem Vogel drauf, dann bin ich im Labyrinth aus Trampelpfaden, von denen die meisten ins Nichts führen. Husche durch diesen Irrgarten aus knorrigen Büschen, Stechginster und auf Kopfhöhe auftauchenden dornigen Ästen. Der Boden ist überzogen mit Wurzelwerk, Stolpern garantiert, wenn man nicht voll konzentriert darüber hinwegtänzelt. Ducke mich durch, muss die Füße heben, absolutes Schlurfverbot; wer sich hier nicht auskennt, muss sich verirren, fast unmöglich, das Geräusch des Flusses vom Rauschen des Windes zu unterscheiden und sich zu orientieren. Meine Verfolger werden sich verlaufen, ohne Hunde finden sie hier nicht raus.

Ich folge dem hellen Kies, bis die hellen Spuren breiter werden, dann wird der Boden sandig, und die Isar rauscht hellgrün durch ihr tief eingeschnittenes Bett. Bin jetzt wirklich in Quiberon, in den Dünen, laufe auf nassem festen Sand, so wie ich es mag, fast so angenehm wie Neuschnee. Laufe direkt am Ufer, rechts unten strömt mir die Isar mit hoher Fließgeschwindigkeit entgegen, wie das reißende Rinnsal am Rand einer steilen Stadtstraße nach einem Wolkenbruch, durch das der tapfere Zinnsoldat in den Gully in der Bordsteinkante und die Unterwelt der Kanalisation treibt. Isara, hier reißt die Reißende noch.

Jetzt wird das Flussbett breiter, laufe durch den groben Schotter, den schweren Isarkies. Das ist zu hart, sinke bis zu den Knöcheln ein. Hardrock Beach. Rockaway Beach. Lieber wieder ans Ufer, auf die Erdpiste zurück. An den schattigen Stellen, wo niemals Sonne hinfällt, ist sie feucht und schmierig. Muss in den Kurven sehr vorsichtig sein, nur ein Mal ausrutschen und falsch fallen (ohne Judorolle) bedeutet einen Ellenbogentrümmerbruch oder Ähnliches. Der große Lauf wäre vorbei, ehe er groß geworden ist. Der Mensch und sein aufrechter Gang: eine abenteuerliche Konstruktion, eine einzige schwankende Gestalt.

Ich winde mich durch die engen Baum- und Gebüschtunnel. Drehe den Oberkörper nach außen, drücke mit der Schulter die Zweige weg wie ein Slalomläufer, Kippstangen, unstürzbar wie Ingemar Stenmark. Weidenzweige schlagen mir vor Arme und Brust, hinterlassen rote

Striemen, was ich jedoch nicht als unangenehm empfinde. Hat das schon mit Masochismus zu tun? Ich denke, nicht, halte es vielmehr für intensives Lebensgefühl, Einwirkungen der Realität und die Antworten meines Körpers, dass er weit mehr als das abkann, ein Metronom der Welthaltigkeit. Manchmal habe ich ein kleines bisschen Haue gern.

Nackte Männer mit dicken Bäuchen irren umher wie im Nudismus-Inferno, als hätten sie sich nicht bewusst ausgezogen, sondern ihre Klamotten einfach verloren. Blicke bewusst weder in ihre Augen noch auf ihre Glieder, sondern lieber mal wieder auf die Uhr. Knapp unter drei Stunden. Bin zu schnell. Unter drei Stunden. Viel zu schnell. Hier, hinter Wolfratshausen, wo die Isar sich plötzlich zu einem Delta, in Everglades mit Inseln und Büschen verwandelt, liegt die Marathongrenze. Wolfratshausen, hier ist die Wildnis noch im Ortsnamen. Aber in der Realität hat sie keine Chance. Wir hatten vor ein paar Jahren einen Wolf hier. Er war auf der Suche nach einer Wölfin. Bei Starnberg wurde er von einem Auto überfahren. Und den Bären, den haben sie natürlich auch sofort umgelegt. Aber Bär und Wolf sind diese Wege immerhin kürzlich wieder gegangen, sie waren hier unterwegs. Wenn ich nur weit und hart genug laufe, werde ich auch wieder zum Tier.

Marathondistanz, unter drei Stunden. Muss mich zügeln, wenn ich durchhalten will. Marathon. Dass sie so ein Gewese darum machen, all die Manager und Angestellten, die ihn unbedingt finishen müssen, nur um zu wissen und zu erzählen, dass sie die volle Distanz durchgestanden haben. Und dass sie ihn nicht alleine, jeder für sich selbst, laufen können, die Strecke mit dem Rad abmessen und sich dann mal in Ruhe an einem Samstagnachmittag auf den Weg machen, lostraben und hintenraus beschleunigen, wenn sie nach 30 Kilometern noch vorlaut sind. Nein, sie brauchen eine Startzeit zu entlegener Stunde an entlegenem Ort, sie brauchen die Fiktion eines Wettkampfes, bei dem es für sie nichts zu gewinnen gibt. Und das Finisher-T-Shirt, das es trotzdem gibt, brauchen sie unbedingt.

Denn sie sind stolz, wenn sie beim Marathon nicht zusammenbrechen. Dabei fängt doch erst dahinter das Laufen an, die Zonen des Geistes, in die man dann eintritt, sind doch ganz andere, wahnwitzige, unvergleichliche. Dort kann man finden, was kein Mensch zuvor erblickt hat. Louis L'Amour, der große Beschreiber des harten Draußenseins, wusste das: »Too often I would hear men boast of the miles covered that day, rarely of what they had seen.«

Mal ist Laufen einfach dieses Hochgefühl, sich mit seinem Körper wie ein Indianer, wie ein Ureinwohner durch die Landschaft zu bewegen, wenn man etwa nach starken Regenfällen das nasse hohe Gras streift und Schuhe, Hose, T-Shirt auf einmal durchnässt sind, während alle anderen Läufer im Abendsonnenschein trocken bleiben, weil sie den direkten Konfrontationskurs mit der Natur scheuen und, obwohl sie ganz in der Nähe laufen, kategoriell andere, naturferne Wege wählen. Es ist ein Hochgefühl, wie hier über den nassen Sand zu laufen, ganz nah am Fluss, ganz nah an der Natur oder an dem, was von ihr übrig geblieben ist. An anderen Tagen ist es das Weglaufen vor der geistigen Verspannung des Alltags und seiner Aggressionen. Deshalb auch das tägliche Training im vorauseilenden Gehorsam vor den körperlichen Reaktionen; die Hoffnung, sich durch Auslaugung die Wut zu ersparen.

So bin ich eigentlich nie in Topform, weil immer leicht erschöpft. Und dazu mein süßes nicht masochistisches Leiden: Mal schmerzen die Hüften eine Zeit lang, dann die Knie – die meist einzeln, die Hüften meist synchron. Ich laufe weiter, und der Schmerz verschwindet irgendwann. Was vom Laufen kommt, geht vom Laufen auch wieder weg.

Und Muskelschmerz ist ein ganz feiner Schmerz, wie das heftige Moussieren eines eiskalten Champagners. Wie Champagner müssen sich die Beine nach dem Laufen anfühlen, ach, der ganze Körper: als sei von allen Seiten mit Gummiknüppeln auf ihn eingeprügelt worden, sodass später die Muskeln vibrieren, wenn man mit einer attraktiven Frau, die sich die Fleischsauce von den Fingern leckt, bei einem überraschenden Abendessen sitzt und denkt, alles ist jetzt so entspannt, und ihr entspannter Körper schmiegt sich atmosphärisch schon an die eigene entspannte Muskulatur, dass man sie selbstverständlich nach dem Essen ficken sollte. Weil die Muskeln in diesem Moment in der gleichen Wellenlänge vibrieren, sodass man nicht nachdenken, sondern das Wort »ficken« benutzen und dem Befehl der körperlichen Harmonie folgen muss.

Oder nach dem Laufen alleine im Bett liegen, die Beine ausgestreckt, vielleicht sogar ein Stück Decke unter der Kniekehle, sodass sie leicht gebeugt sind, und dann zucken die Muskeln im Oberschenkel von selbst, die Haustiere träumen wieder, das ist eines der schönsten Entspannungsgefühle überhaupt. Dann herrscht Frieden im Körper. Und dann noch ein wenig P. G. Wodehouse lesen – »›Precisely, sir‹«.

Je älter ich werde, desto langsamer lese ich, schwelge in Szenen (Graf von Montecristo, die Flucht vom Château d'If), Sätzen (Kafka, Strafkolonie), Stimmungen (Tolkien) oder Arno Schmidts Rechtschreibrevolution (»– : – :? – :!!! –«), die Handlungen kenne ich doch alle schon. Verstehe diese Schnellleser nicht, die auch noch stolz darauf sind, dass und wie schnell sie lesen. Manchmal nehme ich mir eine Reihe Romananfänge vor, das ist wie eine delikate Platte mit Spargelspitzen verschiedener Provenienzen, die man langsam wegschlürft und zergehen lässt. Lese also Wodehouse, bis das aufgeschlagene Buch auf meiner Brust gelandet ist. Und beim Aufwachen am nächsten Spätvormittag noch einen Rest von Erschöpfung spüren, sonst war die Bewegungsdosis zu gering.

Ein Stück Wald, dann ganz dichter Büschelwuchs am Ufer. Brennnesseln und Dornen stechen durch meine Strümpfe in die Waden und in die nackten Oberschenkel. Die Stauden und Blätter streifen über meine Haut, die Natur schrubbt mich rein wie die rollenden Bürsten in einer Autowaschanlage. Sie poliert mich mit hellblauen und lilafarbenen Blütenkelchen, Goldregen-Finish, Bodypainting, bekomme mein Finisher-T-Shirt also doch noch. Der reinste Dschungel, fehlt nur, dass Schlangen mit kaleidoskopischen Hypnoseaugen von den Ästen hängen. Ohne Machete ist hier kein Durchkommen. Die Isar will ihre Ruhe haben, lässt mich nicht ran.

Nehme einen steilen Pfad durch ein trockenes Bachbett, höre einen Lkw-Motor vorbeibrummen, bevor ich die Straße sehe. Straße, na prima. Aber Asphalt ist die hübscheste Tischdecke zum Kilometerfressen: Teer, der Vortrieb-Geschmacksverstärker. Es geht voran, und hinter Ascholding liegen die Berge angerichtet wie ein Buffet vor mir. Kiesweg und Kuhglockenkonzert, eine Elster sitzt auf einem toten Baum. Über die Brücke und in den Wald, ein perfekter ruhiger Laufweg auf dem Hochufer. Ein Loch in den Bäumen und ein Blick nach Süden auf die zu den Bergen hin ansteigenden Kanada-Wälder.

Dann wieder Rechtskurven und Linkskurven, hoch und runter geht's, 3-D-Mäander. Völlig wirre und verschlungene Finten schlägt der Weg. Verliere den Fluss aus den Augen. Wenn ich's nicht besser wüsste, würde ich denken, ich hätte mich verlaufen. Dann ist sie, an Stellen, an denen ich nicht mit ihr gerechnet hätte, erst hinter den Bäumen glitzernd, bald breit und grün, wieder da. Wusst ich's doch: treue Begleiterin. Aber, Isar, musst du denn immer so mäandern? Da findet sich ja kein Mensch zurecht. Kannst du nicht einfach ein geradliniger ruhiger Fluss sein?

Kurvig führt der Weg in eine Kuhle hinab und kurvig wieder hinauf, Wellenbewegungen, vorbei an Bauern bei harter Feldarbeit. »The Long and Winding Road«, die Straße, die niemals verschwinden wird. Paul McCartney hat das in Schottland geschrieben, sich ans Klavier gesetzt und sein Schottland-Gefühl vertont. Ich habe die britische Kultur auch erst verstanden, als ich quer durch Nordengland gelaufen bin, von der Ost- an die Westküste, gegen den Wind. Die alten Abteien im Morgennebel mit einer Korona aus verfallenden Grabsteinen, die Leere in der Mitte der Insel, verlorene Reiter im Hochmoor, Easby Abbey, die Ruine von Richmond, Yorkshire, ihr Ineinander von streng gestalteter Struktur und zufälligem Lückenmuster, dieser Fraß des Nichts an der Welt; die Insel im Würgegriff des Leviathans wie auf einer ganz alten pergamentenen Landkarte.

Man erkennt das märchenhafte Mittelalterland in Großbritannien wie den Teenager im Tattergreis, das hatte ich heute doch schon mal. Britische Künstler sind Pleinairmaler und Märchenprinzen, sie gehen raus und skizzieren immer wieder neu diese Doppelgesichtigkeit der Wirklichkeit. Dabei kommt dann »Stairway to Heaven« oder »The Piper at the Gates of Dawn« heraus: Pop ist im Grunde eine Naturreligion. Und Tolkien schrieb keine Fantasy, sondern magischen Realismus.

Pan spielt heute für mich, fühle seine Kraft tief in mir. Diese Tiefenkraft stellt sich ein, wenn ich ein paar Tage lang nicht trainiere. Um in Topform zu kommen, mache ich nichts und erhole mich einfach vor mich hin. Dann merke ich, wie sich von Tag zu Tag die Stärke ansammelt, wie sich die Ladung im Körper erhöht und mein Geist sich wie ein Bogen spannt. Der Körpergeruch verändert sich, ich rieche anders, beginne zu stinken, nach Stressschweiß, unausgelastetem Nervenschweiß. Eigenwutdoping.

Habe mich für den heutigen Tag eine Woche lang ausgeruht und so viele Steaks und Nudeln gefressen, wie ich reinbekommen konnte. Trotzdem kaum zugenommen, aber alle Speicher gefüllt, Kohlenhydrate, Proteine, Fett, alle Muskeln ausgeruht. Ein ganzer Kerl dank …

Der Hund und ich, wir waren nicht immer allein. Du hast etwas, es ist schön, und dann geht es kaputt. Du weißt nicht, was du falsch gemacht hast, aber auf einmal ist etwas vorbei. Solche Enttäuschungen. Laufe jeden Tag, um meinen Körper müde zu halten, damit mich die Aggressionen nicht stören, die kommen, wenn ich länger ruhe. »Nennt mich von heut' an Einsam,/Denn das wird mein Name sein.«

Damals in der Wohnküche. Ich starrte aus dem Fenster und rührte in der Tasse: Bleigrau trieben die aufgeschäumten Milchwolken im Himmelscappuccino. Ich hörte Radio, Otto Sander las Wondratschek. »Björk«, stöhnte ich leise, »ist das die Ostsee, die dort hinten schwimmt?« Sirenend nahte mal wieder ein Rettungswagen. Aus tiefster Kindheit sprachgeschädigt, sagte ich oft: »Hör mal, Blaulicht!« Das war schon der fünfte an diesem Morgen. Ich hätte in jenem Moment schon wissen können, dass ich in einer Sterbeschneise lebte.

Drei Stunden später begann mein letzter Abend mit ihr. Der Winter erwartete mich in Einsamkeit. Dennoch bewunderte ich ihre Route: Über Reval wollte sie hoch ins dunkel-kalte Fremde trampen. Aye, aye, Captain, immer Richtung Nordnordost, da gibt's noch Abenteuer!

Endlich und schon war der letzte Abend da. Ich traf sie zu einem Spaziergang über Wallanlagen. Bedrücktes Schlendern durch das Reich erleuchteter Fenster und zwischen Auen und Blättergespinsten in nassen Schatten. In jener Altstadt gab es nur Beerdigungsinstitute mit geschmackssicheren Urnendekorationen. Wir verabschiedeten uns an einem Turm, der »Kehrwieder« hieß.

Ein letztes Mal trieben wir kühnen Satzbau, ich las damals viel Arno Schmidt und hatte es tatsächlich so, in seinem Stil, gedacht: Wir trieben kühnen Satzbau in Phrasen mit »ich« auf »dich«, Futur 1 herrschte vor, und Adjektivisches gebärdete sich absolut.

Philologisch-strebsam wollte ich Hagel und Nebel des ewigen Novembers durchleben und mir nur ab und zu ein Suhlbad in Melancholie und die ein oder andere

Wellnessweinprobe gönnen. Schließlich harrten feinste Werkausgaben in meiner Bibliothek, Voltaire allein hatte mir 15 Millionen Wörter hinterlassen.

Aber ein Wort genügte, und der Leviathan eskimorollte schon mit der Titanic nicht; ich habe es nie vergessen, rot auf Stahltore gepinselt: Estonia. Von Reval aus hatte sie die Fähre genommen.

2. KUPIERTES GELÄNDE

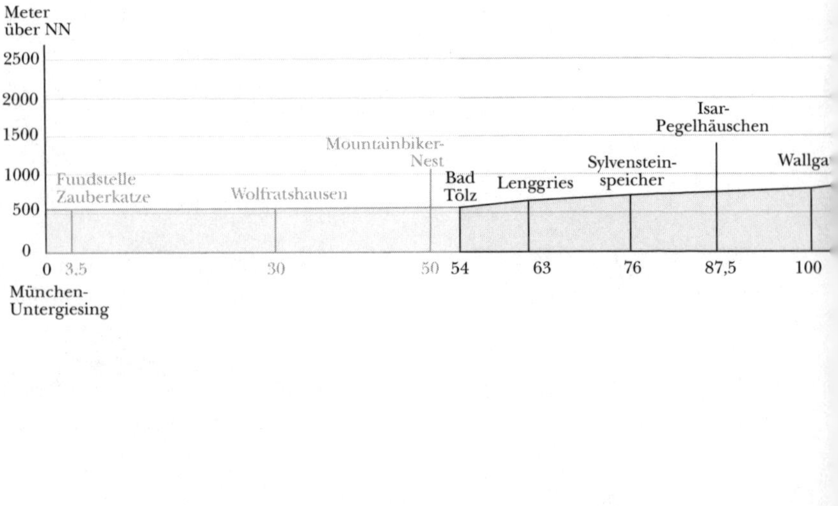

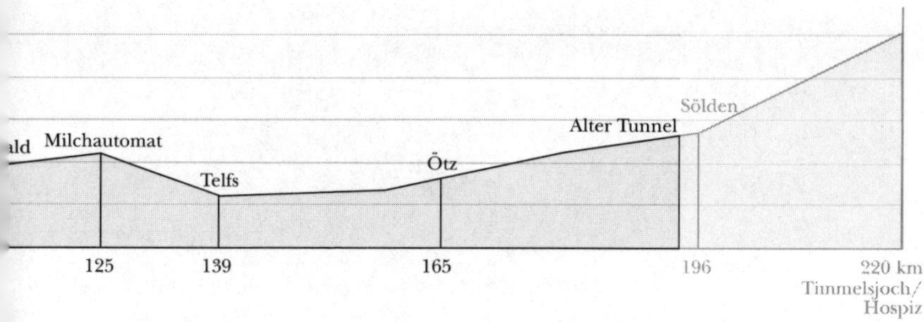

ald
Milchautomat
Telfs
Ötz
Alter Tunnel
Sölden
125
139
165
196
220 km
Timmelsjoch/
Hospiz

Wüüüh, wüüüh, wüüüh, da surren doch tatsächlich hinter mir wieder klebrige Mountainbikereifen heran. Bin zwar längst weit genug aus München raus, aber Mountainbikefahrer haben ihre Nester überall. Wüüüh, wüüüh, wüüüh, Geländereifen auf Asphalt, wüüüh, wüüüh, wüüüh, dieses surrende Geräusch, das von sinnlosem Widerstand kündet, als schmierte sich ein Läufer Klebstoff unter die Schuhe (sinnvoll wäre dieser allerdings, haftete er so stark wie der, den Pippi Langstrumpf dem zerlumpten Handlungsreisenden klaut, um mit Superkleberhilfe an der Decke entlangzuspazieren), Beleg dafür, dass Mountainbikes auf Asphalt nichts zu suchen haben. Wüüüh, wüüüh, wüüüh, das Geräusch wird lauter. Jetzt sind sie an mir vorbei, und Schweißgeruch hängt für einige Sekunden in der Luft.

Sie kurven immer ganz knapp an Fremdkörpern vorbei, um klarzumachen, dass man eigentlich nichts auf ihrer Straße zu suchen hat. Da kurbeln sie ihre Schinken weiter flussaufwärts, werden aber wohl nicht hochkommen. Diese beiden Experten müssen in Wolfratshausen losgefahren sein, oder sie kommen aus Bad Tölz. Beides liegt in der Ein-Stunden-Fahrrad-Grenze, und die ist maßgeblich: Denn bis 60 Fahrminuten rund um die Städte posieren die Stümper mit ihren Mountainbikes und Rennrädern (je größer die Städte, desto größer das Posieren) und tun so, als seien sie unheimlich gut drauf in ihren schwachsinnigerweise (weil sie nicht bezahlt werden, sondern dafür bezahlt haben) mit Werbung bedruckten Trikots. Spätestens zum Grillen müssen die beiden zu Hause sein.

Gerne fahren sie in Hochgeschwindigkeit auf ebener Strecke, etwa in München an der Isar, klingeln Fußgänger oder lässige Cruising-Radfahrer zur Seite und denken, sie wären ganz großartige Sportler, wenn sie so schnell fahren. Dabei ist mit dem effizienten Bewegungsverstärker-Fahrrad nichts einfacher, als in der Ebene schnell zu fahren, man muss dafür noch nicht einmal besonders viel Energie aufwenden. Mountainbikefahrer sind eben Poser, sie tun alle nur so, als seien sie austrainiert, wahrscheinlich posen sie auch vor sich selbst und ahnen dies. Denn weiter draußen, jenseits der Ein-Stunden-Fahrrad-Grenze, und erst recht auf den Pässen, ist es ziemlich leer. Da sind dann nur ganz wenige Radfahrer zu sehen. Steigungen über sieben Prozent sind Posergift.

Wenn sich Mountainbikefahrer doch mal in die Berge wagen, melden sie sich für eine Gruppenreise mit Gepäcktransport an und starten in Rudeln zur »Transalp«-Überquerung. Dann sieht man sie im Nähmaschinentritt schmale Schotterwege hochhoppeln, bis einer nach dem anderen absteigt und sich ins Schieben fügt. Den ganzen Tag und die halbe Nacht ist von nichts anderem als Höhenmetern die Rede, denn Höhenmeter und das Gewicht des Fahrrades, das sind die Werte, die ihnen so wichtig sind wie die PS-Zahl ihrer Geländewagen.

Und ob die »Transalp«-Gruppe einen Führer angemietet hat oder nicht, in jedem Fall haben alle Teilnehmer ein geländewagenvertrautes Instrument dabei: ein satellitengestütztes Navigationsgerät, damit sie nicht vom markierten Wanderweg abkommen. Das ist absurdester Ballast, den man als Erstes wegschmeißen würde, wenn man ihr Gepäck entrümpelte, wie der Bergführer, der im Spielfilm den Föhn, die Highheels und das Schminkköfferchen aus dem Rucksack der Großstadtschickse in den Mülleimer befördert. Denn mit jedem Blick, den man ins Navigationsgerät wirft, mit jedem Moment, den man sich diesem Medium widmet, entfernt man sich von der Natur, bringt sich um die abenteuerliche Chance, sich mit den Techniken zurechtzufinden, die die Natur anbietet. Es ist die freiwillige Aufgabe des Orientierungssinns, eine weitere peinliche Niederlage in der allumfassenden Kapitulation vor dem Druck des Konsums.

Orientieren, das heißt: einen Ort aufsuchen, von dem aus man die Sonne aufgehen sieht. So wenig, wie man sich die Ohren hier draußen mit Musik verstopfen darf, so wenig darf man die Orientierung einer Black Box überlassen. Doch in den BlödiaMärkten unserer Städte verkaufen die Verkäuferclowns die GPS-Systeme ohne Gnade an all die Ausrüstungsverirrten. Und je größer die Verkaufsverve der Verkäuferclowns, desto stutziger werde ich. Einen Kompass holen sie nur noch auf besondere Nachfrage aus einer der unteren Schubladen hervor. Die Verkäuferclowns wissen einfach besser Bescheid, auf das instabile Magnetfeld der Erde ist längst kein Verlass mehr, bald polt es sich wieder um. »Das geheime Wissen der Clowns«, ein bestsellerverdächtiger Titel.

Noch lieber, als im Rudel auf harten Sätteln labyrinthische Saumpfade zu behoppeln, transportieren die Alpenüberquerer ihre Mountainbikes und Rennräder auf dem Dachgepäckträger ihrer Autos auf breit asphaltierten Straßen durch die Alpen und hupen radfahrende Fahrradfahrer weg, wenn diese nicht streng an der rechten Fahrbahnmarkierung kleben. Und auf den Laufstrecken vor der Stadt benehmen sie sich auf ihren Vollcarbon-Rennmaschinen und Mountainbikes gegenüber Fußgängern ganz genauso: Sie drängeln, kommen von hinten nah rangefahren, sodass man ihr Atmen hört, oder, wenn sie zu mehreren sind, ihren Büro-Small-Talk über Chefs, Projektstarts und Marathons, diese mächtigen ausgewachsenen Männchen in ihren schwarzen Funktionstrikots, die am Bauch spannen.

Schwitzend-feist klingeln sie einen an den Rand oder rufen »Achtung!«, wenn sie keine Klingel montiert haben, um noch ein paar Gramm zu sparen, da sie selbst ja alle perfekt austrainiert sind. Sie tragen Camelbak, einen Wassersack auf dem Rücken, trinken während der Fahrt aus dem Schlauch, um keine wertvollen Sekunden ihres Langweilerlebens zu verlieren. Unter ihren Helmen und

Sonnenbrillen blicken sie gestresst, wie montagmorgens hinter den getönten Windschutzscheiben im SUV- und Limousinenstau in Richtung München-City-Sendlinger Straße, stopf, stopf, da stopft euch alle mit euren Karren rein, da kann man super rangieren, vor allem die alten blondierten Dünnen in ihren »Ich fahr dann mal in die Boutique«-Jeeps.

Mountainbikes sind die SUVs der Naherholungsgebiete, all denen, die sich dort angeberisch produzieren, würde ich es gerne mal auf einer endlosen langen und steilen Passstraße besorgen: Sie erst vor mir haben auf der Gletscherstraße zum Rettenbachferner, dann dranhängen und hören, wie sie atmen, mit jedem Höhenmeter angestrengter, und wenn sie dann wirklich schwer schnaufen, beschleunigen und mit einem »Servus!« vorbeiziehen.

Lustig, so eine Großwildjagd, aber manchmal muss ich auch Federvieh schießen: Am Fernpass habe ich mal zwei arrogante Rennradjungs erlegt. Trugen beide Trikots und lange Hosen, ich sah sie zum ersten Mal am Fuß des Passes in Nassereith, wo ich sie grüßte. Aber sie grüßten nicht zurück, weil ich kein Trikot, sondern ein hellblaues Armeehemd trug und eine Gepäcktasche am Dreigangrad hatte, da sind die Codes sehr streng. Selbst wenn es kein Puch Elegance, sondern eine Rennmaschine gewesen wäre, meinetwegen schwarzes Vollcarbon: Ohne Trikot und mit Gepäcktasche gehört man nicht zur Werbetrikot-Rennrad-Schicksalsgemeinschaft. Wenn auch sonst nichts, ihren Konsumknigge haben sie im Kopf.

Strafe muss sein, dachte ich und kaufte mir in aller Ruhe an der verschlafenen Tankstelle in Nassereith ein Snickers, gab ihnen also erst mal einen komfortablen Vorsprung. Noch ahnten sie nichts.

Ich kam aus dem Engadin, hatte Magenprobleme gehabt, dann aber bei Scuol Zauberwasser aus einer Bergquelle getrunken, das gelb war von Schwefel und natürliche Kohlensäure enthielt. Es hatte in meinem Körper aufgeräumt, den Darm beruhigt, und seine Kohlensäure machte immer noch Sprudelmusik aus den Öffnungen der Trinkflaschen. Der Fernpass ist nur ein Passzitat, eine schlängelnde Erhebung zwischen Alpenhauptkamm und Garmisch, ein Durchgang durch einen grünen feuchten Hügel mit bemoosten Felsen. Vor allem aus südlicher Richtung ist er wunderbar zügig zu nehmen, ich fuhr ihn, wie immer sitzend, im zweiten Gang.

Wie so oft am Fernpass regnete es leicht, ich genoss meinen warmen Körper in der kühlenden Regendusche. Bald hatte ich die beiden Jungs vor mir. Sie waren dünn, wogen beide um die 60 Kilogramm und fuhren eine hohe Frequenz. Mit ihren Beinchen konnten sie sichtlich keine kraftvolle große Übersetzung treten. Ich hängte mich an ihr Hinterrad, oder vielmehr: Ich zog sie nachdrücklich an mein Vorderrad, wie ein Hochseeangler zwei Babybarrakudas aus dem Wasser holt.

Sie wechselten sich bei der Führungsarbeit ab, gingen schon mal aus dem Sattel und blickten über die Schulter zurück, ahmten also das Verhalten von Profis bei der Tour de France nach, das sie aus dem Fernsehen kannten. Diese Angeberei konnte ich mir nicht lange ankucken: Auf dem kurzen Flachstück am Fernsteinsee scherte ich aus und zog an ihnen vorbei. In der folgenden Serpentine beschleunigte ich ernsthaft und konnte schon von oben auf sie hinabblicken. Dann fuhr ich mich so heiß, als seien meine Beine das Thermostat, mit dem ich den Regen wärmer drehte.

Kurz nach der Passhöhe hielt ich am rechten Straßenrand und machte mir den Spaß, ein kleines bisschen Gott zu spielen. Ausdrucksvoll blickte ich auf meine Uhr, bis endlich die beiden Verfolger kamen. Als sie in aerodynamischster Katzenbuckelpose heranrollten, war klar, dass ich ihnen auf dem kurzen Passabschnitt satte 80 Sekunden abgenommen hatte.

Ich blickte auf die Uhr, auf die Zugspitze in der Ferne, auf die Rennradschnösel, wieder auf die Uhr, dann wieder auf die Rennradschnösel und noch mal weit hinaus zur umnebelten Zugspitze. Und die Rennradschnösel blickten auf mich. Mit zusammengepressten Lippen schüttelte ich den Kopf. Strafe muss sein.

Mountainbikes, SUVs, Rennradschnösel, es liegt immer an mir selbst und dem Grad der misanthropischen Gereiztheit, wie nah ich sie mir kommen lasse. Manchmal bin ich so schlecht gelaunt, dass ich schon beim Erleben der Gegenwart weiß, dass ich diese Momente erst rückblickend aus der Zukunft, wenn sie also zu Vergangenheit geworden sind, genießen kann. Ich weiß, dass die Momente objektiv schön sind, kann subjektiv aber nicht anders, als sie zu verabscheuen. Solch ein im Grunde ignorables Wüüüh-wüüüh-wüüüh-Mountainbike-Reifensirren wird in der Gegenwart groß und laut, obwohl es, aus der Zukunft betrachtet, gar nicht existiert haben wird. Mit unfrischen Nerven produziere ich leicht verderbliche Gedankenware.

Jetzt bin ich in den Bergen, habe die Schotterebene hinter mir gelassen. Das heißt noch nicht wirklich *in* den Bergen, aber zwischen ihnen im Isartal, das immer tiefer in die Landschaft einschneidet. Am anderen Ufer zwei Jungen, die ihren schwarzen Labrador mit pfitschenden flachen Kieseln ins Wasser scheuchen. Er schwimmt hinterher, bis an die Stellen, an denen die Kiesel im Fluss versinken: Hunde sind die Einzigen, die einem so etwas auf Dauer nicht übel nehmen, sondern sogar dankbar sind.

Bad Tölz, rechts der Blomberg, wo sie im Winter auf Schlitten runterrodeln, vereiste Bahn, und aus der Kurve fliegen und sich die Knochen brechen. Herrlich das vielversprechende wilde grüne Auf und Ab der Hügel, zwar unterhalb der Baumgrenze, aber es zeigt, wohin die Reise geht. Jetzt bin ich zwischen den Bergen und mische mich unter sie, wie auf einer Party unter mir vertraute Gäste. Aber mein 14er-Schnitt war zu schnell, muss langsamer laufen, viel langsamer, einen 10er-Schnitt, das reicht, das ist genau richtig. Laufen. Die Zeit zerdehnen, einfach mal nicht mehr denken. Laufen.

Manchmal, an Tagen, an denen man gute Beine hat und die Muskulatur locker und ausgeruht ist, kein bisschen angesäuert, keine Faser blockiert, da ist Laufen wie Radfahren. Dann spürt man sein eigenes Körpergewicht nicht, sondern der Beinapparat unter einem trägt den Körper dahin. Man ist leicht wie die Äthiopierinnen, mit denen ich damals lief, man schwebt durch die Landschaft.

Das ist umso herrlicher, weil das eigene Gewicht das Lästigste beim Gehen und Laufen ist. Man muss sich selbst überallhin mitschleppen, und die Kilos drücken auf die Ballen, auf die Zehen, auf die Muskeln, und, wenn die müde sind, auf die Knorpelpuffer in den Gelenken. So rennen sie sich bei diesen City-Marathons, wenn sie sich mit Übergewicht mehr als vier Stunden über den heißen Asphalt schleppen, die Knie auf lange Zeit kaputt.

Neben schnell vergessenem Wüüüh-wüüüh-wüüüh gibt es Vergangenheitsportionen mit großzügigem Mindesthaltbarkeitsdatum, die lange in die Zukunft hinein erhalten bleiben, wo man sie immer wieder frisch serviert bekommt, aber bitte mit Sahne, so wie die größte Niederlage meiner Jugend: der 1000-Meter-Lauf auf der 300-Meter-Rundbahn auf der Susannenhöhe.

Eine 300-Meter-Bahn, dieses seltsame Maß beschreibt schon mein Problem: Fast alle Laufbahnen des Planeten Erde sind 400 Meter lang, nur die auf der Susannenhöhe, diesem Sportplatzhügel, der sich im Sauerland erhebt wie ein märkischer Olymp, ist 100 Meter kürzer. Wo immer ich in meiner Jugend 1000-Meter-Rennen lief, war ich auf zweieinhalb Runden programmiert. Doch auf der Susannenhöhe mussten es dreieindrittel Runden sein, und das war an jenem Tag, dem Tag der Niederlage, zu kompliziert für mich.

Ich war zehn oder vielleicht zwölf Jahre alt, und nach anderthalb Runden in zügigem Tempo fühlte ich mich besser als je zuvor, es konnte eine Zeit um die 3:10 Minuten werden. Ich lag in Führung und hatte frische Beine wie noch nie. Vielleicht war mein großer Tag gekommen, der Tag, an dem ich die Dreiminutenschwelle angriff, der Tag des Siegens. Meine Zeit ist jetzt!

Also setzte ich zum Schlussspurt an, im Glauben, nur noch eine Runde laufen zu müssen. Doch es waren noch fast zwei. Entsetzte Erwachsenengesichter standen am Rand der Laufbahn aus grauschwarzer Erde und riefen »Nein, Carlo, nein!«.

Was ich in meinem Adrenalin- und Übersäuerungsrausch, wenn der Kopf wie in einem mittelalterlichen Folterschraubstock steckt, verstand, war: »Lauf, Carlo, lauf!«

Und ich lief.

Ich lief um mein Leben.

Erschöpft und glücklich trudelte ich über die Ziellinie und riss die Arme zum Jubel hoch. Ein wenig staunte ich darüber, wie leicht dieser Sieg gewesen war, wie einfach sich die Gegner hatten abhängen lassen. Eine neue

Epoche musste angebrochen sein, die Zeit meiner Dominanz.

War es Frau Maximowitz, die mir in klaren Worten sagte, was ich da eben geleistet hatte? Ich verstand es spätestens, als die anderen Läufer weiterrannten – für eine kollektive Ehrenrunde waren sie viel zu schnell. Unfreiwillig war ich ihr Hase gewesen, der das Durchschnittstempo angezogen hatte, weil sie irritiert waren von meiner herausragenden Vorstellung und an den Kräfteverhältnissen zweifelten. Also mussten sie auch schneller laufen, als es bei unseren Jugendrennen üblich war, um am Ende eine Siegchance zu haben. Ich war raus, aber sie liefen dank mir fast alle persönliche 300-Meter-Bahn-Bestleistungen.

Nie vergessen werde ich die bis zu Tränen reichende Härte der letzten Runde, als ich auf die Bahn zurückgekehrt war und dem Feld hinterherlief, um das Rennen wenigstens anständig zu Ende zu bringen, dieses Kippen vom Triumph zu völliger Blamage. Ich hatte höchstes Spackotum zelebriert, ich war der Spackomat in Perfektion, der immer wieder aufs Neue beweist, dass er eine zu Recht unterschätzte Person ist. Denn das ist die dialektischschillernde Definition eines Spackos: eine zu Recht unterschätzte Person. Meine 300-Meter-Bahn-Performance war der aus Platin gefertigte Urmeter allen Spackotums, an dem sich alle zukünftigen Spackobestrebungen messen lassen mussten.

Aber das Scheitern kennt auch völlig andersartige Erscheinungsformen. Das Gegenteil meines gänzlich untragischen, nur von Dummheit verursachten und deshalb völlig gerechtfertigten, also spackohaften Versagens ist das Scheitern, das man nicht bewusst verhindern kann, weil es einfach über einen kommt wie eine Naturkatastrophe, eine Niederlage, die aus der Natur des Menschen erwächst.

Ich denke an das Yips der Golfer: diese gefürchtete Angst eines Golfspielers, eine stille Panikattacke, dass er den Ball mit dem kurzen Putt, aus vielleicht 15 oder 30 Zentimetern Entfernung, nicht versenken wird, nachdem er kurz zuvor blendend gespielt und Großes schon erreicht hat, nämlich den Ball mit langen präzisen Schlägen über Hunderte von Metern ganz nah ans Loch steuerte. Alles, was an diesem Sport so verflucht schwierig ist, hat er so leicht aussehen lassen, und jetzt wird das, was leicht ist, plötzlich verflucht schwer.

Sein Schicksal in der eigenen Hand zu haben, durch eine banale Handlung Großes vollenden zu können und zu wissen, dass man nicht versagen darf – die Angst vorm Gewinnen hebt ihr schreckliches Haupt. 20, 15, 10 Zentimeter nur noch, und der Spieler steht auf dem 18. Grün des Golfclubs von Augusta, Georgia, von einer Menschentraube und Kameras umstellt, auf der nahen Terrasse des Clubhauses klappern schon die Eiswürfel im Mint Julep, und in der Mitte von Bohai und Aufmerksamkeit steht der einsamste Mensch der Welt, über den Ball, das Loch, die 10 Zentimeter und seine Biografie, die ihn hierher führte, gebeugt.

Er klammert sich an seinen Besenstielputter, den mit dem langen Griff, der unters Kinn geklemmt wird und mehr Kontrolle über den Putt verspricht, er hat ihn auf Anraten seines Schwungtrainers gewechselt, als die Probleme mit dem Yips kamen, und er schwingt diesen Besenstielputter jetzt auf einer ruhigen Bahn zurück, hält den Kopf ruhig unten, wie er es zigtausendmal auf dem Putting-Grün geübt hat, wo er 1000 von 1000 solcher Putts ins Loch treffen würden, im Trainingsspiel würde man sich solche Putts gar schenken, und dann schwingt er den Schläger wohl ein bisschen zu vorsichtig und zu verkrampft zurück in Richtung Ball …

Kurz vor dem Treffmoment zuckt ein Muskel im Unterarm des Spielers, der Ball wird im falschen Winkel getroffen und rollt am Loch vorbei. Aus 10 Zentimetern. Verfehlt. Lächerlich. Was für ein blöder Witz. Das ganze Grün raunt, auf der Terrasse verschluckt man sich am Pfefferminzzweig im Mint Julep, der Golfplatz bebt, und das Turnier ist verloren.

Yips, der Schluckauf des Erfolgs; Yips, die Krankheit der Erfolgreichen, ein Defekt, den man sich erarbeiten muss, denn nur sehr gute Golfer leiden darunter: Um Angst vorm Gewinnen zu haben, muss man schließlich erst mal die Chance zu gewinnen haben. Es kann also kein Golf-Heiopei (ein Großvaterwort) daherkommen und sagen, hey, ich wäre richtig gut, hätte ich nicht dieses Yips.

Golf konnte ich nicht spielen. Habe es mal versucht, aber es machte mich noch unzufriedener, als ich ohnehin schon war. Jeder krumme Schlag auf der Runde, jeder Hook oder Slice oder Huppelball, war Beleg für meine Unfähigkeit. Noch schlimmer war die Unfähigkeit, mich im Training zu verbessern, weil mein Körper die von Ball und Schläger geforderte Bewegung nicht verstand. Da ist Laufen besser, weil selbsterklärend: Man läuft und läuft, und der Körper sagt einem im Wesentlichen, was man zu tun hat.

Eine schwach gezeichnete schwarze Höllenotter hat das Beben meines Schrittes gespürt und windet sich zischend in flinken Schleifen vom sonnigen Felsen ins Ufergebüsch. Nähere mich der Isar immer wieder ganz nah an und bewege mich weg, eine Wellenbewegung, ähnlich jener, die Stromleitungskabel zu beschreiben scheinen, wenn man mit dem Schnellzug an ihnen vorbeirast. Zwischen den Bäumen erblicke ich schon das blanke Felsgerippe der Benediktenwand. Auf 2-Uhr-Position. Fliege heute aber keinen Angriff, sondern rase auf der Schotterpiste links an ihr vorbei. Wie das schadhafte Maul eines Monsters beißt die gezackte Felswand in den Himmel.

Die Plattform des hölzernen Feuerturms ragt aus dem Bewuchs der Voralpensavanne heraus. Sehr kontemplativer Dienst, unterm breitkrempigen Rangerhut mit dem Fernglas regelmäßige Panoramablicke auf das breite Tal zu werfen. Der Wald hier ist trocken, Waldbrandgefahr, da genügt eine Bierflaschenscherbe, die das Sonnenlicht bündelt. Damals das Fernsehkucken mit Mama. Draußen tobte das Gewitter, schlug gegen Hauswände, Rollläden und Fensterscheiben. Drinnen Wärme und ein Feuerwehrfilm und Vanilleeis gegen Halsschmerzen.

Ich habe nie vergessen, wie mich die Dinge in diesem Feuerwehrfilm verblüfften, ich verstand sie nicht, obwohl sie dort konkret vorgeführt wurden. Solche Irritationen führen, glaube ich, zu den nachhaltigsten Lerneffekten: Ich lernte in diesem Film das Konzept des Gegenfeuers kennen. Die Feuerwehrmänner setzten ein Stück Wald kontrolliert in Flammen, um dem nahenden unkontrollierten Brand Nachschub zu entziehen.

Noch mehr verblüfften mich diese Feuerwehrmänner, als etwas schiefging und die Kompanie trotz des Gegenfeuers in eine aussichtslose Lage geriet. Plötzlich waren die Männer von allen Seiten vom Feuer eingeschlossen, das sie zu überrollen drohte. Da war nichts mehr zu machen, gleich würden sie alle qualvoll verbrennen. Doch wie genial dann die Idee des Anführers war: Wenn es in die vier Himmelsrichtungen und in die Luft keinen rettenden Ausweg gab, mussten sie eben nach unten flüchten – er und seine Männer gruben sich ein.

Die Klappspaten rausgeholt, und los ging's: Sie gruben Löcher, jeder hub sein eigenes lebendiges Grab aus, einen guten Meter tief. Da legten sie sich hinein und scharrten Erde über sich. Der Anführer klopfte alles fest und verschwand wie ein Chef-Murmeltier in seinem eigenen Erdloch.

Dann rollte die Feuerwalze heran und brannte über die Eingegrabenen hinweg. Hinterher kamen die Feuerwehrmänner in einer monochrom schwarzen Landschaft wieder ans Tageslicht, buddelten sich frei wie zeitgleich schlüpfende Krokodile. Baumstümpfe rauchten kalt vor sich hin, aber Gefahr war keine mehr.

Ich versuche immer wieder mal, wenn mir die Eingrabe- oder die Gegenfeuerszene in den Sinn kommen, herauszufinden, welcher Film das war. Bis jetzt ist es mir aber nicht gelungen. Könnte ich das Eingrabe-Know-how trotzdem im Notfall einsetzen, so wie einen Luftröhrenschnitt, den ich auch nur aus dem Fernsehen kenne? Einen Versuch wäre es wert, besser, als wehrlos zu verbrennen. Es gab da doch dieses kleine Mädchen, das beim Weihnachtstsunami in Asien einigen Menschen das Leben rettete, weil sie als Einzige mal von Tsunamis gehört hatte und im Rückzug des Wassers keine pittoreske Fotogelegenheit, sondern ein Gefahrensignal erkannte.

Klar, als Theoretiker weiß man immer genau, was zu tun ist. Beim Laufen sind Theorie und Praxis eins, beim Laufen bin ich mein eigenes Gesetz, die Beine sind meine Legislaturperiode, jeder Lauf ein Staat im Staate. Ich war unterwegs in den Bergen über Santa Fe. Die Sonne strahlte, und ich trampte in Etappen, höher und höher, kurvige Straßen durch den Hochwald hinauf. Auf Beifahrer- und Rücksitzen fuhr ich vorbei an Häusern, die versteckt in den Hügeln standen. Beim ersten Stopp lief ich hinunter zu einem Bach, der tief im dunklen Wald lag, und trank einen Schluck, wie hier aus der Isar. An Flüssen muss man laufen und trinken.

Gelbe Blätter fielen ins Wasser, nur ein umgestürzter Baumstamm führte über den Bach. Auf Maultierpfaden stieg ich bergauf, dann erreichte ich wieder die Straße. Ich trampte weiter und raste mit zwei Mexikanern hoch auf den Gipfel. Gipfel hieß hier der höchste Punkt, den man mit dem Auto erreichen konnte. Die Mexikaner fuhren auf den Parkplatz an der Talstation eines Sesselliftes, sprangen aus dem Auto und riefen: »Arriba! Arriba! Hay nieve! Hay nieve!«

Denn dort oben lag Schnee, die beiden Berggipfel, die wir sahen, waren weiß. Dann stürzten die Mexikaner auch schon wieder in den Wagen und rasten hinunter ins Tal zurück nach Santa Fe, weil sie pünktlich bei der Arbeit sein mussten.

Ich stieg hoch auf 3500 Meter. Das Blut dröhnte in meinem Schädel, auf den letzten Metern musste ich immer wieder anhalten und mich auf den Knien abstützen, ich war damals untrainierter als heute, es war in meiner Laufpause zwischen 16 und 25. Oh Gott, dachte ich, wie mein Schädel dröhnt!

Dort oben traf ich Steve, der zusammen mit seiner Hündin Aquita, einer alaskischen Rasse, die aussah wie ein Wolf, noch weiter oben gewesen war als ich, auf einem höheren Gipfel in der weißen Welt, in der Schneezone.

Das sei zwar ein schöner Ausflug und insgesamt ein schöner Tag gewesen, sagte Steve, aber das reichte ihm nicht: »Ich will eine Regierung mit weniger Macht. Ich will weniger Steuern und weniger Gesetze.«

»Es ist ein Privileg, mit seinem Hund aufs Dach der Welt zu steigen«, sagte ich.

»Ja«, sagte Steve und lächelte, »das ist es«, als würde ihm durch meine oberflächliche Ansprache erneut bewusst – man vergisst die Annehmlichkeiten des eigenen Lebenswandels, wenn sie zum Alltag werden –, dass er schon fast gesetzlos lebte.

Carlo Kornell ist raus. Früher waren die Wälder des Sauerlands mein Abenteuerspielplatz, jetzt sind es die Berge vor München. Kenne hier die besten Betten, die kühlsten Quellen, die schönsten Routen und Rasten, und Special Features wie Milchautomaten. Kenne die hässlichsten Orte der Alpen, Obertauern oder Ischgl, und die schönsten: Isola, Namlos, Kolm-Saigurn, Derborence. Schließe einmal die Augen und sage: »Derborence«!

Habe Bewegungserinnerungen, fast an jeden Ort, weil ich überall irgendwann mal draußen unterwegs war, mit dem Rad oder zu Fuß: Hier bei Lenggries hatte ich auf dem Fahrrad mal so viel goldene Pollen auf der Brille, dass ich die Straße kaum noch sah. The Golden Shower. In gewisser Weise begann hier sogar mein Bergwahnsinn, dort drüben an der Gondelbahn auf das Brauneck am 27. September 2002. Ich habe den Gondelfahrschein immer noch zu Hause und benutze ihn als Lesezeichen.

Nach über einem halben Jahr in München war ich zum ersten Mal mit dem Zug in die Berge gefahren, um mir

»die Berge direkt vor München« anzusehen. Ich hatte von Bergen keine Ahnung, war in meiner Jugend nur Skitourist gewesen und besaß noch nicht einmal eine Landkarte. In Lenggries stieg ich aus dem Zug, der BOB, Bayerische Oberlandbahn, fuhr mit der Gondel auf das Brauneck und stand oben im dichten Nebel an einer Panoramaaussichtstafel.

Ich sah auf der Tafel die gemalten Zacken der Benediktenwand und dachte, das sei derart exponiertes Gelände, dass dort neben Steinböcken nur absolute Bergprofis hochklettern könnten. Da ahnte ich noch nicht, dass ich wenige Monate später selbst die Benediktenwand hochrasen würde. Ich erinnere mich an diese Sonderregel für Gleitschirmflieger auf dem Brauneck: Die Talfahrt mit der Gondel ist für sie kostenlos, um ihnen das Eingeständnis »Nein, der Wind ist heute zu gefährlich, ich fahre lieber wieder runter« zu erleichtern. Körperlich haben sie wahrscheinlich alles drauf, aber der Kopf kann immer ein kleines bisschen Hilfe von Freunden vertragen.

Trainiert zu sein ist nur die Voraussetzung dafür, sich verausgaben zu können, denn darauf kommt es schließlich an, an die Grenze zu gehen, the last frontier, und die schiebt man durch Training weiter hinaus: Irgendwann saugt die Lunge so viel Sauerstoff auf, dass man immer Luft bekommt, nicht mehr außer Atem gerät. Dann ziehen die Muskeln nach, bestehen bald hauptsächlich aus roten, langsam kontrahierenden Fasern, die kaum ermüden, und die Außenseiten der Oberschenkel fühlen sich auch im entspannten Zustand an, als seien Stahlseile in ihnen gespannt. Dann ist Laufen wie Fahrradfahren, man spürt kaum mehr sein eigenes Gewicht und kann immer weiterrennen. Und das riesige Sportlerherz pumpt vor lauter Freude an guter Arbeit ständig frisches, vor Sauerstoff sprudelndes Blut in die Beine. Dann kann man den Körper im Zentrum seiner Energie erschöpfen, so sehr, dass man vor Erschöpfung zusammenbricht, weil man alle Reserven effektiv aufgebraucht hat und jede Kalorie zu Leistung wurde. Schön ist das nicht, aber erfolgreich – wenn man denn erst einen Zentimeter hinter der Ziellinie zusammenbricht und nicht kurz davor.

Uijui – Uijoujoujouii!, wie Samson in der »Sesamstraße« immer sagte: Was will denn der Dicke da? Ist wohl in Lenggries losgelaufen. Jede Stadt hat nicht nur eine Ein-Stunden-Fahrrad-Grenze, sondern auch diesen Drei-Kilometer-Umkreis, in dem sich Jogger bewegen, die Watschel-Bannmeile. Der Dicke sollte lieber erst mal abnehmen, bevor er seinen Knien zumutet, das Gewicht zu schleppen: Als liefe ein 80-Kilo-Mann mit 30-Kilogramm-Bleiweste. Ist ja nicht mein Problem, aber die Weste muss weg, durch Radfahren, Diät, Gehen, dann erst kann man ans Laufen denken. Sportswear und Übergewicht, er hat die Grammschlacht bei der Materialauswahl gewonnen, ein paar Gramm bei den Schuhen und seinem Camelbak-Trinkrucksack gespart. Sein körperliches Zuviel trägt er gern und stolz mit sich rum, wie das Übergepäck bei seinen Reisen in die DomRep (Golfschläger) und auf die Malediven (Tauchausrüstung) gibt er es bei jedem Lauf extra auf und bezahlt dafür.

Die hingegen ist ganz leicht: die Wasseramsel, schwarz, weißer Fleck auf der Brust, die gerade neben mir herfliegt, in der Mitte des Flusses in Parabolflugkurven, Spiderman-Ballistik, knapp über der Wasseroberfläche von Stein zu Stein gleitend. Guten Appetit, hoffe, die Mücken, Würmer, Schnecken und Krebse sind nahrhaft und zart.

Über mir schieben sich dunkle Wolken zusammen. Sommernachmittag. Alpenrand. Da gibt es fast immer eine kalte Dusche, auch wenn sie im Wetterbericht zehnmal sagen, die Regenwahrscheinlichkeit liege bei null Prozent, und auf der Wetterkarte in der Zeitung eine strahlende Sonne über München und den Bergen steht. Schiebe mal die Handflächen vor: nein, noch keine Tropfen.

Die Berge rücken näher heran, umzingeln mich, werden unbedingter, sagen: Wenn du weiterlaufen willst, musst du über uns drübersteigen, an uns führt kein Weg vorbei. Selbstverständlich werde ich über euch drübersteigen, ihr werdet es schon noch erleben. Aber erst mal werde ich überholt von einem Langläufer auf Rollskiern: Wenn du Menschen auf Schneeentzug siehst, weißt du, dass du in den Bergen bist. Die Isar-Langläufer im Münchner Winter erreichen maximal Spaziergängertempo, sie führen im Grunde nur ihre Latten und Stöcke aus. Ich weiß, was sie durchmachen: Musste schon mal nach einer Reifenpanne mein Fahrrad bergab schieben.

Ich laufe über die Brücke und wieder ein Stück durch den Wald, dann geht es steil schräg am Hang hinauf und durch den schmalen Tunnel im Fels. Von rechts großes Rauschen, das Kraftwerk an der Staumauer. Ich merke jeden Prozentpunkt mehr an Steigung, weil er schwer an den Beinen zieht. Wie auf dem Isartalbahnradweg in München, vom Asam-Schlössl zur Großhesseloher Brücke. Der hat auch nur zwei oder drei Prozent Steigung, aber das 2,5 Kilometer lang. Eine meiner Lieblingstrainingsrampen, nachts beleuchtet, großes bürgerliches Wohnen links und rechts. Einmal stand dort ein Fuchs auf dem Weg, seine Augen blinkten mich an, Tiere bemerken mich oft erst spät, weil ich auf leisen Sohlen ohne lautes Atmen herangleite. Dann huschte dieser alte Huscher schnell ins Gebüsch, in die lichten Laubwälder zwischen Golfplatz und dem Maria-Einsiedel-Freibad.

Ich bin im gedrungenen Sylvensteinseetunnel, hier passen nur Fußgänger und Radfahrer durch. Ich bücke mich, als sei ich wieder im Bochumer Bergbaumuseum unter Tage und da vorn stünden ein paar Wachsfigurenkumpel mit Henkelmann. Sagt der Zackenbär zum Kübelmajor: »Wennwer ein ballern gehn, musse deine Ische aber inne Hucke lassen.«

Bei mir ist lange noch nicht Schicht im Schacht. Das Licht der Neonröhren an der Decke sorgt für eine zwielichtige Dämmerung. Wasser tropft kalt von der Decke und von den nackten Felswänden, die Neonröhren sirren, eine flackert im Takt, als messe sie wie ein medizinischer Apparat meinen Puls. Die Skandinavier und Russen haben solche Tunnel zum Langlauftraining. 365 Tage Schnee tief in der Erde und simuliertes 2400-Höhenmeter-Klima. Da vegetieren sie dann wie Nacktmulle unter Tage, um irgendwann ganz oben zu stehen. Muss ich denn sterben, um zu leben?

Ich komme aus dem Tunnel und bin auf der Staumauer. Die Sonne steht halb tief im Westen und blendet mich über den Wasserspiegel des Sylvensteinsees. Motorradfahrer haben geparkt und latschen mit bis auf die Hüfte heruntergerollten speckigen Overalloberteilen herum, Zigarette in der einen, Digitalkamera in der anderen Hand, blödes Grinsen in der Fresse. Ja, ihr Spackos, ich laufe. Glotzt also nicht so bescheuert.

Hier wird die Isar gestaut, kontrolliert, das Wasser, das die Berge bei Gewittern im Nu zusammentrichtern, wird gesammelt und in streng reglementierten Kubikmetercontainern zur Donau abtransportiert. Den Staudamm haben sie vor einigen Jahren noch einmal erhöht, die Isar an eine noch kürzere Leine gelegt, weil sie sie in München lieber als Green Golden Retriever mit blau-weiß gepunktetem Baumwollhalstuch sehen denn als wilden Bergwolf. Hey, komm mal runter, Isar, ruhiger werden!, sagen die Münchner zu ihr. Also haben sie ihr mit dem Sylvensteinspeicher einen Dämpfer verpasst. Er ist ihr Valium, ihr Ritalin, für die Münchner leidet die Isar unter ADS. Sie muss auch immer raus, immer toben, sie will über die Ufer und die Stränge schlagen. Zur Sicherheit hat man dieses hyperaktive himmlische Kind ins Gipsbett kanalisiert.

Wo jetzt weiterlaufen? Einen Fußweg gibt's hier natürlich nicht, einen Radweg auch nicht, Alpentäler sind das Habitat des Motorverkehrs. Also renne ich weiter auf Asphalt, stört mich eh nicht, die Muskulatur dämpft alles, was mir unter die Füße kommt. Auf der Brücke über den künstlichen Fjord trifft mich herrlich frischer Seitenwind, kühl schwappt er von den Bergen hinab. Zu beiden Seiten von mir der See, ich teile ihn wie Moses das Meer. Rechts liegt Fall unter dem Wasserspiegel, Fall, das versunkene Dorf. Was funkelt da so: Sehe ich in der Abendsonne das Kreuz des Faller Kirchturms aus dem Wasser ragen?

Laufe links am Straßenrand, damit ich sehe, wer und was mir entgegenkommt. Von hinten strömen die Karren über den Achenpass vom Tegernsee und vom Achensee heran; Deutsche Alpenstraße, die heißt so, damit möglichst viele Leute sinnlos mit dem Auto drüberfahren. Silberne Limousinen mit Ruhrgebietskennzeichen sind unterwegs, die natürlichen Feinde des Radfahrers, die einem gern mit den Außenspiegeln den Ellenbogen rasieren, so dicht fahren sie an Radfahrern auf schmalen Bergstraßen vorbei. Zum Glück lässt der Verkehr jetzt gegen Abend nach.

Blass steht schon die schmale zunehmende (Eselsbrücke: Man könnte sie für ein Z in alter deutscher Schreibschrift verwenden) Mondsichel über den Bergen zwischen den Wolken. Wie in einer Bleistiftschraffur von talentierter Mädchenhand ist die Kugelgestalt des Mondes erahnbar: Die Mondkrümmung läuft von der Schraffur ins blaue Himmelsnichts, und doch sieht man die Kugelkontur, weil man von ihr weiß. »Fly at the edge of space – See the curvature of the earth at an altitude of over 11 miles«: So lautete mal die Concorde-Werbung von British Airways. Ich habe mir das immer als absolute Erfolgsperspektive vorgestellt. So weit oben zu sein, dass man die Erdkrümmung sieht, ein Master of the Universe, mehr geht doch nicht.

Es geht jetzt stetig bergan, und dann durch diese Mulden, bergab, bergauf, Rhythmuswechsel in der Landschaft, die man sanft mitnehmen muss. Denn gegen das Terrain kann man nicht laufen, da kann man nur verlieren. Das ist wie beim Golf: Man muss die Neigungen des Platzes kennen, mit ihnen spielen, das Grün lesen. Ich darf nicht gegen den Lauf laufen, ich muss mit ihm, mit der Landschaft laufen, sonst schlägt sie gegen mich zurück, wie ein hydraulischer Schock. Nicht angreifen, muss mich zurückhalten, demütig sein.

Über den ganzen Lauf, die Gesamtdistanz, darf ich nicht nachdenken. Das müssen ja gute 220 Kilometer sein, unvorstellbar, dass ich das schaffe, ich, der manchmal so schlapp im Supermarkt vorm Joghurtregal steht. Jeder Schritt ist ein Ereignis. Ich muss den Moment genießen, die Landschaft, die weißen Gipfel der Berge.

Darüber lärmt der dunkle Himmel, durch den Blitze zucken.

Nicht nachdenken: ein denkbar schlecht umsetzbarer Vorsatz. Erst recht beim Laufen. Das Denken beim Laufen vollzieht sich in Loops: Schleifenförmig kommen Gedanken wieder, wollen durchdacht werden und enden dort, wo sie von vorn beginnen. Manche Läufe sind monothematisch, sie bestehen aus einem einzigen Gedanken. Der zumindest ist aber am Ende klar. Meistens. Das Bewusstsein ist der Albtraum der Natur.

Nicht mehr denken, den Flow finden, laufen. Aber das berüchtigte Runner's High, dieses orgasmusartige Entgrenzungshochgefühl, wenn der Körper eine Zeit lang auf Hochtouren läuft, kommt bei mir lange nicht mehr so leicht wie früher. Nachdem ich als Erwachsener begonnen hatte, härter zu trainieren (als Kind spielt man lieber und versteht den Sinn im Selbstquälen, dieser süßen egoistischen Bestrafung, nicht), kribbelte, vibrierte mein Körper schon nach 40-minütigem Laufen. Dann wanderte die Schwelle immer weiter in die Ferne. Vielleicht werde ich es heute, vielleicht werde ich es ganz oben wieder erleben.

Nicht mehr denken, nichts sein, ein Niemand: »Niemand wird behaupten, dass Mies van der Rohe ein schlechter Architekt ist. Dieser Niemand bin ich«, Tom Wolfe. Odysseus, Kein Texter.

Diesen »Kein Texter«, der »nicht weiß, wie es geht, sondern wie es anders geht«, suchte das Designbüro A-Team per Annonce im Stellenmarkt der »Zeit«. Da gab es Entscheider, die sich für jemanden entscheiden wollten, der sie überraschte. War das meine Chance? Hatten sie einen Job für mich?

Zuerst bereitete ich eine gewöhnliche Bewerbung vor, eine dunkelblaue Mappe, auf der »Bewerbung« stand. Die lag einen Tag im Bürokessel rum, und immer wenn mein Blick sie traf, wuchsen meine Zweifel. Abends saß ich schließlich davor und dachte, das geht so nicht. Also ging ich in den Waschkessel und weichte eine Bewerbungsmappe im Waschbecken auf, bis sie in mehrere Teile zerriss. Die trocknete ich über Nacht, dann klebte ich sie mit neurotisch kleinen Tesaflicken zusammen und krakelte mit der linken Hand mit Bleistift das Wort »Keine« vor das reliefartig aufgestanzte »Bewerbung«. Kein Texter bewarb sich mit Keiner Bewerbung.

In der Mappe lagen weiße Blätter in verschiedenen Papiersorten, auf denen jeweils stand »Kein Anschreiben«, »Kein Lebenslauf«, »Keine Promotionsurkunde«, »Kein Foto« und so weiter. Auf den braunen Papierumschlag hatte ich als »Abs.:« geschrieben: »Kein Texter«. Meine Adresse und Telefonnummer mussten sie selbst herausfinden, wenn sie »Keinen Texter« erreichen wollten. Ich weiß nicht, wie sie es geschafft haben, sie haben es mir nie verraten, aber nach drei Wochen riefen sie tatsächlich an und luden mich zum Bewerbungsgespräch.

Ich kam in ein Großraumbüro, eine ausgebaute Lkw-Reparaturhalle in der Nähe des Münchner Hauptbahnhofs. Auf dem Parkplatz dunkle Limousinen und Sportwagen. Die Einrichtung war überwiegend schwarz-weiß, Erco-Leuchten an der Decke, an Apple-Computern saßen junge Menschen mit Kopfhörern. Zwei Männer sprachen mit mir auf stilisierten Bierbänken an einem stilisierten Biertisch: der Geschäftsführer mit gegelten Haaren und Poloshirt und der Textchef mit grauen Haaren und weichem Georges-Moustaki-Wollpullover.

Der Textchef war promovierter Germanist, Katalane und Teilzeitlyriker. Ich hatte noch nie von ihm gehört. Später suchte ich im Netz nach seinen Gedichten, fand aber keins. Sie suchten Verstärkung für die Textabteilung, die nur aus dem Chef bestand, und meine Keine Bewerbung war voll eingeschlagen. 150 Nichtanonyme hatten sich beworben, doch »der Mann ohne Namen« war in dem Laden ein Begriff. Schon die junge Frau am Empfang hatte mich angestrahlt und gesagt: »Oh, wie aufregend, der Mann ohne Namen!« Das reichte mir im Grunde, und ich hätte wieder gehen können – ich sammele so etwas für meine Galerie der nutzlosen Erfolge.

Es gab dann noch ein Gespräch und dann noch eins mit allen Geschäftsführern, und da legten sie mir tatsächlich einen Vertrag vor. Entscheider hatten sich für mich entschieden. Sie hatten einen Job für mich.

Unterschrieben lag der Vertrag vor mir, die Summe war aber weniger großspurig als das Ambiente: 3400 Euro für eine 50-Stunden-Woche, Anwesenheitspflicht und Absprache aller Nebentätigkeiten. Es war ein Freitag, der 13., und ich radelte mit einem unterschriebenen Vertrag auf dem Gepäckträger nach Hause. Mitten in der herrlich freien urbanen Weite der leeren Theresienwiese hielt ich an und merkte, wie sehr ich von der Splendid Isolation des Zu-Hause-Rumlungerns verwöhnt war.

Bei den Designern hätte ich der Glitzerwelt mit ihren »O-kaay«- und »Spannend«- und »Das macht Sinn«-Sagern offen und konstruktiv gegenübertreten und BMW-Kataloge betexten müssen. Natürlich nahm ich den Job beim A-Team nicht an, vielleicht war es auch ein Fall von Yips. Zum ersten Mal war ich derjenige, der einen Absagebrief verschickte.

Es fängt an zu regnen. Endlich. Ich strecke die Zunge weit heraus, nehme mit, was ich kriegen kann. Die Tropfen landen auf dem heißen Lappen, sie spülen den Schweiß von meiner Brust, und manche treffen mich wie kleine runde Geschosse hart unterm Auge. Was für eine herrliche Dusche für meinen salzverkrusteten Körper! Poulet de Bresse au sel. Über die nackte Brust läuft alles hinunter und wird von der Hose wie von einem Schwamm aufgesogen. Das ist das einzig Unangenehme beim Laufen im Regen: wenn der Penis nass und kalt wird.

Wenn ich nicht mit nacktem Oberkörper laufe, laufe ich im Regen im Baumwollshirt, die Feuchtigkeit erwärmt sich dann wie in den Neoprenanzügen der Surfer. Beim Schwimmen zieht man auch keine Kleidung an, um sich gegen das Wasser zu schützen. Ein paar Stunden durch den Regen zu laufen, da soll man sich nicht so anstellen, andere schwimmen schließlich durch den Ärmelkanal. Die sind natürlich was ganz Besonderes: die Schwimmermonster mit ihren Schuhgröße-52-Naturflossen und breiten Wachstumshormonkiefern, diese weißen Haie müsste ein Kieferorthopäde mit schwerem Werkzeug bearbeiten.

Die kalte Regendusche gibt mir einen Frischeschub. Müdigkeit, wie sie sonst direkt nach dem Training oder an einem schwachen Tag schon gegen Ende des Laufes einsetzt, kann ich mir hier nicht leisten. Das muss mein Körper doch verstehen, dass Laufen heute nichts Besonderes ist, sondern der ganze Tag aus Laufen besteht. Nach dem Training fühle ich mich immer einige Momente lang apathisch, als stünde ich schon unter der heißen Dusche und würde mich mit beiden Händen an der Duschkopfarmatur festhalten: den Kopf nach vorn gebeugt, das heiße Wasser auf den Nacken prasselnd, obwohl mit dem eigentlichen Waschen längst fertig, noch halbstundenlang unter der Dusche verschrumpelnd, weil man nicht mehr da rauswill. Vollvernebelt im Dampfbad-Eskapismus.

Nach dem Training, wenn ich aus dem angeregten Laufzustand in das neurotische Meistere-deinen-Alltag zurückflippen muss, stehe ich also teilnahmslos rum, blicke aufs Display meiner Kaufhaus-Digitaluhr und auf die gestoppte Zeit, die sie mir zeigt, drücke auf den piepsenden Knöpfen herum, rufe die völlig sinnlose Funktion der zweiten Zeitzone auf, wo ich die Ortszeit von Buenos Aires/Untergiesing eingestellt habe, und lehne mich zurück an die Mauer, auf die ich gleich meine Fersen legen werde, um die hinteren Muskeln und Bänder der Beine zu dehnen.

In einen metallenen Lauf auf der Mauerkrone hat ein Künstler realistisch-detaillierte Objekte und Tiere hineingeformt. Dehne meist auf Höhe des Löwen, gerne auch an der Teekanne, am Krokodil oder beim Schimpansen. Die Mauer gehört zu einem Gebäude, das aussieht wie Harry Potters Hogwarts-Internat, Untergiesings baukünstlerischem Höhepunkt, in dem ausgerechnet eine Grundschule und ein Kindergarten untergebracht sein müssen. Wenn ich hier nachmittags oder abends, wenn die Musikschule aus ist, apathisch abhänge, halten mich die bringenden und abholenden Mütter wohl für einen Päderasten auf Beutezug.

Talkshow-Frage: Woher kommt diese Post-Training-Apathie? Haben Sie eine Erklärung dafür?

Mr King, Larry, wissen Sie, ich denke, es hat damit zu tun, dass ich in diesem Moment stets aufs Neue einsehen muss, dass mich das Glück des Laufens im Leben nicht weiterbringt, sondern vollendet ist, wenn meine Brust das imaginäre Zielband zerteilt.

Jetzt ist es anders, da ich einfach weiterlaufe und auch die Anflüge von Apathie weglaufe und der Regen noch mal kalt drüberspült, auf dass der Geist glasklar werde. Aber die Müdigkeit kommt trotzdem, im Körper, im Kopf, im gleichmäßigen Geprassel, das mich wie ein Wassermonster mit vielen Händen umschlingt. Ich gähne und sage mir wie bei jedem Schwächeanflug vor Sonnenuntergang, dass ich nicht *schon,* sondern *noch* müde bin.

Ein heller Fleck vor meinen Augen. Die Strecke schnurrt zu einem Band in meinem Bewusstsein zusammen, das ich wie mit einer dieser Seilwinden an der Stoßstange eines Jeeps motorisch abspulen und heranziehen kann.

Jetzt ein Donnerschlag über mir, als detonierten vier kompakt zusammengeschnürte Silvester-Kanonenschläge in Dolby-Surround-Verteilung rund um meinen Kopf. Ich zucke zusammen und bin wieder hellwach. Muss fast im Zentrum des Gewitters sein. Wird Zeit, dass es endlich hart bergauf geht, das ist weniger ermüdend als das Laufen in der Ebene, weil die Muskeln, schräg gestellt gegen die schiefe Ebene, die sie vertikal hinaufspringen müssen, aktiver sind. Die Fasern brauchen eine Aufgabe, eine Herausforderung für unsere motiviertesten Mitarbeiter des Tages, das Rumgeschlurfe im Flachen unterfordert sie nur.

Ich komme genau richtig, 20.15 Uhr an der Mautstelle in Vorderriss, die Schranke ist oben, der Tageszoll kassiert. Bin zur Primetime hier, zeig mir, Landschaft, was du im Programm hast, zeig mir meinen Samstagabendwunschfilm! Habe schließlich genug Zeit, ihn mir anzukucken, liege bestens in der Couch meines Körpers, in meiner Marschtabelle, werde unter den magischen 24 Stunden bleiben.

Das Pegelhäuschen. Dort wird der Wasserstand der Isar gemessen, der Grad ihrer Wildheit bestimmt.

Das türkise Gletscherwasser schäumt weiß auf, walle, walle; kein Wunder, schließlich ist schon das Münchner Isargrün sehr milchig, hat einen weißen Unterton, man sieht die Spuren des darin wie Kalbfleischbouillon aufgelösten Gesteins. So spült es den Schaum der Tage dahin, und Jean-Sol Partre reitet auf einem Elefanten in den Vorlesungssaal, der bis zum Bersten mit Rollkragenpulloverträgern und Kurzhaarschnittträgerinnen gefüllt ist, weil sie alle begierig sind zu erfahren, ob der Existenzialismus denn nun ein Humanismus ist (ja, unbedingt).

Mal fließen schlierenartig braun eingefärbte Schlammströmungen in das grüne Wasser, laufen lange getrennt nebeneinander her, ehe sie sich vermischen. Helle Kiesbänke, grünes Wasser, Sandflecken, kanadische Weite, links die weite Öffnung zur Eng, dieser Talschluss, der erst ganz am Ende eng wird, aber mit seinem Ahornbaumplateau, wo Kühe frei weiden, trotz seines Namens immer weit wirkt. Ein Stück Tirol, nur über bayerische Straßen zu erreichen.

Dort oben in diesem österreichischen Enklavental habe ich mal in einer Hütte geschlafen, einem Stall, zusammen mit den Kühen, mein Lager nur durch eine dünne Bretterwand von ihnen getrennt, so nah beim Vieh, dass noch am übernächsten Abend mein Schlaf-T-Shirt nach Kuhstall roch. Ich hörte die Kühe nachts atmen, sie schnauften in ihrem Stall und rangelten um die besten Liegeplätze, stießen sich an: »Hey, hör auf zu schnorcheln, du Rindvieh!« Morgens um halb sieben wurden sie rausgetrieben, ab auf die Weide, grünes Frühstücksbuffet. »Wenn da 20 Rinder im Stall sind, gibt's keine Ruhe«, sagte die Wirtin beim Frühstück.

Der Regen ist stärker geworden, nun schlabbert es auch platschend in meinen Schuhen. Es kracht richtig laut über mir, so gewaltig wie diese Gewitterschläge in den frühen Morgenstunden, wenn man erschrocken aufwacht und denkt, gut, das könnte jetzt auch ein Fliegerangriff auf München sein, als hätte man diese Bombennächte von Dresden, Hamburg, München doch irgendwo abgespeichert, obwohl man sie nie erlebt und sie einen auch nie wirklich interessiert haben.

Und man nimmt den Angriff hin, ist froh, es wenigstens warm und trocken im Bett zu haben, und spürt diesen Impuls, in den letzten Stunden vor der Vernichtung noch einmal zu Hause bei seinen Eltern vorbeizuschauen. Und stellt sich dann vor, dass das gar nicht mehr so einfach wäre, im Kriegszustand, wenn Selbstverständlichkeiten sich auflösen, wenn plötzlich keine Züge, keine Intercity-Expresse und Regionalbahnen mehr fahren, keine Flugzeuge mehr fliegen und alle noch egoistischer als sonst mit ihren Deutschland-Fahnen-beflaggten Autos letzte Besorgungen machten oder sich in die Schweiz oder nach Norwegen in Sicherheit brächten und selbstverständlich keine Tramper mitnähmen.

Man müsste also mit dem Fahrrad zu den Eltern fahren, driving home for Christmas, alle Hotels geschlossen, geplünderte Supermärkte, beim Draußenschlafen die Angst, überfallen zu werden, die Zivilisationsstandards in kürzester Zeit pulverisiert. Das ginge doch alles ganz schnell, schon morgen würde man die Welt von heute nicht wiedererkennen. Das Pegelhäuschen würde maximalen Wildnisgrad anzeigen im tiefroten Bereich.

Hagel hämmert mir auf die Brust und den Rücken, nicht nach oben kucken, damit nichts ins Auge geht. Fühlt sich an wie ein starkes Peeling, wie eine sehr, sehr harte Dusche, macht meine Haut rot und heiß, gut durchblutet, danke, Regen. Patrick Duffy, der in der Fernsehserie »Der Mann aus dem Meer«, den letzten Überlebenden der submarinen Unterwelt Atlantis spielte, gewann durch Wasser an Stärke: Als er in einer Episode im Gefängnis eingesperrt war, provozierte er den Wärter so lange, bis dieser ihn mit dem Strahl aus dem Wasserschlauch maßregelte. Doch das gab dem erschöpften kiemenatmenden Mann aus dem Meer seine Kraft zurück. Er bog die Gitterstäbe seiner Zelle auseinander und konnte fliehen. Fühle mich hier im Regen und Hagel stark wie der letzte Überlebende aus dem gefluteten Fall, dem Isar-Atlantis: Die Eigenschaften von Superhelden formulieren doch immer auch intensive Lebensgefühle, die jeder Normalmensch erfahren kann.

Der Hagel prasselt auf die Straße, aber die Körner schmelzen rasch zusammen, zerlaufen zu Treibeisflocken in den Rinnsalen. Das Eiskalte und das Kochendheiße: In der Stadt, auf den flachen Häuserdächern, die ich von meiner Wohnung aus überblicke, sieht prasselnder Hagel aus wie Popcorn, das ein paar Minuten in der Pfanne gebraten wird und knallend überm Feuer tanzt.

Das Flussgefälle wird steiler, das Wasser schäumt mir in Stufen entgegen. Stromschnellen. Wenn man hier ein Boot hätte (und zurück nach München wollte), was wäre das für eine rauschende Fahrt!

Ich laufe auf der Deutschen Alpenstraße, für Touristen so benannt, aber trotzdem wunderschön, Mauthäuschen an beiden Enden. Die Straße schlägt Wellen am Karwendel entlang bis nach Wallgau. Pfosten am Straßenrand, die im Winter aus dem Schnee ragen, um den Wegverlauf zu markieren. Hoch steigt die Straße übers Ufer in den Wald, ich laufe über Holzbrücken, dann blicke ich hinab in die Tiefe, ein reißender Bach, eine Schlucht.

Wie wild sich die Isar am Karwendel entlangschlängelt, was hat die für Kurven, das muss doch Liebe sein, wenn einem das so gut gefällt. Gibt es das, einen Flussfetischisten? Hat bei Domian, nachts in der Endfreak-Call-in-Show, nicht mal einer angerufen, der nur unter Brücken geil wurde?

Hier vor dem Sylvensteinspeicher – »vor«, obwohl er hinter mir liegt, »vor« in Fließrichtung, wir sitzen ein Leben lang im Erdkundeunterricht – ist die Isar das Andere, das Unkultivierte, von dem in München nur noch eine Geste übrig ist. Die Seitentäler, aus denen ihre Zuflüsse sie speisen, versprechen die Möglichkeit eines freien, wilden Lebens. Oft sind solche Seitentäler an den Enden von Wolken verstopft, aber nur scheinbar, denn wenn man hineingeht, wenn man ihnen näher kommt, trifft einen am Ende doch ein Sonnenstrahl, als wollte er einen dafür belohnen, dass man sich vom Offensichtlichen nicht blenden ließ.

Hier sind endlich keine Menschen mehr, keine Läufer, keine Mountainbiker, die Straße ist um diese Uhrzeit exponiert genug, um jenseits aller Joggerbannmeilen und Ein-Stunden-Fahrrad-Grenzen zu liegen. In Bad Tölz und Wolfratshausen wird längst gegrillt, ach was, die Kohlen glühen schon aus, die Ladys trinken Caipi, und die Kinder müssen ins Bett.

Gewissen Läufern sehe ich gern zu. So ist es schön, Frauen beim Laufen zu beobachten. Wenn ich mich ihnen von hinten nähere und ihr Po munter durch die Gegend schaukelt und man überlegt, ob das jetzt wohl ein sportlich-fester Muskelhintern oder ein schlabberig-weicher Sitzsack ist. Das hat ja beides seinen Reiz: Nicht nur die Athletinnenhintern, Marke schwedische Hochspringerin, auch manche von denen, die prall in der Baumwolljogginghose hängen, wären herrlich zu ficken. Den gleichen Gedanken erkenne ich in den Augen von Männern, die mir entgegenkommen, wenn ihnen der Hintern einer Frau, die vor ihnen läuft, gefällt. Die Frau sehe ich dann zwar erst von vorne durch den Spiegel der Männeraugen, in denen ich die zügellosen Abtastbewegungen der gierigen Pupillen erkenne, weiß jedoch schon alles über ihre andere Seite.

Langsam nähert man sich von hinten einem Körper in Bewegung, der nichts verheimlichen kann. Bei besonders guter Aussicht zügelt man das Tempo und kostet den Überholvorgang aus. Dann zieht man vorbei und scannt aus dem Augenwinkel das Profil – hat sie auch ein hübsches Gesicht? – mit den angeschwitzten Brüsten, die im Sport-BH beben oder manchmal auch ganz frei vor sich hin schwingen. Kommen mir gute Körper entgegen, muss ich mich umdrehen, mit geübtem Schulterblick wie beim Linksabbiegen. Solchen Frauen hinterherzulaufen oder Visionen davon zu haben, sie anzusprechen und zum Duschen mit nach Hause zu nehmen, das führt von der spirituellen Reinheit des Laufens weg, aber es kommt vor.

Ganz großes Elend blickt mich oft aus den Augen von Frauen an, die im Gebirge ihrem Mann zuliebe Rad fahren. Denn während er es meistens genießt, sich zu erschöpfen, leidet sie still vor sich hin, zumal das gleiche Tempo, also das Mithalten allein, ihr Kraftpensum in weit höherem Maß beansprucht. Walter Röhrl, der Audi-Quattro-Rallye-Monte-Carlo-Mann, erzählte mal in einer Talkshow, er mache das mit seiner Frau beim Rennradfahren so, dass er Pässe stets einmal schnell vor ihr bis zur Passhöhe hinauffahre, dann umdrehe, die Frau ungefähr in der Mitte des Passes abhole, um noch einmal mit ihr zusammen bis nach oben zu fahren.

Sehe vom Hochufer die weit ausgedehnten Kiesbänke: das Isarbett als roter Teppich für die aufragende Alpenkette. Die Gipfel hängen hier oft im Nebel, ich glaube, der Berg dort hinten heißt Fleischbank, aber hier will ich mich noch nicht opfern. Fleischbank, Schlachtbank, vielen Dank. Esse eine Banane, Essen nach der Uhr. Schleudere die Schale den Hang hinunter, sie bleibt in den Zweigen hängen, und werfe mir den kleinen Rucksack wieder auf den Rücken.

Unten reitet die Isar wie ein Outlaw in den Sonnenuntergang. Durch München fließt sie wie ein Handelsvertreter durch ein Gewerbegebiet, trotz aller Renaturierungsmaßnahmen – Entfernung des Beton-Zwangskanals, Wiederherstellung der Kiesbänke, Einbau von Fischtreppen (Jungs, immer mutig gegen den Strom!), Uferumbauten mit steinernen Stufen zum Baden –, durch die sie nur auf »Wildfluss« gestylt wird wie ein mit Ritalin zugedröhntes Kind in American-Apparel-Ökouniform.

Halb zehn, und es ist so gut wie dunkel. Bald, nach der Sonnenwende am 21. Juni, wird es schon wieder jeden Tag früher dunkel. Ab dann ist der Sommer traurig, weil fast vorbei. In vorauseilendem Gehorsam beugt sich der Geist unter dem drohenden Joch der Herbstdepression. Wir haben auf unserem Breitengrad immer noch zu viel Tageslicht und deshalb kein Bewusstsein von der Denkwürdigkeit des Sonnwendfestes. Dafür entwickeln die Menschen erst auf winterlichtlosen skandinavischen Breitengraden ein Gespür. Später April, Mai und Juni, das sind die Monate, die man gebrauchen kann, dann erst wieder den September, weil er so realistisch ist.

Frühsommerbilder des Draußenseins, Bilder, die nichts mit Erfolgen zu tun haben, sondern mit der Erinnerung an Momente, in denen man gut gelebt hat, in denen man wusste, dass das, was ist, gut ist, Tage des geglückten Schwungs, Bilder des gelingenden Lebens: in Spielbergs »E. T.« das Fahren der Jungs auf BMX-Rädern vor der Vollmondkulisse, mit dem außerirdischen Troll vorne im Korb an Elliotts Lenker, Kapuzenpullover, Freunde mit einer Aufgabe, einer Mission. Mein erstes BMX-Rad fuhr ich am ersten warmen Tag nach den Osterferien, auf noch schneenassen, aber schon grünen Wiesen. Wir kamen um diese Zeit immer aus dem Skiurlaub in der Schweiz zurück, ich sah meine Freunde wieder, und das Leben ging von vorne los auf einer frischen Folie, so wie sie in französischen Restaurants nach jedem Gast die gesamte rotweinbefleckte und voll gekrümelte papierene Tischdecke zusammenknüllen und für den nächsten Gast eine frische auflegen.

Frühsommerbilder des Draußenseins: Enid Blytons »Fünf Freunde«, Julian, Anne und Dick, George und Timmy, der Hund, auf Streifzügen an der Küste und auf der Felseninsel. Wo es in ihrer Welt überall Geheimgänge gab: hinter Bücherschränken, unter Steinplatten in alten Gemäuern oder mitten im Wald. Habe in meiner Kindheit auch gehofft, mal einen Geheimgang zu finden, und hoffe es immer noch.

Deshalb kroch ich früher in so manches Erdloch und in einige Felsengrotten hinein, fand aber nie einen Durchgang in die Unterwelt. Im Stadtpark stieß ich auf eine lose steinerne Bodenplatte. Aber die Grabungen gestalteten sich schwierig. Ich durfte nicht entdeckt werden, also buddelte ich nur nachts. Unter der Steinplatte verliefen ein paar Rohrleitungen, viel mehr Hohlraum gab es nicht. Also war auch dies keine Sollbruchstelle in die Unterwelt. Vielleicht hat Michelle Gallagher einen Weg hinuntergefunden. Die Schauspielerin, die in der »Fünf Freunde«-Fernsehserie Georgina gespielt hat, den Wildfang, den Tomboy, der George genannt werden wollte, ist heute verschollen.

Der Regen wird noch einmal stärker, rauscht in die Blätter des abgedunkelten Waldes, lässt dann nach, das letzte Aufbäumen des Gewitters. Im Westen ist der Himmel klar, es wird heller und dämmert zugleich. Dunkler und dunkler werden die Bergflanken, die Baumgruppen verwandeln sich zu schwarzen Flecken, nur noch wenige Gipfel werden von Lichtspuren gestreift. Die Dunkelheit gibt mir neue Kraft, so wie das Meerwasser Lebenselixier für den Mann aus dem Meer war: er der letzte Bewohner von Atlantis, ich der letzte Nachfahre von Graf Dracula.

Chronobiologen, die die innere Uhr erforschen, teilen die Menschen in Eulen und Lerchen ein. Lerchen werden aktiv, wenn es draußen hell wird, und ermüden nach Anbruch der Dunkelheit. Bei mir ist es umgekehrt, denn ich bin eine Eule: Wenn am Himmel die Sonne unter geht, spüre ich, wie langsam das quecksilbergleiche Fluidum der Stärke in meine Adern zurückfließt, das unter der Sonne nicht fließen kann, weil die Moleküle der Nacht verdampfen würden.

Ich schlafe am liebsten in der Morgendämmerung ein, wenn es draußen nicht mehr schwarz ist, sondern allmählich grau wird. Am allerliebsten habe ich die Nacht von Sonntag auf Montag, weil montagmorgens um kurz vor sieben die Müllabfuhr kommt, Abteilung Restmüll. Durchs Schlafzimmerfenster fällt graues Licht. Motoren- und Mülltonnenleerungslärm schwillt an, die Straße von der konstant rauschenden Stadtautobahn hinab näher kommend, und weckt mich sanft auf, wie diese Tageslichtwecker, die angeblich durch natürliche Morgendämmerungssimulation wecken, um die Menschen dann bestgelaunt in die Büroparadiese zu schicken.

Ich höre die Müllmänner auch im sechsten Stock, weil ich immer bei offenem Fenster schlafe. Ich wache auf, höre zu, wie sie die schweren Tonnen leeren. Kurz, vielleicht eine halbe Minute lang, ist es zu laut zum Schlafen. Entweder ich stehe dann auf und gehe pinkeln, oder ich werfe mich zur Wandseite hin, knülle mich in die Decke, suche mir für meine linke Wange eine kühle Stelle auf dem Kopfkissen und schlafe weiter bis tief in den Vormittag hinein. Die Wandseite ist die gute Seite, weil hier die Tore in ein Reich locken, in das mir niemand folgen kann.

Am liebsten werfe ich mich auf diese linke Seite und umklammere die Decke mit den Beinen, sodass mein Hintern hervorblickt und ich der Welt den nackten Arsch zeige. Perfekte Schlafkessel-Idylle. Die Klingel ist ja ausgeschaltet, da kann niemand den schlafenden Dachs stören. Er schläft von ungefähr 4 Uhr nachts bis 11 Uhr vormittags. Es soll das Gesündeste überhaupt sein, sich den Tagesablauf selbst einzuteilen. Eine schreckliche Wahrheit, aber mein Leben ist ein großes Wellnessprogramm.

Einerseits habe ich deshalb manchmal das schlechte Gewissen, dass mein mangelnder Fleiß, meine mangelnde Produktivität, dieses Nicht-eingebunden-Sein in den Wertschöpfungsprozess, also mein ökonomisches und ideelles Nichtvorhandensein in der Welt eine Verschwendung von Lebenszeit darstellt; andererseits ist es die mangelnde Nachfrage nach der eigenen Produktivität, die einen noch unproduktiver werden lässt, weil man umso mehr Energie darauf verwendet, seinen Alltag mit tröstlichen Dingen auszugestalten, die das Dasein erträglicher machen. Ich bin also zur Wellness verdammt.

Auch meine Ernährung fügt sich ins Programm. Es handelt sich um einen laizistisch adaptierten Ramadan in Permanenz: Feste Speisen und Alkohol nehme ich erst nach Einbruch der Dunkelheit zu mir, meist ab 23 Uhr. Dann bin ich ausgehungert, ich muss nämlich ein Mal pro Tag richtigen Hunger haben, sodass sich die Magenwände aneinander reiben, zu krampfen beginnen, bis der Hunger wieder verfliegt. Und dann muss es ein üppiger Festschmaus sein. Drei Gänge mindestens. Gerne auch mit Gästen. »Für dich ist es jetzt noch mitten im Tag, oder?«, werde ich dann schon mal gefragt. »Du bist nicht müde oder so?« Als sei mein Biorhythmus eine Freakshow.

Wenn ich nach dem Mitternachtsmahl auch noch einen doppelten Espresso trinke, eskaliert mein Leben vollends vampiresk. Kein Frühstück – wann und wie auch, morgens um sieben im Schlaf? –, dafür ein stärkender Brunch um die Mittagszeit. Der Sänger Udo Jürgens macht das auch so und sagte den wunderbaren Satz: »Ich verdanke vieles im Leben meiner Fähigkeit, bis zwölf Uhr schlafen zu können.«

Jeden Tag den Körper spüren, seinen Hunger, seinen Schmerz, seine Sättigung: eine ganz einfache Regel. Ich sollte Wellnessbücher schreiben wie dieser Strunz, der in allen Talkshows rumbrüllt, wie wenig Körperfett er hat. Oder noch besser: »Simplify Your Life«-Bücher, in denen steht, dass man alle Möbel und Staubfänger wegschmeißen soll. Das kann man einfacher haben: Ich schaffe mir gar keine Möbel und Staubfänger an, meine Wohnung ist so leer, dass mich die raren Besucher immer fragen, ob ich gerade erst eingezogen sei oder bald umziehen wolle. Meinem »Simplify Your Life«-Buch würde ich meinen Lieblingssatz von Jerome K. Jerome voranstellen: »Dein Lebensboot sei leicht!«

Und mit diesem leichten Lebensboot gondele ich hinauf und finde die Isarquellen – und Livingstone. Die Quellen müssen irgendwo hier im Karwendel hinter Wallgau liegen. Biege am Mauthäuschen links ab und laufe quer über den Golfplatz, das wollte ich immer schon machen. Denn was dämpft die Schritte besser als ein schön saftiges, akkurat gegreenkeepertes Grün?

Laufe steil nach Süden auf die Berge zu. Steil gehen, dieser Münchner Ausdruck für nächtliches Gasgeben, »Servus, Sebi, puh, der Maxi und ich sind gestern Abend voll krass steil gegangen«, wirklich supermünchnerisch, passt schon. Dort hinten rechts das Wettersteingebirge, das mit der Zugspitze abschließt, so sehe ich es auch vom Schreibtisch aus. Bei einem Berglauf auf die Zugspitze gab's mal Tote, die im Hochsommer im Schneesturm erfroren sind. Für sie war es zu hart, aber angelockt wurden sie, weil der Lauf zu leicht schien. Nur 16 Kilometer und 2100 Höhenmeter und ein Streckenrekord von knapp über zwei Stunden, da denken viele: Och, da laufe ich doch mal eben hoch, da mache ich mal mit wie beim Münchner Stadtlauf. Ziele, die man greifbar nah vor sich sehen kann, werden allzu leicht unterschätzt. Im Scheitern besteht nicht immer eine Chance. Was wäre, wenn mir das passierte?

Das Laufen in der Dunkelheit. Eigentlich suche ich mir immer gut beleuchtete Nachtlaufstrecken, weil man beim Laufen nur laufen will und nicht über die Struktur des Weges nachdenken: Liegt etwas im Weg, über das man stolpern könnte? Schaukelt da ein Ast auf Kopfhöhe? Ein Zweig, der einem ins Auge schnellt, genügt schon, um alles zu ruinieren. Dunkle Laufstrecken nerven, aber das hier ist anders, hier lässt es sich nicht verhindern.

Bin vom Golfplatz runter und wieder auf der Straße. Habe die Stirnlampe aufgesetzt, sie über das durchnässte Stirnband stabil auf den Kopf gegurtet und auf Flutlicht geschaltet, der Lichtkegel fegt jetzt vor mir über den Straßenrand. Autos, die mir entgegenkommen, blenden ab, sehr freundlich, sehen wahrscheinlich nicht viele Nachtläufer hier.

Langsam trocknet meine Hose, das Gemächt baumelt nicht mehr allzu kalt im Schritt. Jedes Auftreten presst die Feuchtigkeit aus den Schuhen heraus; 3000-Meter-Hindernisläufer machen sich Löcher in die Sohlen, damit das bei der Landung im Wassergraben aufgesogene Wasser ablaufen kann. Patriz Ilg hat mich das gelehrt, nachdem er – unvergessbare Lehren unvergesslicher Bilder – 1983 Weltmeister über 3000 Meter Hindernis geworden war und sich in jubelnder Erschöpfung auf die Laufbahn geworfen hatte.

Manchmal geht es nur darum, solch ein Drainagesystem zu haben. Man muss dann Dinge tun, von denen man weiß, dass man sie lieber nicht tun sollte, aber um Druck abzubauen und unbeschwert weiterleben zu können, tut man sie trotzdem, als bohrte man sich selbst ein Loch in den Kopf, um das bedrückte Gehirn vor dauerhaftem Schaden zu bewahren. So liest man als Erfolgloser vom

Erfolg anderer: Man weiß, dass man davon verdammt schlechte Laune bekommen wird, aber man liest es, um sich zu versichern, dass ihr Erfolg nicht der überlegenen Qualität ihres Werkes oder ihres Tuns geschuldet, sondern vielmehr Resultat ihrer privilegierten Herkunft, geschickter Selbstvermarktung oder schamloser Anbiederung an Kunstströmungen oder Massengeschmack ist.

In dem großen Wohnhaus neben dem Osram-Gebäude gegenüber meinem Schreibtisch bewohnt ein erfolgreicher Münchner Schriftsteller eine Dachgeschosswohnung. Er ist wirklich sehr erfolgreich, »frisch preisgekrönt« ist sein natürlicher Aggregatzustand. Ich kenne ihn nicht persönlich, weiß aber, dass er dort wohnt, weil er mal in einem Homestory-Artikel in der »Zeit« porträtiert wurde.

Die Autorin beschrieb den Blick des Erfolgsschriftstellers von seinem mit Tangram-Dreiecken gemusterten Balkon nach Norden, also nicht nur in meine Richtung, sondern *auf* mich: »Guckt er vom Schreibtisch aus dem Fenster, sieht er weder Viktualienmarkt und Frauenkirche noch einen Schwabinger Hinterhof, wie man es von Münchner Großautoren erwartet. Nein, er blickt wie in seinen Romanen hinab in die kleinbürgerliche Hölle, die München auch sein kann: das überhaupt nicht bohèmehafte Prekariat von Untergiesing, wo das größte Glück im Grillen am Isarufer besteht und aus dem mit dem Fußball sich fort zu spielen Franz Beckenbauer einst als seine größte Motivation bezeichnete.«

Kucke ich vom Schreibtisch aus dem Fenster, blicke ich auf die wahrscheinlich einzige Untergiesinger Großautorenwohnung – sollte auch Patrick Süskind mittlerweile nach Untergiesing gezogen sein, hat er das wie immer still und heimlich gemacht. Und nehme ich nachts das Fernglas zur Hand, kann ich in das erleuchtete Erfolgsschriftsteller-Arbeitszimmer hineinschauen. Ich sehe seinen Schreibtisch, seine Bücherregale, Kindlers und Brockhaus, er gehört noch zur Prä-Wikipedia-Generation, das grüne Pixelquadrat des »Herr der Ringe«-Schubers, »Zeit«-, »FAZ«- und »SZ«-Stapel auf dem Boden. Ganz eklig: Er liest »Cicero«, und zwar im Abonnement.

Er sitzt nicht oft am Schreibtisch. Daher frage ich mich, wie seine Bücher entstehen. Vielleicht diktiert er sie auf Lesereisen und in der ersten Reihe von Festsälen, wenn er mal wieder zu Laudatiosound darauf warten muss, dass ihm ein Preis überreicht wird, ins Kragenmikrofon, so wie Reinhold Messner sein bestes Buch beim Nanga-Parbat-Alleingang auf Band sprach.

Wenn ich den Erfolgsschriftsteller doch mal am Schreibtisch erwische, scheint er mit Kugelschreiber auf einem weißen Blatt Papier Koordinatensysteme zu skizzieren, als entwerfe er mit der spielerischen Leichtigkeit des Erfolgreichen Handlungsstränge und Personenregister für einen neuen Roman. Durchs Fernglas erkennt man anders als in den Talkshows und auf den Isolde-Ohlbaum-Autorenporträts, wie klein er ist. Er ist viel kleiner als ich, und obwohl er gar nicht mal so viel älter ist, hat er viel weniger Haare. Weniger als mir in der Zeit, bis ich sein jetziges Alter erreiche, ausfallen können. Wenigstens auf Follikelebene herrscht Gerechtigkeit.

Auch er bekommt Faxe, aber bei ihm konnte ich weder Aldi- noch Lidl-Listen entdecken, und ab und zu klingelt sein Telefon. Wahrscheinlich ist dann sein Verleger dran, der zur Manuskriptabgabe drängt, weil der Roman zur Buchmesse gedruckt sein muss.

Ein sehr guter medialer Moment stellte sich ein, als ich den Erfolgsschriftsteller parallel im Fernsehen »live« bei Johannes B. Kerner über sein neues Buch reden hörte und ihm live durchs Fernglas dabei zusah, wie er den Plan für sein allerneuestes Buch mit dem Kuli aufs Papier kritzelte.

Kurz darauf beschloss ich, ihn spontan zu besuchen – wer zu Kerner geht, hat sein Recht auf ein ungestörtes Leben verwirkt. So schritt ich an einem sonnigen Nachmittag um kurz nach 15 Uhr, die Zeit, wenn bei mir die erste Tageskonzentration einen Strömungsabriss erleidet und ich some Äktschien (Copyright Aussprache: Liam Gallagher, »Cigarettes & Alcohol«), also Quatsch am Nachmittag, brauche, über die Fußgängerbrücke am Mittleren Ring, den wir wie einen Fluss an gegenüberliegenden Ufern bewohnten.

Statt seines Namens standen nur seine Initialen auf dem Klingelschild. Ich klingelte, nichts passierte. Die Haustür stand offen, am Schwarzen Brett im Flur beschwerte sich ein Bewohner über die Gratiszeitungen, die ein Schurke einfach auf die Treppe »schmeiße«: »Wer soll die ihrer Meinung nach wegräumen? Die Mülltonnen befinden sich hinter dem Haus!!!« Die Interpunktion der Doofen: Je mehr Ausrufungszeichen ein Satz hat, desto wichtiger ist er.

Ich stieg durchs Treppenhaus bis ins oberste Stockwerk und klingelte an der Tür der Dachgeschosswohnung, die man in einem anderen Stadtviertel Penthouse nennen würde. Vor fünf Minuten, denn länger brauchte ich nicht bis ans andere Ufer der Stadtautobahn, hatte ich den Schriftsteller noch auf dem Balkon gesehen, aber jetzt rührte sich nichts.

Ich klingelte noch einmal und merkte, dass kein Geräusch erklang: Auch er hatte seine Klingel ausgeschaltet. Ich horchte an der Tür und erkannte eine üble Nummer von Creedence Clearwater Revival, die er mitsummte. Hmm, dazu kann man sehr schön »Cicero« lesen. Natürlich, dachte ich den Drainagegedanken, supererfolgreich dank Scheißgeschmack.

An der Tür klopfen wollte ich nicht, das erschien mir trotz Kerner-Auftritt zu penetrant. Vielleicht onanierte er gerade zu Creedence Clearwater Revival, und wer will dabei schon gestört werden?

Unten im Treppenhaus schaute ich mir noch seinen Briefkasten an. So sah also der Briefkasten eines Erfolgreichen aus, dachte ich, da hatte auch die jüngste Literaturpreis-Siegesnachricht dringesteckt. Gewonnen hatte er ihn für seinen Roman »Kynicheron«, der von einem jungen Philosophen in einer Lebenskrise und seinen Irrfahrten durch die Welt handelte. So etwas gab es also, wenn auch nur auf diesem Exoplaneten jenseits des Mittleren Rings, ich hatte den physischen Beweis: Briefkästen, in denen Erfolgsmeldungen steckten, waren nicht nur theoretisch möglich, sondern experimentell verifiziert.

Huah! Da ist wieder dieses grelle Nahtoderfahrungslicht, das mich so erschreckt. Nach einigen Kilometern auf einem Radweg musste ich leider auf die Straße zurück. Es sind zwar nicht viele Autos, die mir entgegenkommen, doch neben denen, die verständnisvoll abblenden, gibt es die, die aufblenden, als gäbe es etwas Besonderes zu sehen. Ich sehe dann gar nichts mehr, bin für Momente blitzblind und versuche, meine gerade Linie am Straßenrand zu halten.

Mittenwald-City, jetzt nachtschwarz ausgestorben, tagsüber hängen hier Legionen beigefarbener Möfis in den Cafés und sahnetorten ihre restliche Lebenszeit weg. Da vorne rechts eine Kurve, und die Straße zieht steil hinauf. Hoch nach Leutasch, hinauf zum Heuschober-Hochplateau!

Die Steigungen werden alpiner, dies ist die erste kleine Passstraße, typisch ist die Mauer in den unteren zwei Metern, die den Hang abstützt. Wasser fließt aus der Mauer, aus dem Berg den Hang hinab. Staune immer wieder, wie viel Wasser aus den Bergen kommt.

Das ist jetzt mein Wasser, Isar, du bist es nicht mehr, servus, ich bin dein Sklave, mach's gut, grüß mir die Tiere, die in deinen Auen leben, die Füchse, Biber, Dachse, Eisvögel, Wasseramseln, Ringelnattern und schwarzen Höllenottern. Ich bin nicht länger zuständig, befördert zum Inn-Inspektor. Habe deine Quellen diesmal nicht gefunden, aber wenn es gut läuft, komme ich wieder mit Livingstone und wendigen Kanus. Bleib wild so lange, bleib, wie du bist, schlage über die Ufer, lass dich nicht dressieren, domestizieren, mit welchen Tricks sie es auch versuchen.

Laufe ganz links, sollte ein Auto kommen, sehe ich es zuerst. Dann weiß ich wenigstens, wer mich blendet. Ich merke schon, wie das Bergauflaufen meine Muskeln stimuliert.

Über eine ähnlich dunkle und steile Nebenstraße fuhr ich mal hinein ins Death Valley. Ich habe keinen Führerschein, aber trotzdem habe ich mal ein Auto gemietet. Es geschah in San Francisco, ich legte meinen 80-Kubikzentimeter-Motorradführerschein als offizielles Dokument vor, das ohne jede Beanstandung akzeptiert wurde. Den Unterschied in den Stempelungen und Lochungen des rosafarbenen Führerscheins versteht schon in Deutschland kein Mensch. Zack, hatte ich einen Autoschlüssel in der Hand. Und Automatikautos fahren, das ist Pillepalle, das kann jeder.

Führerscheinlos gerieten wir, ich damals noch nicht als Solist, sondern mit meiner Begleiterin, my longtime companion, zufällig auf die Route 66, dazu sang Jim Morrison im Oldie-Radiosender »L. A. Woman«. Ich –

get your kicks! – überholte einen Pick-up, der einen aus der Ladefläche eines anderen Pick-ups gebauten Anhänger zog, auf dem sich trockene Palmblätter türmten. Einen Bahnübergang nahm ich zu schnell, der Pontiac Sunfire flog durch die Luft, und die Stoßstange touchierte bei der Landung den Asphalt. Kowalski – Vanishing Point.

Was mir blieb, sind Bilder: Kurz vor Flagstaff, mitten in Arizona, weit von jedem größeren Gewässer entfernt, wohnte einer in einem aufgebockten Hausboot vor einer Bergkulisse in der teilweise verschneiten Prärie. Schwarze Wolken schoben sich am hellblauen Himmel wie ein Geleitzug mit Flugzeugträger ins Bild. Davor stand die serielle Skulpturengruppe der braunen Holzkreuze der Telegrafenmasten. Ein Indianer in transparentem Regencape schob sein schwer bepacktes Fahrrad in Richtung Westen. Kalifornien strahlte golden am Horizont. Und dann kamen wir ins Death Valley, bogen eine Kreuzung zu früh rechts ab, nahmen die Nebenstraße. Es wurde immer dunkler und immer steiler.

Wir standen in der Nacht auf der schmalen Schotterpiste in den Bergen und dachten, wir seien verloren. Ich stieg aus und ließ die Stille der Wüste in meinen Ohren rauschen. Mit der Fußspitze drehte ich schwere flache Steine um – keine Skorpione, aber eine Klapperschlange flüchtete. Die Milchstraße streckte sich über uns aus wie ein seziertes Alien, mit breitem Rückgrat und verwirrender Gefäßanatomie. Im Radio sprach ein alter

Mann von den Leonidenschwärmen, die in jenen Tagen auf die Erde regneten. Dann versagte auch dieser letzte Sender.

Wir fuhren weiter und gerieten in einen engen schwarzen Canyon, die Autoscheinwerfer streiften über die schmale schlaglochperforierte Schotterpiste. Und auf einmal waren wir im Tal. Wir fuhren in beruhigter Müdigkeit quer durchs ganze Death Valley. Der Mond ging auf und leuchtete fahl die faltigen Berghänge aus.

In einem Tankstellenhäuschen in Furnace Creek hingen drei Jungs und ein Mädchen ab. Ein Junge in blauem Tankstellenoverall sagte: »Hi! Was gibt's?« In seinen Augen schwamm die Hoffnung, dass ich nun etwas sagen würde, das sein Leben verändern und diese Nacht in ein Abenteuer verwandeln würde. Aber ich fragte nur nach einem Hotel.

Weil man das Death Valley eben Death Valley nannte, war es hier recht lebendig. Weil man die Ökonomie und den Kapitalismus an diesem verlassenen Ort für nicht funktionsfähig, für tot erklärte, florierte das Geschäft. Weil es hier kein Wasser gab und dieser Umstand den Ort exotisch machte, musste es mitten im Tal des Todes einen bewässerungsintensiven Golfplatz geben.

Wir verbrachten die Nacht im Armagosa Motel, wo es eine Showbühne gibt, die die Künstler nicht betreten dürfen. Sie, meine Begleiterin, hatte Geburtstag. Draußen war es kalt. Wir hatten Sex, stellten die Klimaanlage auf Full Heat.

Zwei Tage später mein erster Badwater Run, 253 Kilometer durchs heiße Tal, 80 Grad auf dem Asphalt, 5800 Höhenmeter, mit traditionellem Ziel auf dem Mount Whitney. Ich bin ohne Gipfel-Permit einfach hochgerannt – wer soll das kontrollieren? Badwater Run kann man, muss man mal machen. Badwater ist der tiefste Punkt Amerikas, 85,5 Meter unter dem Meeresspiegel, und besteht aus einem kleinen Salzwasserteich, The Pool genannt und nicht größer als ein solcher in einem 3-Sterne-Hotel, am Ufer kleben unregelmäßig verfärbte Salzkrusten.

Im Pool stand Wasser ohne Ausweg, das nur von hier entkommen konnte, indem es verdunstete und sich in Luft auflöste. Darin einige Salzschnecken, auch an diesem verzweifelten Ort waren Tiere heimisch geworden, als richteten sich Lebewesen bevorzugt in der Verzweiflung ein.

»Wenn du keine Dornen oder Stacheln hast, gehörst du nicht hierher«, hatte Al Arnold über das Tal des Todes gesagt. Al Arnold, der Badwater-Run-Pionier. Er hatte 1977 die Vision, von Badwater auf den Mount Whitney, mit 4418 Metern der höchste Punkt der USA (»außerhalb Alaskas« muss man für Klugscheißer immer hinzufügen), zu laufen. Auf der Luftlinie liegen der Tief- und der Höhepunkt nur 80 Meilen voneinander entfernt, doch die Laufdistanz summiert sich selbst bei minimalsten Umwegen auf 157 Meilen – also 253 Kilometer – und 5800 Höhenmeter.

Al Arnold war ein Sportsüchtiger und liebte vor allem Ballsportarten, doch dann ließ seine Sehkraft nach. Seine Augen wurden immer schlechter, bis er kein Tennis mehr spielen konnte. Also wurde er zum Ausdauertier, sagte: »Je älter ich werde, desto besser werde ich!«, und fühlte sich mit 50 Jahren auf dem Höhepunkt seiner Leistungsfähigkeit, bereit für den ersten Badwater Run. Und er zog es durch. Wenn all die Jungen, die heute in Peak-Performance-Klamotten durch die Citys rennen, performen würden wie Al, wären die Gipfel so voll wie die Fußgängerzonen.

Stopp, Gedanken, stopp! Seht ihr denn nicht das rote Schild: »Willkommen in der Republik Österreich«? Links eine Kapelle, Jesus am Kreuz, ein ewiges rotes Licht. Wenn ich mich bekreuzigen wollte, könnte ich es hier und jetzt prima tun. Keine Steigung mehr, erster Minipass genommen, Atmung wieder ruhiger, obwohl ich sowieso ganz entspannt hochgetrabt bin. Wäre Schwachsinn, sich hier zu verausgaben, Trimming 130. Jetzt beinahe schwerelos: Wie leicht man sich fühlt, wenn die Strecke nach einer längeren Steigung wieder flach wird. Bin auf dem Leutasch-Plateau, es zieht sich von hier knapp 20 Kilometer nach Südwesten, bevor es hinab ins Inntal geht.

Aber ich habe Probleme an der Körper-Erde-Schnittstelle: Der rechte große Zeh brennt, da hat sich wohl in der nassen Socke eine Falte geworfen. Habe mir eine Blase gelaufen, da kann ich nichts machen. So, Gedanken, links und rechts kucken, und sachte anfahren!

Al Arnold war bei seinem Pionierlauf durchs Valley vom ersten Moment an ein Star, weil sein Tun so konsequent war. Schon nach wenigen Meilen musste er Autogramme geben, weil die Touristen am Aussichtspunkt Dante's View hoch über dem trockenen Grund und den Salzkristallhügeln des Golfplatzes des Teufels staunten, welcher Riese in kurzer weißer Hose, mit weißer Tenniskappe und Scheich-Verhüllung da vor ihren Augen durch die Salzwüste lief.

Dann stieg Al hoch in die Panamint-Berge, wo wilde Esel und Berglöwen leben, denn alle anderen Wege waren versperrt. Er ließ sich von Straßenarbeitern mit Bier und Sandwiches füttern, und trotz Schmerzen im Knie wollte er diesmal unbedingt durchhalten. Zweimal zuvor war Al in der Badwater-Hölle gescheitert, jetzt hatte er nicht zum Spaß mit dem Fahrrad in der Sauna trainiert, Einheiten à 45 Minuten bei über 90 Grad Celsius, und war nächtelang durch die Berge gelaufen. Und Al Arnold hielt der Badwater-Hölle stand, er lief den Lauf seines Lebens.

Auf dem Zielfoto steht er nackt, nur mit Schuhen und seinem Tennishöschen bekleidet, in Siegespose auf dem Gipfel des Mount Whitney, das linke Knie schlimm angeschwollen. 84 Stunden hatte Al für die 200 Meilen, mehr als 320 Kilometer, und 5800 + x Höhenmeter gebraucht, wovon er mehrere Stunden mit Autogrammegeben, Verlaufen, Umherirren und entnervenden Umwegen sowie Stretching verbrachte. Die Dehnübungen wurden während des Abenteuers immer wichtiger, Al versuchte, seinem Körper klarzumachen, dass er sich weiterbewegen musste, obwohl keine Faser mehr weiterwollte, keine Zelle sich mehr regte, nur die im Gehirn trieben die komplette Maschine an.

Und dann klauten ihm irgendwelche Drecksäcke das Zelt, das Al unterhalb des Gipfels deponiert hatte. Er musste also nach all den Strapazen noch eine Nacht ungeschützt auf dem Berg bleiben. Am Morgen war das Knie so steif, dass er es für Stunden in einen Eisbach halten musste, bis es sich wieder bewegen ließ.

Ein paar Tage danach hatte Al einen Unfall beim Bodysurfen auf Hawaii. Er warf sich in die Brandung und glitt in der Welle mit, doch sie war stärker als er, wirbelte ihn herum, warf ihn auf den Grund. Ein Halswirbel brach, fast wäre Al ertrunken, nur knapp entging er der Querschnittslähmung. Kurz darauf lief Al Arnold schon wieder seine 15-Kilometer-Trainingsrunden, obwohl er den Kopf nicht bewegen konnte.

Aus dem Badwater Run haben sie ein organisiertes Rennen gemacht, ein beliebtes »Event« für »Extremsportler« aus der ganzen Welt, der Rekordhalter brauchte für die heutige Distanz von 217 Kilometern weniger als 23 Stunden. Als er den Rekord aufstellte, war er 43 Jahre alt. Ein paar gute Jahre habe ich also noch – mein Standardgedanke, wenn ich das Alter von Spitzensportlern lese, die älter sind als ich. Badwater ist ein Geschäft geworden, doch Al Arnold ist nie ins Tal des Todes zurückgekehrt. »Those days are gone«, sagte er, »but the mind is an excellent cave in which to escape the horde.« Da ist sie doch, meine Höhle, meine Unterwelt, im eigenen Kopf.

Meinen eigenen Badwater-Lauf ohne Finisher-Zertifikations-T-Shirt und Poserplakette machte ich mit dem nassen Turban auf dem Kopf. Es war gut, beim Bergauflaufen die Straßenschilder zu lesen, auf denen stand: »Elevation Sealevel«. Wenn man nach konstantem Bergauflaufen wieder auf Meereshöhe ankam, musste man zuvor tief unten gewesen sein. Das war die geografische Umsetzung der Zeile: »I've been down so long that it looks like up for me.«

Bei unserer Abreise aus dem Armagosa Motel sah ich ein lebendiges Bild im Rückspiegel: ein gelber Schulbus, der auf einer kurvigen Straße durchs Tal des Todes fuhr. In seinen Reihen saßen Schüler, die mit glockenhellen Stimmen im Chor sangen:

»Der Himmel über Nevada ist ein Spieler
Er riskiert alles
Der Himmel über Nevada ist ein Trinker
Manchmal zündet er die Lampe an
Der Himmel über Nevada ist eine Blume
Die Berge der Sierra sind sein Beet.«

Was hätte Al Arnold im Death Valley auch noch erreichen können? Einmal lebte er wie Götter. Al hat sich 1977 mit seinem Lauf ein Monument gesetzt, und das hat nichts damit zu tun, dass Menschen bis heute beim Badwater

Run in seinen Fußspuren laufen. Diesen Lauf gelaufen zu haben, das ist sein persönliches Denkmal, eingemeißelt für immer in seinen Geist.

Auch wenn ich nie wieder einen Pass hochfahre, werde ich das Körpergefühl am Ende eines 3500-Höhenmeter-Tages nach einer Bergankunft in der Dämmerung nie vergessen.

Es ist jetzt schon ein Erbe für meine Zukunft, eine Lebensversicherung fürs Alter. Die wichtigste aller Versicherungspolicen, diejenige, gelebt zu haben. Die Momente des gelingenden Lebens sind so flüchtig, weil sie in dem Moment, in dem man sie beschreiben oder festhalten will, schon wieder verschwunden sind, kaputtgedacht ähnlich wie in der heisenbergschen Unschärferelation. Denn gelingendes Leben kann man nicht gleichzeitig messen und beschreiben. Wenn also nach Momenten gelingenden Lebens gefragt wird, kann ich meine Bergankünfte auf jeden Fall ins Feld führen. Ich triumphiere als Immaterialist, dessen Vorteil allein in Zeit und Raum besteht.

Schön, hier ist gar nichts mehr los, keine Autos, fast alle Häuser und Hütten dunkel, nur hier und da noch ein fernsehblau glimmendes Dachfenster. Spätfilm, Western in der ARD, Warten auf die »Sportstudio«-Wiederholung in 3sat. Dunkel auch die Straße, über die der Schein meiner Stirnlampe im Laufrhythmus streicht. Ich schalte sie zwischendurch aus, um die Dunkelheit und ihre vereinzelten Sternbrillanten zu genießen, setze die

Lampe mal ganz ab. Unter dem feuchten Stirnband juckt es. Ich kratze mich an der Stirn und schüttele meine Haare aus.

Hell schimmern die Schneereste in den Bergflanken, die die saftigen Wiesen einfassen, wie Bretter, die fruchtbare Salatbeete vor reinkriechenden Schnecken schützen. Heuschober sprenkeln die Wiesen, dunkle Flecken, Regenschatten aus nassem faserigem Holz, frisch gemähte, nasse Grasbündel hängen heraus, trocknen schnell. Hübsch nach dem Mondkalender gemäht, wie man sich die Haare auch nur bei Vollmond schneiden lassen sollte, alles andere ist verantwortungslos.

Die aktuelle Mondsituation: schmale Sichel, meist hinter Wolken verschwunden; ist also auch keine Hilfe, gut, dass ich die Stirnlampe dabeihabe. Arno Schmidt hat ständig Mondmetaphern erfunden, er schreibt einmal, man könne ihm ruhig einen Preis verleihen als bestem Mondmetapheur. Den Preis hat er nie bekommen, aber er konnte sich wie niemand sonst an dem erfreuen, was er selbst geschaffen hatte: Ist das eine Variante des gelingenden Lebens?

Das gelingende Leben scheint mir überhaupt ein praktikables Gegenkonzept zum Erfolg zu sein, nicht in seiner religiösen Konzeption, sondern als Formulierung des funktionierenden Menschseins, des erfüllten Daseins jenseits des Rattenrennens, als Kategorie des situativen Glücks und als Maxime einer Lebenskunst, für die keine Regeln aufgestellt, sondern allenfalls treffende Bilder gefunden werden können: The Mamas and The Papas, »Dream a Little Dream of Me«.

Alles ist schwerelos und möglich, die Freundschaften sind ein Netz, in das man sich täglich fallen lässt wie in eine Tom-Sawyer-Hängematte; zuerst morgens, wenn man weiß, dass man die Freunde heute zum verabredeten Abenteuer treffen und mit ihnen über die Bahnschienen laufen wird, und zwar weiter, als man jemals war, in den Tunnel hinein, durch die Unterwelt hindurch, alle bringen eine Taschenlampe mit; und dann wieder abends, wenn man sich gegenseitig nach Hause bringt, zuzeiten, da man schon längst zu Hause sein sollte.

»Stars shining bright above you/Night breezes seem to whisper I love you/Birds singing in the sycamore tree/Dream a little dream of me.« Wie es dem Wesen des gelingenden Lebens entspricht, beschreiben Bilder des gelingenden Lebens Möglichkeiten, aber nichts, das man festhalten könnte. Manchmal träume ich mir das gelingende Leben herbei oder träume mich zurück, schmücke gelungene Momente aus, dekoriere sie in der Erinnerung neu. Dieser *sycamore tree*, diese Platane, steht für die Möglichkeit des Gelingens, in ihrem Schatten ist alles gut.

Als ich noch träumte. Als alles möglich war. Als ich erfolgreich war. Als ich zum ersten Mal vom Seelentrüffel kostete. Als das Leben gelang? Im Alter von 19 Jahren gewann ich den Nachwuchs-Literaturwettbewerb des Märkischen Kreises. Voller Hoffnung hatte ich teilgenommen, und nach dem Wochenende, an dem die Jury sich laut

Zeitungsmeldung für ihre Beratungen treffen wollte, hatte ich Morgen für Morgen darauf gewartet, dass die Namen der Sieger endlich im »Allgemeinen Anzeiger« veröffentlicht wurden.

Schon damals ging ich in keiner Nacht vor vier Uhr ins Bett, denn so lange arbeitete ich in meinem Kelleratelier und schrieb auf der ausgemusterten mechanischen Triumph-Schreibmaschine meiner Eltern Écriture automatique. Den Schlaf holte ich morgens in den ersten beiden Schulstunden nach oder nach dem Mittagessen (anschließend ein starker Kaffee, Led Zeppelin und some Äktschien). Um kurz nach vier wurde die Zeitung gebracht, und der Hund schlug an, wenn der Bote sie durch den metallenen Briefschlitz schob.

Ich erinnere mich genau an die tiefe und dunkle Nacht, in der ich um Viertel nach vier in Shorts und T-Shirt barfuß über die kalte steinerne Kellertreppe nach oben lief. Ich riss den »Allgemeinen Anzeiger« aus dem Briefschlitz, blätterte schnell zum Feuilleton durch, und dort stand tatsächlich die schönste Zeitungsmeldung meiner Teenagerzeit: Alle würden es lesen. Manchmal ist es doch gut, nicht allein auf der Welt zu sein. Ich hatte es geschafft, ich hatte gewonnen! Mit einem harten Text, in dem ein Icherzähler nachts mit dem Auto einen Igel überfährt, um sich aus der Igelleiche einen Eintopf zu kochen und den Verdauungsprozess detailliert zu beschreiben – ein Klagenfurt-Text für die Siegerlesung in Iserlohn.

Doch ich kostete schon das bittere Gefühl zu triumphieren, das jedem Erfolg die Unschuld nimmt. Plötzlich steckte ich mitten in der syntaktischen Unheimlichkeit dieses Kafka-Satzes: »Der Ruhm, als der beste Reiter eines Landes anerkannt zu werden, freut beim Losgehn des Orchesters zu stark, als daß sich am Morgen danach die Reue verhindern ließe.« Gelingendes Leben fühlt sich anders an, leicht, moussierend, einverständnisvoll, aktiv und passiv zärtlich und, ja, unschuldig. Ich aber empfand meinen im Rückblick so lächerlichen Sieg als furchtbare Rache montecristoschen Ausmaßes, als ungeheure Retourkutsche gegenüber den Lehrern an meinem Gymnasium, die, bis auf ein, zwei Ausnahmen, mein Schaffen belächelten.

Hätte ich damals, mit 19 Jahren, gewusst, wie hart das alles wird, weil nämlich die Welt überwiegend aus solchen belächelnden Deutschlehrern besteht, hätte ich mir eine Waffe besorgt oder eine Banklehre gemacht, oder dramaturgisch am besten erst das Zweite und dann das Erste.

Ich kann schon die Schemen des Kirchturms von Leutasch-Kirchplatzl erkennen. Auch wenn es dunkel ist, ein bisschen was sieht man trotzdem. In Spielfilmen haben sie dafür dieses »Dunkel«-Licht: Da liegen zwei im Bett, bei voller Beleuchtung, dann knipsen sie die Nachttischlampe aus, doch man sieht sie immer noch, in einem weniger hellen Licht, das »Nacht« bedeutet. Leutasch-Kirchplatzl, dort steht der Bauernhof mit dem Biomilch-

Automaten, dafür habe ich die 20-Cent-Münze im Sack, wie eine Computerspielfigur, der ihre speziellen Gaben nichts nützen, wenn sie sie nicht an den richtigen Stellen mit dem richtigen Werkzeug zur Geltung bringt.

Habe Hunger und plötzlich den Geschmack von Reis und schwarzen Bohnen im Mund – waren da auch matschige Kochbananen mit drin? –, ein Gericht, das ich vor Jahren mittags unter einem Zeltdach auf Kuba aß. Damals im Viñales-Tal, in dieser grünen Landschaft, in der nur noch die Felsen stehen, die einst ein steinernes Dach getragen haben, Monumente, die dank des Einsturzes groß rausgekommen sind, die letzten Aufrechten. Bootsfahrten durch die kühlen Grotten, im Hotel das eisgekühlte Bier aus braunen anonymen Flaschen, die schwüle Luft, der abendliche Regen, zu viele Mangos und Papayas zum Dessert.

Ich war wohl erst 16 und saß am Tisch mit einem Paar, beide um die 30, das gerne mal über Sex diskutierte. Frisch gebumst und geduscht beim Abendessen. Er: »Und war das jetzt nicht okay gerade?«

Aber sie schüttelte nur den Kopf, hatte schlechte Laune, war wohl wieder nicht gekommen. Das nahm ich so mit. Viel aufregender war die tropische Atmosphäre, die ich in meine innere Landkarte aufgenommen habe, dicht positioniert neben der nächtlichen Landung auf einem nordafrikanischen Flughafen mit spärlicher Infrastruktur, wo dem Passagier auf der Gangway die heiße Nachtluft entgegenschlägt, die vegetativen Systeme des Körpers umso mehr überraschend, da man an einem kalten Ort losgeflogen ist.

Viñales: nachts die Geräusche aus den Gärten, den Parks, dem Wald, und die Luft, die zu Nachtaktivität auffordert, die bei mir damals darin bestand, mit den alten kubanischen Männern unten in der Kneipe im Hotel Bier zu trinken und Fernsehen zu kucken. Wir kuckten »Die Fliege«, »La Mosca«: Jeff Goldblum verwandelt sich für mich für alle Zeiten nicht nur in der Wohnung, die er im Film bewohnt, sondern immer auch in dieser kubanischen Kneipe in eine Mosca.

Verwandlungen, die Freiheit des Fremden, die Unklarheit darüber, was lebendiger ist, der Tag oder die Nacht, dieses Oszillieren der Möglichkeiten ist für mich das Tropische an sich, das direkt umzusetzende Versprechen, dass ein anderes, leichteres Leben möglich ist, mit Frauen, die von Lisa Bonet gespielt werden.

»Milch macht müde Männer munter« steht über dem hölzernen Kabuff mit dem Milchautomaten. Direkt hinter der dünnen Wand, die nur aus ein paar Brettern besteht, befindet sich der Stall, in dem die Kühe schlafen; ich höre sie atmen, sie erholen sich vom Milchautomaten-Befüllen.

Setze den Rucksack ab, werfe die 20-Cent-Münze in den Schlitz, nehme einen Plastikbecher, halte ihn unter den Hahn und drücke auf den grünen Knopf. Da fließt das weiße Gold. Natürlich Biomilch. Wer an Milch und Fleisch spart, hat keinen Respekt vor dem Tier. Setze mich auf die Bank, die Beine danken es mir mit einem sofortigen Entspannungsgefühl. In Ordnung, ruht euch aus, aber bloß nicht müde werden.

Der dünne Plastikbecher zittert knisternd zwischen meinen steifen Fingern. Kalte frische Milch fließt meine Kehle hinab. Erst droht mein Magen, sie nicht aufzunehmen, als sei die Milch zu dickflüssiger Stoff. Ich atme durch und stoße auf, dann nimmt mein Körper den Stoff dankbar an, als hätte er kapiert, dass die Milch ihn stark machen wird. Der Appetit kommt beim Essen.

Mitternachtsmilch. Halb zwei. Wenn man die Kühe jetzt melken würde, wäre viel Melatonin in der Milch, das soll gegen Schlaflosigkeit und Stressgefühle helfen. Esse zur Milch eine Banane, Parade-Grundschulkind-Frühstück (statt Schokoriegeln und Fanta), Reis mit schwarzen Bohnen wäre noch viel besser. Biege und dehne die Finger, schüttele die Beine aus, mache mich locker. Ziehe die Schuhe aus, hole die Pflaster raus und verbinde den rechten großen Zeh. Sehe, dass auch der zweite kleine Zeh eine Wasserblase hat, öffne sie mit der Solingen-Nagelschere, die ich immer dabeihabe. Ziehe die nassen Kniestrümpfe gerade, faltenlos, und schnüre die Schuhe fest zu. Und weiter.

Jetzt herrscht eine angenehme Lauftemperatur, hatte gefürchtet, es könnte zu kalt werden hier oben in der Nacht und deshalb einen Skirolli eingesteckt. Aber es läuft sich mit der Nackte-Oberkörper-Klimaanlage perfekt. Beim Laufen wird mir sowieso nie kalt, der Körper reguliert die Temperatur selbst, deswegen braucht man diesen ganzen Funktionskleidungsschwachsinn auch nicht, noch nicht mal Regenkleidung braucht man. Diese mobilen Dampfbäder, Polyester-Sitzsacksaunas, in denen man doch nur schwitzt, und dann kleben sie kalt an der Haut, erhöhen den Windwiderstand und flattern nervend vor sich hin.

Wenn ich morgens oder abends aus der Dusche steige, denke ich oft, dass ich so ganz nackt völlig ungeschützt wäre. Deshalb muss ich mindestens so viel anhaben, dass ich – würde sich plötzlich eine Geheimtür unter mir auftun und ich eine ewig lange Rutsche hinab in eine fremde, seltsame Fantasy-Welt fallen – alle abenteuerlichen Aufgaben bestehen, mythologische Rätsel lösen, wilde Tiere zähmen und über Abgründe klettern könnte.

Es geht dabei nicht um adäquate Kleidung für eine bestimmte Außentemperatur, weil Temperaturen in dieser fremden, seltsamen Welt ja keine Rolle spielen, sondern eher um ein passendes Kostüm, wenn ich als Held die schweren Prüfungen im Labyrinth bestehen muss. Laufhose und Laufschuhe sind da genau richtig, mehr braucht man nicht als stilisierte Figur, als Running Man.

Die Straße führt bergauf durch einen Nadelwald, das letzte Aufbäumen, bevor das Leutasch-Plateau hinunter zum Inn abbricht. Fährt man da sommertags mit dem Rad hinunter, fällt man wie in ein Kissen aus warmer Luft.

Es ist nur eine kurze Steigung, aber die Straße hat ein Gefälle von bis zu 14 Prozent. Ich spüre Banane und

Milch, die im Magenmixer zu einem Bananenmilchshake verrührt werden, shaken and stirred. Muss immer wieder aufstoßen. Merke, dass mein Körper jetzt kein frischer Körper mehr ist. Wäre er ein Pferd, würde man ihn jetzt aus dem Rennen nehmen und durch ein frisches Pferd ersetzen. Hü, Brauner, shank's mare, gut so, nur immer weiter!

Sehe wahrscheinlich schon ziemlich fertig aus, kenne das Bild: die tiefen dunklen Augenhöhlen, die Verkrustungen von altem Schweiß und alter Sonnencreme im Gesicht, die Haare, die unterm Stirnband in Strähnen hervorhängen, der Zehntagebart. »Ich mag Männer, die sich verausgaben und sich die Beine rasieren.« Schweiß, der Duft, der Frauen provoziert. Wofür könnte ich jetzt Werbung machen? Stirnlampen, 24-Stunden-Deo Duftnote Andalusischer Hund, Tiroler Biomilch?

Ach, ganz vergessen, als Werbefigur bin ich leider untauglich. Bin bei der offiziellen Münchner Werbedienst-Musterung mit T5 beurteilt worden. Untauglich, da war es gar nicht mehr nötig zu verweigern.

T5, das ist noch eine Geschichte aus den Sisyphos-Pumpwerken für Erfolg (SPE): Nach meiner Casting-Pleite, als ich im British Book Shop in Frankfurt angesprochen, aber auf meine eingesandten Fotos nicht reagiert wurde, versuchte ich es direkt wieder auf diese dumme Tour, auf die ich selbst nie gekommen wäre. Ich brauchte Geld und dachte, so könnte es vielleicht funktionieren. Wenn ich einmal angesprochen worden war, warum dann kein zweites Mal? Diese Casting-Tanten tickten doch wohl alle ähnlich. Fresse in die Kamera und Hand aufhalten. Easy meat.

Also schickte ich mein Foto an Münchner Casting-Agenturen: Eine davon rief sofort an und buchte mich für einen ARD-Spielfilmdreh mit Christine Neubauer. Es war ein tiefkalter Dezember, mit dem Statistenrudel wartete ich in einem chinesischen Restaurant am mit einem Weihnachtsmarkt zugestellten Weißenburger Platz auf meinen Einsatz. Ich bestellte einen Jasmintee, die einzige Bestellung in fünf Stunden, die anderen Glücksritter, die sich von diversen Komparsenjobs kannten, waren zu geizig und fachsimpelten lieber über Methoden, mittels Kreuz-und-quer-Deals bei E-Bay und Amazon-Marketplace möglichst viel Profit zu machen.

Der Regieassistent kam ins China-Restaurant und wählte Statisten aus: Ich sollte in der Szene auf dem Weihnachtsmarkt Mandeln kaufen, und weil mein bunter Strickpullover interessanter aussah als meine Schimanski-Jacke, sollte ich nur diesen tragen. Es war draußen aber so kalt, dass ich die Jacke unter den Pullover zog und dementsprechend unförmig und quasimodohaft vor der Kamera stand. Kein Problem für mich, wir großen Schauspieler sind oft überraschend uneitel.

Was viel, viel schlimmer war: Meine Statistenpartnerin im »Glöckner von Haidhausen« verlangte mehr Leidenschaft beim Liebespaarspiel von mir. Ich sei so unterkühlt, beschwerte sie sich und forderte mich wiederholt auf, so richtig doll verliebt mit ihr am Mandelstand zu knuddeln, unserer besseren TV-Performance zuliebe. Ich sei »nicht alleine auf dem Set«, sagte sie, es gehe schließlich auch um ihre berufliche Zukunft. Für diesen geistigen Schmerz gab es am Ende nicht die erhoffte 1000-Steine-Tagesgage, eine Summe, die sich in meiner Vorstellungswelt als »Honorar für Modeljobs« festgesetzt hatte, sondern Atemnot auslösende 45 Euro.

Mein Magen meldet sich, die kalte Milch tut schließlich ihr Werk, macht müde Därme munter. Peristaltik setzt ein, ich spüre, wie der Schlauch knurrt und sich windet, und lange zischende Blähungen entweichen. Carlos Peristaltos. Gehe ein paar Schritte in den Wald. »Auf halbem Weg des Menschenlebens fand/ich mich in einen finstern Wald verschlagen,/Weil ich vom rechten Weg mich abgewandt.«

Im Schein der Stirnlampe blitzen die Augen eines Fuchses auf, der kurz stehen bleibt – ein fast schwarzes, verwegenes Tier mit hellem Schwanz – und dann schon wieder verschwunden ist. Suche eine Stelle, an der ich nicht gerade über einem Schlangennest oder einem Abgrund hocke. Ziehe die Hose bis zu den Knöcheln herunter und hocke mich hin, ganz tief, sonst kostet es zu viel Kraft, die Oberschenkel brennen dann wie im Zielschuss der Streif. Lasse es prustend raus, flüssig, große Streuung, egal, fühle mich herrlich, erleichtert, vollständig entleert.

Wenige Tage nach meinem Weihnachtsmarktdreh meldete sich die nächste Agentur, sie wollten mich für einen McDonald's-Werbespot casten. Probeaufnahmen in einer Villa in Neuhausen. Ich saß auf einem Stuhl, vor mir die Kamera, und spielte einen jungen Familienvater, der sich über einen Preis bei einem Gewinnspiel freut.

»Was habe ich denn gewonnen?«, fragte ich die Assistentin.

»Ein Wochenende in einem Cabriolet!«, sagte sie.

Fantastisch, ein klarer Fall von Method-Acting, schließlich gibt es für mich Motorsportfreak nichts Schöneres, als ein Wochenende im Cabriolet zu verbringen. Also brach ich in den Ein-Wochenende-im-Cabriolet-Jubel aus und warf die Arme über den Kopf. Aber das war der Assistentin nicht genug.

»Du wirkst immer noch unterkühlt«, kritisierte sie. »Geh mehr aus dir raus, das ist doch eine tolle Sache, die du da gewinnst.«

Also ging ich aus mir heraus, faltete das Gewinnspiellos auseinander, las, was ich Glückspilz da Beglückendes gewonnen hatte, konnte diesen unerwarteten Schwenk des Schicksals kaum fassen und sprang vor Freude auf und aus dem Bildausschnitt der Kamera hinaus, wie Peter Sellers sich als Inspektor Clouseau einst vom Doppelbarren in den Treppenschacht katapultierte.

Alltag in den SPE: Den Pumpenhebel in die Hand nehmen und pumpen, quietschende Metallgeräusche hören und von ganz unten ein fern hallendes Gegurgel. Pumpen, bis man einsieht, dass kein Wasser kommt. Wasser oben reingießen, wieder pumpen. Mehr Wasser hineingießen, bis man keins mehr hat. Pumpen, bis der Arm schmerzt. »Nie wieder!« denken. Pause machen, bis man denkt, man sollte es doch mal wieder versuchen. Das hält ja kein Mensch aus. Günter Wallraff, recherchieren Sie mal bei SPE! Ganz unten bei denen, die nach ganz oben wollen.

Zu den wenigen, die es richtig machen, gehörten die Komparsenprofis im China-Restaurant, die das alles nicht zu ernst nahmen und Fachgespräche über diesen zweiten oder dritten Arbeitsmarkt führten, mit dem sie ihr karriereunorientiertes Dasein finanzierten. So verwandelten sie das höchst selektive Rattenfilmgeschäft punktuell in gelingendes Leben. Taktisch klug nutzten sie die Chance im Sinne ihrer Gesamtstrategie. Sonst wird nur im Schach begrifflich präzise zwischen Taktik und Strategie unterschieden: Taktik bezeichnet die Kombinationen, die konkrete Ziele erreichen und kurzfristige Vorteile verschaffen; Strategie ist die langfristige Planung, um am Ende den eigenen Willen durchzusetzen. Dafür muss man sich nicht immer, aber manchmal auch taktischer Mittel bedienen.

Es geht bergab. Der Abstieg vom Leutasch-Plateau beginnt. Ich weiß, dass ich mich auf 1200 Metern über dem Meer befinde, einen Höhenmesser brauche ich nicht. Will nicht zu schnell bergab laufen, so verlockend es auch ist, sich einfach rollen zu lassen wie ein Schweizer Käse die Almwiese hinab, aber es belastet die Kniegelenke zu sehr. Laufe durch den Wald, kreuze immer wieder die Straße, die sich hinab ins Inntal schlängelt.

Was sind das für Geräusche? Ich höre Äste knacken. Und heult da nicht ein Wolf?

Der Waldboden ist nass vom Regen, schlammig, matschig, ganz gefährlich rutschig auch die Wurzeln dazwischen. Ich trete von Pfütze in Pfütze, Matsch spritzt an meine Waden. Nasse Fladen, die zu trockenen Krusten werden. Wenig Licht von oben, aber von unten leuchten die Straßen des Inntals hinauf.

Das Laufen in der Nacht bei Vollmond: Der eigene Schatten bewegt sich durch die Schatten des Baumgitters, durchschneidet sie. Es gibt einen Nachtbus von München zum Tegernsee, er fährt um 0.30 Uhr los, kommt um zwei Uhr in Rottach-Egern an, den nehme ich in hellen klaren Nächten. Steige am Isartor ein, bin meist der einzige Gast neben ein, zwei Spätzug-Ankömmlingen. Im dunklen Bus an den Stadtrand und auf die Autobahn, das ist Greyhound-Gefühl vor Münchens Toren, eine Fahrt durch die Bavarian Great Plains.

Mitten in der Nacht als letzter Fahrgast in Rottach aussteigen, kalter Bergwind weht durch die leeren Straßen, Ankunft des fremden Cowboys in der Westernstadt. Nachtwanderung von Rottach durch die Valepp in die Berge. Die klare Nachtluft atmen, durch das fahle Mondlicht gehen; man bewegt sich wie in einem Schwarz-Weiß-Film, weil die Vollmondwelt keine Farben hat. Und sie ist flächiger, weil die Augen die Mondlicht-Polarisation so schnell nicht verstehen. Die Dinge haben weniger Tiefe, wirken zweidimensional.

Bin hinter der Valepp mal auf einen Hirsch gestoßen, dessen Augen mich aus dem Unterholz anfunkelten. Ich fixierte diese funkelnden Punkte mit dem Flutlicht der Stirnlampe und machte einen Schritt auf ihn zu. Hui, jetzt machte *er* Schritte auf *mich* zu, und das Geweih kam mir bedenklich nahe. Sofort wich ich zurück, ich hatte ihn bedrängt und die Fluchtdistanz, seine Überlebensprivatsphäre, verletzt. Er war angriffsbereit. Wie wir, wenn die Welt uns nach Jahren irgendwann zu nahe gekommen ist, zu schwer auf uns liegt, dann greifen wir endlich an. »Fürchte die Welt nicht, greife nur munter an!« Aber manche tun das nie. Und dann sterben sie, und als Todesursache wird das zwar nie genannt, aber ein bisschen hat auch die Welt sie zerdrückt.

Hier über Telfs haben sich die Tiere mal wieder verdammt gut versteckt. An nassen Hängen in den Bergen gibt es fast immer Tattermandl, schwarze Eidechsen, die sich in Zeitlupe bewegen. Hoffe, dass ich auf keine Echse drauftrete, das will ich nicht, manchmal wünschte ich mir sogar einen der Besen, mit denen asiatische Mönche ihre Wege freifegen, um kein Lebewesen zu verletzen. Laufe ich eigentlich weg oder irgendwo hin? Bin ich auf der Flucht? Ein Märchenprinz ohne Pferd, ohne Prinzessin: Hat die Wirklichkeit die Distanz zu meinem Ich verletzt?

Komme hinab nach Telfs, bin wieder unten, 600 Meter über dem Meer, hier erwartet mich ein automobiler Höllenriegel: Ich muss die Inntalautobahn überqueren. Man sieht das immer schon vor jeder Tour auf der Karte, die dicken orangefarbenen Stränge, Autobahnen, und weiß: In dieser Gegend wird es schrecklich werden.

Verlaufe mich fast. Was ist denn hier los? Wo geht's denn lang? Die absolute Zumutung. Zum Glück gibt's eine Brücke, die die Todesader überspannt wie einen Fluss aus ätzender Säure. Das Bild ist aber auch so schlimm genug. Es ist 2.38 Uhr, und trotzdem rasen hier nicht wenige Autos entlang. Die Inntalautobahn ist eine unüberwindliche Barriere für Tiere, deshalb hat man damals so gestaunt, als es dem Bären JJ1 auf seiner Killing-me-softly-Tournee durch Deutschland und Österreich gelang, sie beliebig zu passieren. Durch den Inn zu schwimmen, der brav eingefasst vor sich hin fließt, ist kein Problem, aber Autobahnen kennen nur Fahren, Fahren, Fahren, keine Furten.

Laufe über die Brücke, unter mir rasen die Autos entlang und spritzen Säure in die Luft. Sie sollten hier ein Schild aufstellen »Willkommen im Valley«, denn das Inntal um Innsbruck ist das Los Angeles der Alpen, mit wunderbar gelblichem Smog, der bis ins Zillertal zieht: eine höchst mobile Autokultur, vom milden Klima verwöhnt, hedonistisch, körperfixiert und sportverrückt.

Zum Im-Auto-Herumbrausen der Einheimischen kommen dann noch die ganzen Auch-ich-in-Arkadien-Touristen, die über den Brenner nach Italien oder sonst wohin müssen. Habe mal eine Reportage im Privatfernsehen gesehen, in der die Mautkontrolleure Touristen ohne

Österreich-Autobahnplakette hochnahmen, das war lustig: Sie mussten 120 Euro zahlen statt der regulären 7,60 Euro. Super Ausreden und super Erregungszustände gab es da zu sehen, dicke deutsche Bäuche hinterm Mercedes-Steuer, Frau liest auf dem Beifahrersitz »Bild«, empört sich am Steuer ihr »Auto-Bild« von einem Mann: »Ich fahre durch ganz Europa, ohne zu bezahlen. Sagen Sie Ihrem Chef, dass Österreich einen Urlauber verloren hat.« Da werden sie aber traurig gewesen sein, die Österreicher.

Gegen das übertriebene Befahren der Natur mit Motorkraft will ich ein Zeichen setzen, ein Kunstwerk. Ich sollte moderne Kunst machen, Ideen für Werke habe ich genug, müsste man nur umsetzen und ins Museum hängen: Ich schnüre eine Harley Davidson, einen Jetski und ein Snowmobil an der Längsachse mit schweren Metallseilen zusammen, sodass ein länglicher Motorenblock, ein Mobilbündel entsteht. Das Ganze magnetisiere ich und hänge es in einen durchsichtigen Tank, der mit Kompassöl gefüllt ist, sodass es sich stets in sanften Bewegungen nach Norden ausrichtet. Titel: »Foucaultsches Pendel, Coverversion 1«.

Da vom Magnetfeld der Erde abhängig, dreht sich das Werk nicht überall, irgendwo hinter Spitzbergen ist Schluss, da spielen alle Kompasse verrückt. Ein Bild des gelungenen Lebens: ein Tag im hohen Norden, dort, wo der Kompass gerade noch funktioniert, ich auf Telemarkskiern auf einem namenlosen Gipfel im Niemandsland zwischen Schweden und Norwegen. Selbst bei der halsbrecherischen Abfahrt auf den wackeligen Telemarkskiern, die Fersen frei, ohne Halt, fühlte ich mich trotz einiger Stürze in der völligen Einsamkeit niemals in Gefahr. Unverletzlich. Unbreakable. Diese beruhigende Nebenwirkung gelingenden Lebens: das Gefühl von Unsterblichkeit.

Die Luft hier unten ist milder, trockener, meine Augen brennen. Blinzele bewusst und fest, um sie mit Tränenflüssigkeit zu schmieren, aber das kräftige Blinzeln zieht mit einem unangenehmen Druckgefühl in die Stirn. Also bitte, nun: Wo geht's hier denn lang?

Da, über den Fuß- und Radweg, dieses schmale graue Band, das sie als Alibi in die Autowelt asphaltiert haben. Wegmetaphern sind so doof, drängen sich aber immer wieder auf: Gibt es Wege zum gelingenden Leben, die man mit der sicheren Aussicht auf Erfolg gehen kann, als hätte man sie mit dem Routenplaner berechnet?

Kann ich das Gelingen solcher Leben nachvollziehen, wenn ich die Bilder zu verstehen suche, wie ich nachts beim Schach die Züge der Meister nicht nur auf dem Brett, sondern auch im Kopf nachzuvollziehen suche, wenn ich daliege, mich in die Stellung versenke und verstehen will, was sie bewogen hat, so zu spielen, wie sie gespielt haben? Großmeister haben diesen besonderen Blick auf eine Schachstellung, sie sehen tief in sie hinein, erkennen alle Möglichkeiten, die in ihr verborgen sind. »Schach ist eine Pfütze, aus der eine Mücke trinken, und ein See, in dem ein Elefant ertrinken kann.« Ich bin die Mücke, die durch die Elefantenhirne der Meister etwas tiefer hinabzutauchen versucht.

Als Bobby Fischer in einer Partie gegen Robert Byrne opferte und kombinierte, dachten bei Byrnes Aufgabe selbst die Großmeister im Publikum, er habe gewonnen – so wenig durchblickten sie die Stellung. Nur Fischer hatte in die Tiefe gesehen, um die Ecken der labyrinthischen Gänge, und etwas später sah es dann der bedauernswerte Byrne, der sofort die Waffen streckte. Es ist alles da, man muss es nur *sehen*, sagte Tarrasch.

Wenn Wassili Iwantschuk gegen Alexei Schirow seine Dame auf das leere Feld g7 zieht, wo sie vom Läufer geschlagen werden kann – Iwantschuk bekämpft Schirows »Fire on Board« mit Gegenfeuer, ja, mit Gegenfeuer!, denn Eingraben nützt beim Schach nichts –, ein auf den ersten Blick völlig irrer, unlogischer Zug, als spielte ein Anfänger oder als handelte es sich um eine Partie Suicide-Chess mit dem Ziel, als Erster keine Figuren mehr auf dem Brett zu haben, dann ist mir, als würde pompöse Zwölftonmusik erklingen. Ja, Schachpartien nachzuspielen, das ist, wie in die Oper zu gehen: Wenn ein Spieler seine Dame opfert und einen Turm dazu und dadurch gewinnt – dann höre ich Engelschöre Arien des Triumphes schmettern!

Hat nicht jeder im Leben die Möglichkeit, für sich selbst eine Disziplin zu erfinden, in der er Großmeister werden kann, und muss diese Konstellation nur *sehen?*

Einmal fand ich beim Laufen eine Katze. Es war in einer dunklen stürmischen Nacht auf dem Isarwall zwischen Fluss und Kanal, in der Nähe des Freibades Maria-Einsiedel. Golfplatz, Teiche, Wiesen, viel Grün, viel Wald. Ich befand mich auf dem Rückweg, lief stadteinwärts, da hörte ich plötzlich ein Jammern. Ich stoppte erst nach einigen Metern, weil ich dann erst verstanden hatte, dass es kein gewöhnliches nächtliches Tiergeräusch war, sondern ein Hilferuf. Ich ging zurück, wieder war da das Jammern, ich folgte ihm ins abschüssige Gebüsch: Im nassen Laub lag das Fellbündel einer Katze, bewegungslos, schwach atmend.

Ich bückte mich und hielt ihr vorsichtig meine Hand hin. Kein Tatzenschlag, kein Fauchen, also strich ich ihr über den Rücken, über die Rippen, die sich langsam hoben und senkten. Der rechte Hinterlauf stand gekrümmt vom Körper ab, das Hüftgelenk schien ausgekugelt zu sein. Wahrscheinlich war sie von einem Fahrrad überfahren worden, von einem Mountainbike-Idioten, oder hatte isarabwärts an der Thalkirchener Brücke einen Zusammenstoß mit einem Auto gehabt und sich dann zum Sterben hierhin geschleppt. Wenn sie können, ziehen Tiere sich für die letzten Lebensminuten an einen Ort zurück, an dem sie niemand sieht.

Ich nahm sie auf den Arm, ein großes, schwer gewachsenes Tier, und trug sie mit schnellen Schritten nach Hause. Im Licht der Straßenlaternen sah ich, dass sie rostrotes Fell hatte. Die Katze blickte mich an, dann legte sie ihren

Kopf in meine Armbeuge und schloss die Augen. Von zu Hause aus rief ich einen Tierarzt an und fuhr mit dem Taxi hin. Meine Diagnose war nicht ganz falsch. Er rasierte eine Vorderpfote, injizierte der Katze ein Betäubungsmittel und renkte das Hinterbein wieder ein.

Sie würde noch einige Tage Schmerzen haben und sich nicht normal bewegen können. Derart verteidigungsunfähig wollte ich sie nicht dem Großstadtdschungel überlassen, also behielt ich sie vorerst bei mir in der Wohnung. Bislang war ich Katzen gegenüber eher misstrauisch gewesen: Sie ließen sich meist gern streicheln, um einem dann plötzlich mit der perfide widerhakig nach innen gedrehten Pfote eins auszuwischen.

Doch jetzt war es anders: Meine rostrote Mitbewohnerin verhielt sich mir gegenüber völlig offen und ehrlich, sodass ich ihr vertraute. Und sie vertraute mir. So entstand zwischen uns die Möglichkeit zur Kommunikation, welche ich zunächst für eine Illusion hielt. Doch wenn ich sagte »Komm!«, dann kam sie, und wenn ich sagte »Geh ins Schlafzimmer!«, dann lag sie wenige Momente später unter dem Bett.

Nach zehn Tagen sprang sie aus dem Stand auf das oberste Fach des Bücherregals, wo Arno Schmidts »Zettels Traum« quer lag, weil das dicke Buch sonst nirgends hinpasste. Sie war geheilt. Ich brachte sie in die Natur zurück, von wo aus sie zu mir gekommen war: Abends nahmen wir den Lift nach unten, und ich lief meine übliche Zwölf-Kilometer-Runde über die Großhesseloher Brücke.

Kurz hinter der Marienklausenbrücke, wo das Isarufer wilder wird, verschwand die Katze im Wald. Ich fragte mich noch, ob sie den anderen Tieren, den Katzen, den Füchsen, den Krähen, wohl von ihrer Zeit bei dem seltsamen Menschen erzählen würde, und war froh und traurig zugleich.

Rattatá, Rattatá, Rattatá! Der Radweg führt jetzt direkt neben den Eisenbahngleisen entlang. Ein Güterzug kommt mir entgegen, so laut rattern die braun-rostigen Waggons, dass ich mir das rechte Ohr zuhalten muss. Hunderte Meter lang rast die fahrende Mauer aus Stahl durch den Flutlichtkegel meiner Stirnlampe und schleppt einen warmen Sturm mit sich, der nach Schweröl und südeuropäischen Bahnhöfen riecht. Das kann kein Zug vermeiden: Er transportiert immer Fernweh mit. Die schönste Erinnerung an das Modelleisenbahnfiasko meiner frühesten Jugend besteht im eisigen Grau und rasanten Rot des Doppeltriebwagens vom Santa-Fe-Express, Tallandschaft mit Pocahontas.

Schon damals, als die Katze zurück in den Wald gegangen war, wusste ich, dass sie einen festen Platz in meinen schönsten Tiererinnerungen einnehmen würde. Umso glücklicher war ich, als ich sie nach einigen Tagen wiedersah: Als ich wie jeden Abend in den Sonnenuntergang laufen wollte, saß sie vor meiner Haustür und blickte mich erwartungsvoll an. Ich strich ihr über den Kopf, sie drückte sich gegen mein Schienbein, und wir liefen los.

Ihr Gehorsam war in der Zeit der Trennung noch gewachsen, wobei er nie wie das widerwillige Befolgen von antrainierten Tricks wirkte, sondern vielmehr einem lustvoll-harmonischen Spielritual zwischen zwei Tieren glich. So genügte ein Blick von mir, damit sie auf meine Schulter sprang. Und deutete ich für Beobachter unsichtbar eine Drehbewegung des Zeigefingers an, so lief die Katze Achten zwischen meinen Beinen entlang. Das waren Dinge, die ich zufällig herausgefunden hatte, denn wir übten nicht für die Manege, sondern liefen einfach nebeneinander her.

Nun wartete sie immer kurz vor Sonnenuntergang vor meinem Haus, und wir liefen gemeinsam ein Stück, bis sie irgendwo im Wald verschwand. Manchmal lief sie auch plötzlich neben mir, wenn ich mit dem Fahrrad in die Innenstadt fuhr. Sie war, wie gesagt, groß und kräftig gewachsen, und wenn wir so über die Maximilianstraße spazierten, ich je nach Wetterlage im weißen Anzug oder im Tweed-Dreiteiler, sie mit ihrem glänzenden rostroten Fell im Gleichschritt neben mir, dann war das eine echte Raubtiershow.

Als Katzenmann wurde ich zu einem Münchner Original. Erst einige Zeitungsberichte, dann ließ ich mich ins Fernsehen einladen. Ich bekam ein Angebot, einen Werbespot für eine Mobilfunkfirma zu drehen, zusammen mit der Katze natürlich.

Als ich abends laufen gehen wollte, erwartete mich nicht nur die Katze vor der Tür, sondern auch Fotografen sowie ein Kamerateam. Wir hatten keine Verabredung, sie waren einfach gekommen, hatten wohl auch geklingelt, aber meine Klingel war mal wieder abgeschaltet. Ich merkte, dass ich auf dem Weg zu seltsamem Ruhm war, und mir gefiel nicht, wie sich dieser Ruhm anfühlte.

Ich ignorierte die Kameras. Wir liefen los. Solange es über die Straße ging, folgte uns der Kamerawagen, dann kam die Fußgängerbrücke über den Mittleren Ring, und wir tauchten ins Dickicht des Flauchers ab. Die Verfolger waren abgeschüttelt. Wir liefen an der Isar entlang wie immer. Irgendwann bog die Zauberkatze links ab, sie wollte in den Wald. Schon halb im Unterholz, blickte sie sich noch einmal um, und wir sahen uns in stummer Übereinkunft in die Augen. Dann verschwand sie im Unterholz. Ich habe sie seitdem nie wiedergesehen.

Solche Enttäuschungen. Du hast etwas, es ist schön, und dann geht es kaputt. Du weißt nicht, was du falsch gemacht hast, aber auf einmal ist etwas vorbei. Ich zog mir eine Katze.

Es pocht im Kopf hinter meinem linken Auge. Ein pulsierender Schmerz, der verschwindet, wenn ich mir mit dem Daumen auf die Schläfe drücke. »Der Kopf pulst wie ein schwellendes Glockenmaul.« Auf die Dauer ist das kein Zustand. Gleich muss ich links abbiegen Richtung Oetz, 820 Meter über Normalnull. Hier beginnt das Ötztal, und nach Isar und Inn folge ich dem nächsten Flusslauf, der Ötztaler Ache.

Liefe ich das Inntal weiter hinauf, käme ich nach Landeck, wo der Inn scharf nach links knickt und in sein heimatliches Engadin abbiegt. Auf einem Wehr an einem Staubecken dort fand ich mal einen toten Dachs. Was für ein schönes Tier. Das Elend all der durch die Automobilität getöteten Tiere machte mich für Minuten ganz traurig. Weiter oben, am Grenzübergang Kajetansbrücke geht mir stets ein wohliger Schauer durch den Körper, weil ich dann weiß, jetzt bin ich in der Schweiz. Als seien die Schweizer Berge die wahren Alpen, die eidgenössischen Gipfel besonders schön, die Neutralität ein Status, der sich vom Politischen auf das Lebensgefühl ausdehnt, das in der Schweiz von aller Alltagspein bereinigt wie ein frisch abgeschliffenes Parkett in einem lichtdurchfluteten Weltkulturerbe-Spiegelsaal vor einem liegt, ein Boden für neue erste Schritte und intensive Erfahrungen.

Ich radelte den Inn hinauf und kam nach St. Moritz auf diesen Hochtal-Abenteuerspielplatz. Wie wunderbar man sich dort bewegen kann: die vielen Sonnentage, die Hochwälder, das Champagnerklima, das die Lebenslust in den Adern schäumen lässt. Wenn ich die Gegend dort oben sehe, ob ich nun mit der »Kleine Rote« genannten Eisenbahn durchs Albulatal hinaufdampfe, dieses Modelleisenbahntal, und in Preda aussteige, um einen Tagesmarsch über den tief verschneiten Albulapass, eine Bärengegend, und durch seine Lawinengefahren zu machen, am Hospiz vorbei und dann den Pass auf der anderen Seite hinab, oder ob ich mich von Landeck am Inn entlang mit dem Fahrrad nach oben winde, Engiadina, das Tal des Inns; wenn ich also dort oben an den Seen vorbeirausche und auf die umliegenden Dreitausender blicke, glaube ich an Intelligent Design. Das muss jemand so entworfen haben, mit der Idee, einen Ort zu erschaffen, an dem sich Menschen austoben können.

Abenteuerspielplatz Nummer zwei liegt auf einem anderen Kontinent: Äthiopiens Berg- und Laufland. Der Weg dorthin war eine der schönsten Reisen, die ich als Solist gemacht habe. Ich trampte nach Athen, dort nahm ich die Fähre nach Rhodos und weiter nach Port Said an der ägyptischen Küste. In Kairo aufs nächste Schiff, wir fuhren den Nil hinauf, jeden Nachmittag Pfefferminztee, in Luxor Wasserpfeife mit den Einheimischen geraucht, über den Assuanstaudamm gelaufen, in Abu Simbel mit Magenkrämpfen im Schatten der Tempelmauern gelegen, mich ausgebrochen und leer geschissen. Ein Arzt spritzte mir einen Abszess in die rechte Pobacke, der wochenlang schmerzte.

Dann weiter in den Sudan, mit der Fähre nach Wadi Halfa, auf dem Schiff die Abenteurer mit ihren hochbepackten Jeeps, gebräunt, Vollbärte, Wüstenstiefel, der finnische Motorradfahrer, der Argentinier im Rollstuhl, was ist aus ihnen geworden? An der Grenze habe ich mit frischen Dollarnoten bezahlt. Wadi Halfa (»Das soll ein Hafen sein?«), ein Nest voller Eselkarren vor dem Nil-Hotel.

Weil der Zug nicht kam, trampte ich mit offenen Lastern über Sandpisten durch die Wüste nach Dunqulah.

Sandstürme und Fata Morganas umwölkten uns, einmal sah ich sogar die Großhesseloher Brücke über einem ausgetrockneten Flussbett flimmern. Von Dunqulah mit dem Bus nach Kuraymah, zehn Stunden, dann einen Tag lang warten auf den Zug nach Khartoum, ein sandiges Abteil, ein sandiger Speisewagen mit Porzellangeschirr. Bei Abu Haraz waren die Gleise vom Sand verweht, Dünen wellten sich über den Bahndamm, Männer stiegen aus und schaufelten die Gleise frei. Ich blieb sitzen und sah ihnen zu, es gab keine Eile.

36 Stunden später war ich endlich in Khartoum. Doch was heißt in Afrika schon endlich? Man weiß ja nie, ob ein Zug, ein Schiff, ein Bus kommt, man muss warten können, darf nicht ungeduldig und aggressiv werden. Ich ging zwischendurch immer eine Runde laufen, in der Hitze ist es besonders erfrischend, wenn der Schweiß rinnt und der Laufwind kühlt. Danach am Dorfbrunnen einen Eimer Wasser über den Kopf kippen. Weiter in Bussen, Lastern und Zügen. Südlich von Khartoum wird das Land endlich grüner, bei Qallabat/Metema über die Grenze nach Äthiopien.

In Addis Abeba besuchte ich den Läufer Haile Gebrselassie in seinem Büro im sechsten Stock, kein Aufzug. Wir waren verabredet, ein Reportageauftrag vom »New York Times Magazine«, weil ihnen meine Story über den spazieren gegangenen Marathon so gut gefallen hatte. Haile zeigte mir die Hügel vor der Stadt, wo die Massen laufen, jeden Morgen, wenn es noch kühl ist, auf 3000 Metern, staubige Lehmpfade durch den trocken-dürren Wald, ein bis zwei Stunden lang laufen sie, ihr Morning-Run. Wer weniger Zeit hat, läuft mitten in der Stadt auf dem Meskel Square, diesem weiten flachen Amphitheater mit seinen endlosen brüchigen Stufen, die man wie über ganz schmale Terrassen entlang- oder aber wie eine riesige Treppe hinauflaufen kann. Ethiopian-Airlines-Werbung auf einem Hochhausdach – noch fliegen hier nicht viele Laufkenner ein. Durch Eukalyptuswälder liefen Haile und ich hoch auf den Mount Entoto und blickten über die Stadt.

Aber was ist schon eine Panoramasicht gegen den Blick auf eine Löwin und ihr Junges? Wir sahen sie mitten im Eukalyptus ungefähr 100 Meter entfernt vorüberziehen, Haile berührte mich am Arm und sagte, sieh! Und ich sah: Die Löwin blickte uns an, Paisleymuster auf den Vorderbeinen, drehte sich dann weg und verschwand im Eukalyptuswald, ihr Junges vor sich herstupsend.

Wir gingen in die kleine Kirche, eine eckige Rotunde aus rosa Steinen und türkisem Holz, die so sehr nach Brighton Beach aussieht. Menschen beteten, Haile und ich aber, wir schauten nur, atmeten die kühle Kirchenluft und trotteten hinab, bergab laufen wir nicht, weil wir uns die Gelenke schließlich nicht ruinieren wollen.

Ich verließ Haile und Addis Abeba, denn nun begann mein großes afrikanisches Laufen. Ich lief von den gewaltigen grünen Felsplateaus des Simien Mountains National Park im Norden Äthiopiens bis in die Löwen-und-

Elefanten-Wildnis des Omo National Park im Südwesten, wo ich Bärenglocken, die in diesem Fall Löwenglocken waren, an die Handgelenke schnallte, sicher ist sicher.

Wo immer mir die Wege frei schienen, setzte ich den Rucksack ab und schlug mein Zelt als Basislager auf, an steilen Hängen oder im welligen kupierten Gelände. Mit freiem Oberkörper und freiem Kopf lief ich zusammen mit den Einheimischen, Gruppen von drei bis sieben Männern meist, manchmal aber auch 20 Personen, darunter Kinder und Alte, aber alle spulten mindestens einen 14er-Schnitt ab. Morning-Run, wenn die Sonne noch flach stand, und Evening-Run am späten Nachmittag, bergauf und bergab, und dann kauten wir Khat, frisch gepflückten abessinischen Tee. Voici le temps des assassins, die Zeit der Haschischkrieger ist gekommen!

Natürliches Intervalltraining, ich Ziegenhirte, der Körper merkt sich jeden Meter, den man irgendwann irgendwo gelaufen ist, und so ist mein äthiopisches Training ein Element meiner Form, hier, wo ich, viele Tausend Kilometer vom ostafrikanischen Bergland entfernt, durch ein allmählich schmaler werdendes Tal auf ein hohes Ziel zurenne, durch einen Trichter, der meine Kräfte fokussiert, der mich nach Süden spült. Durch Oetz, Habichen, Tumpen, Umhausen, ich lese die Namen im Dämmerlicht von den Ortsschildern ab, höher und höher.

Vor Tumpen eine erste gewundene Serpentine, dann bin ich auf dem nächsten Plateau, habe wieder eine Höhenstufe genommen, 950 Meter, wie ein Lachs, der sich mühsam stromaufwärts kämpft.

Die Augen fallen mir zu, und plötzlich sind 20, dann 30 Minuten vergangen. Szenen flackern auf, wie in einem Kino, in dessen Keller man unbeschriftete alte Filmrollen gefunden hat. In Äthiopien war meine Reise damals nicht zu Ende: Ich fuhr mit der Fähre von Kosti den Nil hinauf zu seinen Quellen. »Kornell, egal was es kostet, fahren Sie nach Afrika und finden Sie Livingstone! ›Draw a thousand pounds now, and when you have gone through that, draw another thousand, and when that is spent, draw another thousand … and so on; but find Livingstone!‹«

Unbeschränktheit der Mittel, purer Erfolg, ein Arbeiten wie im Rausch. Und plötzlich bin ich Henry Morton Stanley, stehe mitten in einem afrikanischen Dorf, trage graue Tweedhosen und sage: »Doctor Livingstone, I presume?« Immer unterwegs, was ist das nur für ein Leben, mein Leben. Da treffe ich wie zufällig andere große Männer, Künstler, Krieger, Diplomaten, Solo-Weltumsegler: »Joshua Slocum, I presume?« Wie viele Talkshows ich damit schon gefüllt habe …

»Grüß di!«, ruft ein früher Bauer am Straßenrand und weckt mich auf. Neben ihm steht sein alter kleiner Trecker auf der Wiese. Er hebt die Hand zum Gruß. Servus, sage ich und winke. Wenn ich's aussprechen könnte, hätte ich lieber das rustikal-förmliche »Griaß Iahnen!« benutzt.

Das Pochen hinter dem linken Auge ist stärker geworden, jetzt hämmert der Schmerz mit jedem Pulsschlag in die linke Schläfe. Bei jedem Auftreten, jeder Landung meiner dahinfliegenden Füße fühlt es sich an, als würde mein Gehirnklumpen wie ein in einem zu großen Paket verschickter Blumenkohl unter die Schädeldecke donnern. Matschball Kornell. Noch mal abwarten, dann muss ich was unternehmen.

Obwohl auch Bayern Ausland ist, deutschsprachiges Ausland, ändert sich die Atmosphäre und erreicht einen noch höheren Fremdegrad, wenn man über die Grenze nach Tirol fährt. Die Menschen grüßen einen beim Vorbeifahren, die Mädchen tragen eher Top als T-Shirt und Hotpants, die den Namen wirklich verdienen, so knapp, dass unten die Pofaltenhalbkugeln hervorblinzeln, wie zwei Speckknödel, die man aus dem Kochbeutel drückt. Da batzt nichts an, das flutscht reibungslos wie das Mentalitätsklischee der mediterranen Offenheit: Man merkt, dass Österreich mal am Mittelmeer lag.

Die Grenzsteine auf den Bergrücken zwischen Bayern und Tirol sind weiß-blau auf der einen und rot-weiß-rot auf der anderen Seite. Der Grenzstein meiner Jugend war grün-weiß-rot und markierte die Grenze zwischen Nordrhein und Westfalen, denn in diesem Zwischenreich wuchs ich auf. In Westfalen. Und auf der anderen Seite lebten tatsächlich andere Menschen, da lief oder fuhr ich mit dem Fahrrad hin und merkte damals schon, dass Bewegung Veränderung ist: In Nordrhein gingen die Menschen im Zweifelsfall vor die Tür, in Westfalen schlossen sie sich lieber zu Hause ein.

Die Mädchen in Tirol sagen ihr »Grüß di!« mit einem derartigen Josephine-Mutzenbacher-Zungenschlag, dass man denkt, man müsse anhalten und mit ihnen sofort hinter den Heuschober gehen. Einmal bei Landeck, als ich mit dem Fahrrad aus dem Engadin kam, da habe ich sogar gewendet, um zu zwei Mädchen zurückzufahren, die mich mit einem »Grüß di!« bedacht hatten. Sie hatten dieses neugierige Strahlen in den Augen, und ich dachte: Hey, was war denn das?

Es regnete schon den ganzen Tag lang, die zwei Mädchen, rotblond und brünett, spazierten mit einem roten Schirm eine Straße am Westhang des Tals hinauf. Obwohl ich nach der harten Tour entspannt in mir ruhte, war ich plötzlich nervös wie vor einer mündlichen Prüfung. Ich fuhr also zu ihnen zurück, bremste und spielte den Orientierungslosen.

»Grüß di!«, sagten sie noch einmal.

Ich fragte sie, ob es da oder dort nach Landeck ginge. Zwar wusste ich genau, wo entlang es nach Landeck ging, aber wir waren im Gespräch. Ich sagte etwas vollkommen Bescheuertes, in der Art von: »Und ihr müsst hier mit dem Regenschirm langlaufen. Ihr seid ja schon ganz nass.«

Immer wieder erstaunlich, mit welchem Schwachsinn man weiterkommt, wenn man sich überwindet und den Schwachsinn einfach ausspricht. Die beiden grinsten mich schräg von unten an. Die Wangen der Rotblonden waren von Sommersprossen gesprenkelt, die wie zur

Kernfusion bereite Elektronen vor meinen Augen tanzten. Mutig geworden, schlug ich vor, dass wir uns doch an der Bushaltestelle unterstellen könnten, einem Holzverschlag, dessen hinterste Ecke blickgeschützt war.

Überraschender Sex ist wie ein Riss in der Realität. Wenn die Zunge plötzlich im heißen Mund eines fremden Menschen steckt, in dem sich eine Zunge befindet, die das Gleiche will, fühlt man sich, als hätte man eine Grenze überschritten und seine Denkeinsamkeit verlassen, als würde man nun ganz direkt leben, als wären die Umwege der Brechungen und Flexionen bei der Weltwahrnehmung nicht mehr nötig. Auch das Denken ändert sich in diesem Moment, löst seine Verklemmungen auf und überwindet alle selbst errichteten Hürden. Sich einmal trauen, bei passender Gelegenheit zu einer Bekanntschaft zu sagen: »Zieh dich aus!« Und dann staunen, dass diese Worte nicht nur Worte sind, sondern tatsächlich funktionieren: Sie zieht sich aus.

Ich drückte die Rotblonde von hinten an die Holzwand und schob die linke Hand unter ihr Top, sie atmete mit einem scharfen Zischen ein. Dann schob ich ihr den Rock hoch. Stringtanga, das war erwartbar. Ihre Freundin stand neben mir und rieb lachend an der harten Stelle meiner Fahrradhose. Ich hatte ein paar Tausend Höhenmeter in den Beinen, Albulapass und Flüelapass, und fühlte mich voller Leben, matt und erregt zugleich. Ich zog mein Hemd aus und streifte die Träger der Fahrradhose über die Schultern, sie hingen mir nun seitlich an den Beinen runter.

Die Brünette knöpfte Jacke und Bluse auf und drückte ihre Brüste in meinen Schritt. Na dann, mal los. Neben dem Kopf der Rotblonden, die sich an der knarzenden Holzwand abstützte, las ich vom dunkelgelben Busfahrplan ab, dass der letzte Bus nach Martina, dem ersten Ort auf Schweizer Gebiet, schon um 17.33 Uhr abfuhr. Ihre Freundin kniete unter uns.

Ich war vollends trunken vor Freude und kam schnell, auf ihre Brüste, sie bestanden darauf, kannten es aus dem Internet nicht anders. Junge, genieße das einfache Leben, dachte ich, so geht's doch auch, das könntest du immer haben. Sofort war ich wieder bereit. Ich setzte mich auf den nassen Boden, die Matschpfütze war mir egal, und zog der Brünetten die Jeans über die breiten Hüften. Fräulein Kernfusion stellte sich über uns auf.

Wir kamen alle drei zusammen, jedenfalls möchte ich das glauben. Es zuckte oben, es zuckte unten, es war friedlich und bewusstseinserweiternd, ein Haken auf der Liste der Dinge, die ich im Leben unbedingt erledigen wollte: ein Dreier mit Tiroler Gymnasiastinnen. Dann kam auch schon der Bus, mit einem Druckluft-»Pffh« öffnete sich die Tür. Wir rappelten uns auf, die Damen schenkten dem Busfahrer ihr »Grüß di!«, und ich radelte mit einem »Servus« davon. Schließlich wusste ich jetzt, wo es langging.

Zwei Monate später habe ich meinen ersten und einzigen Aidstest gemacht, dann habe ich diesen Quatsch gelassen. Seitdem nutze ich die Semi- bis Hardcore-Erektion, die bei solchen Easy-Livin'-»Grüß di!«-Begegnungen in der Sporthose entsteht, als Naturdoping. Ich laufe oder radele weiter und bilde mir ein, dass der Testosteronspiegel dank des »Grüß di!« in sonst nur mit Hormonpflastern auf dem Hodensack erreichbare Höhen steigt.

Doch die Möglichkeit solcher Begegnungen gehört zum Reiz und Charakter eines Abenteuers, und nichts anderes ist schließlich jede Tour zu Fuß oder auf dem Rad. Nicht dass man sich einbildet, es könnte jederzeit orgiastisch werden. Man hat vielmehr die romantische Vorstellung, dass diese Reise das Leben, so wie man es bisher kannte, auf den Kopf stellen könnte, und zwar ob man will oder nicht. Alain-Fournier, »Le Grand Meaulnes«, der große Kamerad: Eines Nachts trifft der große Kamerad zufällig im magischen Schloss die eine Frau, die Blitzschlag-Begegnung, die von nun an sein Leben bestimmt. Er will, er muss sie wiedersehen, aber findet sie nicht. Doch bei jedem neuen Aufbruch zu seiner ausschweifenden Suche begleitet ihn die tröstliche Hoffnung, die Frau, die zu ihm gehört, Longtime Companion seiner Gedanken, endlich zu treffen. Jedes Mal aufs Neue packt ihn das Fieber, sein Leben endlich in die Richtung zu verändern, von der er immer geträumt hat.

Ist das, was ich verloren habe, längst nicht das Ultimative gewesen? Kommt es erst noch, wird es mir unterwegs begegnen, muss ich deshalb immer wieder aufbrechen, wie ein Stürmer, der möglichst oft in den Strafraum eindringt, weil das seine Torchancenwahrscheinlichkeit erhöht? Am Ende des Lebens dann die Statistik, Gelingen-des-Leben-Chancen: 17; gelungene Lebensmomente: drei. Zwei. Eins. Oder ganz bitter: null.

Wie laut hier die Ötztaler Ache rauscht. Ache, Ache, wache über mich. Da ist die Stelle, eine unsteile Zufahrt von der Hauptstraße ans Ufer, an der ich damals mit meinem Großvater hielt, um Findlinge in den Kofferraum seines goldfarbenen BMWs zu laden. Er nahm sie mit nach Hause, um den Garten zu dekorieren. Bis zu jenem Tag wusste ich gar nicht, was Findlinge sind. Ich hörte ihn nur von »Findlingen« reden und dachte, das könnten auch junge Pflanzen sein oder Tierjunge, aber das wäre zu verwegen gewesen, Tierjunge aus Tirol im Kofferraum nach Deutschland zu schmuggeln.

Dann sah ich, was Findlinge waren, mein Großvater suchte sie mit seinen kräftigen behaarten Händen aus: diese schönen runden grauen Steine, die am Ufer lagen, nicht mehr nass, schon von der Sonne getrocknet, vom Gletscher ausgespuckt, und vom Wasser erst grob und dann fein poliert.

Es wird hell, und plötzlich, kurz vor Längenfeld, 1171 Meter, sehe ich die Landschaft wieder deutlich, die Waldhänge, die links und rechts ansteigen, mit den steilen nackten Felsen, auf denen vereinzelte Tannen stehen: Berge mit Tiroler Hut inklusive Gamsbart auf dem Kopf.

Plötzlich ist die Welt deutlich und klar, als sei ich hierhin teleportiert worden, als habe es den dunklen Nachtlaufabschnitt zwischen dem Karwendel und dem Ötztal, zwischen der Landschaft des Abends und der des Morgens nicht gegeben. Als sei das hier ein gewöhnlicher Morning-Run. Abends war ich an oder vor den Bergen, jetzt bin ich in den Bergen und laufe nur noch aufwärts, hoch in Richtung der ganz hohen Hausnummern.

Wenn vorm Schlafwagenfenster – Rattatá, Rattatá, Rattatá – während der Fahrt ins oder durchs Gebirge beim frühmorgendlichen Blick die dunklen Wände der Bergmassive auftauchen; wenn man vorm Flugzeugfenster bei der Landung die in der Heimat fremden, aber für das Zielland so typischen Landschaftsmerkmale sieht, Palmen, Kiefernwälder, Suburbia-Quadrate mit blauen Poolflecken – wirken dann diese Maschinen, Flugzeuge und Eisenbahnen, nicht so, als hätten sie die Landschaft gemacht?

Das hier, diese Landschaftsveränderung, habe ich mit meinen Füßen gemacht. Und ist ja super, wirklich supersupertoll, dass ihr Längenfelder einen Aqua Dome habt, genau hier hat so ein Spaßbad noch gefehlt, Riesenrutsche, Warmbadetag, da müssen die Touristen auch bei Regenwetter keine schlechte Laune haben, können ihren Freizeitdruck gepflegt ablassen, ausschwitzen, Fun haben, gut so.

Das Ötztal ist zersiedelt und hässlich, so hässlich, dass ich hier eigentlich nicht entlanglaufen würde. Muss aber hier lang, und ab Sölden werde ich dann belohnt. Ich vergesse die Existenz dieser Transitstrecke auch immer wieder, obwohl ich hier schon oft mit dem Rad entlanggefahren bin, denke trotzdem, dass nach dem Ort Oetz sofort der Ort Sölden kommt. Doch in Wirklichkeit zieht sich die Straße viele Kilometer durch zersiedeltes Gelände, bis ich endlich hoch in den Bergen bin.

Auch unter anschwellender Erschöpfung darf ich die Lauftechnik nicht vergessen, muss mich trotz Kopfschmerzen gelegentlich darauf konzentrieren. Das Gehirn ist der Bordcomputer des Laufens, es kontrolliert, was man gerade tut, damit insgesamt der Stil rund und flüssig und ökonomisch bleibt. Kleine Korrekturen machen viel aus: die Füße heben, nicht schlurfen, effizient auf dem Mittelfuß landen, nicht zu sehr nach vorne auf die Ballen fallen. Denn je weiter ich mich nach vorne neige, desto schneller werde ich. Aber ich muss bremsen, langsam sein, haushalten, für die Explosion am Schlussanstieg.

Und Kornell, mit einer ganz starken Leistung heute, meine Damen und Herren, er läuft vorne in der Spitzengruppe mit den zwei Kenianern in ihren rot-grünen Trikots mit schwarzen Hosen und den drei Äthiopiern in grünen Trikots mit roten Hosen. Er hält sich in der Spitze, nein, was heißt halten, er führt sie, er formt sie, er dominiert sie. Mit taktischen Tempowechseln zermürbt er die Afrikaner nun schon seit zwei, drei Kilometern. Und nein, das mögen sie überhaupt nicht, wenn jemand sie mit ihren eigenen Waffen zu schlagen versucht, den brutalen Tempowechseln, die im ostafrikanischen Bergland zum Laufalltag gehören. Das müssen Schmerzen sein, ja, das sind Schmerzen, gewiss. Doch man sieht sie ihm nicht an, so leicht fliegt Kornell dahin. Setzt er etwa schon jetzt, so früh, Kilometer vor Beginn des steilsten Abschnitts des Schlussanstiegs, vor jenen brutalen 23,5 Kilometern, die von Sölden über 1200 Höhenmeter hinauf zum Timmelsjoch führen, zum unwiderstehlichen Spurt an?

Diese beiden Unwiderstehlichen sind auch früh dran: zwei Oberstufenschülerinnen in grauer Schuluniform an der Bushaltestelle, höhere Schule in Telfs oder Innsbruck oder externe Schülerinnen am Kloster Stams?

Sie lachen, als sie mich sehen, und rufen: »Grüß di!«

Nach knapp 200 gelaufenen Kilometern ist ohnehin alles in mir erregt, roh und mit geöffneten Schubladen stehe ich in der Welt wie eine plastinierte Körperwelten-Skulptur. Jetzt rafft sich Le Schrumpf zum massiven Pendel auf, aber ich weiß, dass die Erektion sich wegen der Blutarmut im Körperzentrum schnell wegläuft, so süß die beiden auch aussehen. Fahrt ihr mal schön in die Schule und lernt Biologielektionen für die Matura, ich schlucke euer »Grüß di« gierig hinunter.

Genau die richtige Stimmung für einen freundlichen Gruß vom Tod: Die Ötztal-Schlachterei steht direkt am Straßenrand und hat Ernüchterndes auf ihre Fassade gepinselt: dass sie nämlich die Ötztal-Schlachterei ist. Scheiße, das stimmt, Tiere müssen sterben, werden umgebracht, das will ich doch gar nicht wissen. Jetzt pocht es wieder; hatte für Momente die Kopfschmerzen vergessen.

Wenn ich Tiertransporte auf der Straße sehe, die Lastwagen mit Luftschlitzen an den Seiten, aus denen rote Rinderzungen hervorblecken, wünsche ich mir immer, die Kühe führen nur von einer Weide zur anderen oder in den Urlaub nach Schleswig-Holstein. Doch zugleich rieche ich den Tod und erinnere mich, wie es ist, im Hochsommer mit dem Fahrrad hinter der Fleischmüllabfuhr herzufahren, die gerade auf Tour von Schlachterei zu Schlachterei ist, um Schlachtabfälle einzusammeln. Die Kutteln des Gammelns fahren vor einem her, und davor die Augen zu verschließen hat überhaupt keinen Sinn. Denn über und hinter der Fleischmüllabfuhr hängt eine unsichtbare Wolke aus Verwesungsgeruch in der Luft.

Esse noch eine Banane, trinke vom Brunnen am Straßenrand, ehe es gleich hart in den Berg geht. Verstaue die Stirnlampe wieder im Rucksack. Könnte sie auch zurücklassen, um Gewicht zu sparen, aber man weiß ja nie. Meine Oberschenkel fühlen sich hart an, das rechte Knie schmerzt stärker als das linke, verspannter Nacken; Muskelkater in den Schultern, die wundern sich am meisten über die Distanz, weil ich kein Oberkörper-Krafttraining mache. Ich dehne, was noch dehnbar ist, aber nur halbherzig, für Yoga-Übungen fehlt mir die Energie.

Mittlerweile wurde die Schlagbohrmaschine an meinem Kopf angesetzt. Durch die immer dünnere Luft wird es nicht besser. Ein spitzer Bohrer wird in meinen rumpelnd widerstehenden Schädel getrieben. Nehme zwei Kopfschmerztabletten auf einmal und spüle sie mit viel Wasser runter. Helfen nicht immer, aber ich kann's mal versuchen.

3. BERGANKUNFT

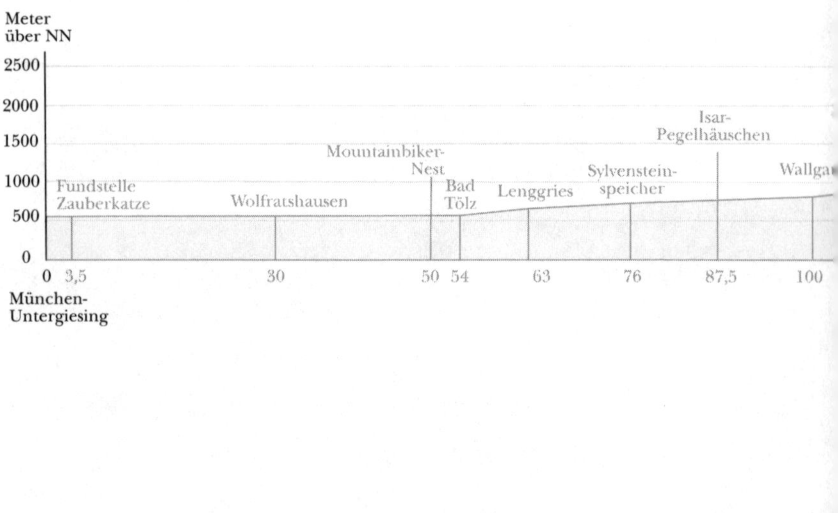

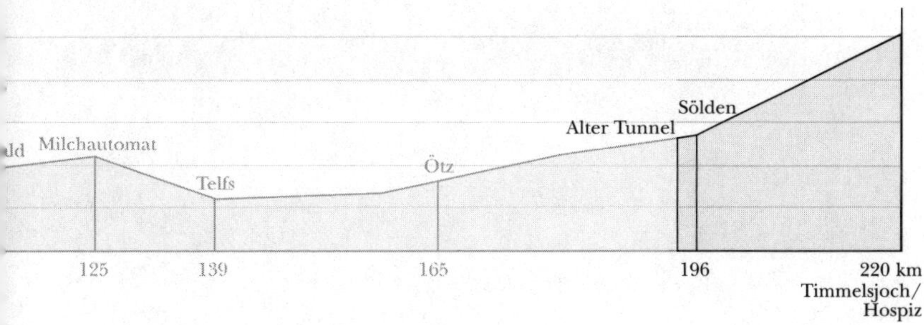
ld
Milchautomat
Telfs
Ötz
Alter Tunnel
Sölden
125
139
165
196
220 km
Timmelsjoch/
Hospiz

Der alte Tunnel vor der Kurve, und ich weiß, dass ich in Sölden bin. Der alte Tunnel: links der Durchbruch im Fels, dort ging's früher durch, durch dieses wie von Hand geschlagene kleine Loch, als das hier noch kein Ski-Resort-Zubringerhighway, sondern eine einfache Straße war, die ein verträumtes Tiroler Tal hinaufführte. Die Wohnmobilkartons, die heute unterwegs sind, passten da nicht durch, deshalb hat man einen großen hohen Tunnel direkt neben den alten gebaut. Jetzt können sich die Motorradfahrer in die Kurve legen, ohne Angst haben zu müssen, mit dem Helm an einem Felsvorsprung zu bremsen. Das nennt man Lebensqualität.

Der alte Tunnel liegt still abseits der Straße wie ein durchspülter Fels vor der bretonischen Küste, der Verkehr fließt nur noch an seinem Rand entlang, er bietet ihm keine Angriffsfläche mehr. Runzlig wie in einer Modelleisenbahnlandschaft sieht das Gestein aus, der Fels ist mit Moos und weiter oben mit Tannen bewachsen, die Natur füllt das Zivilisationsloch wieder aus, während daneben die neue Wunde schwelt.

In Sölden bin ich bereits auf dem Gipfel, dem Gipfel des Alpenausverkaufs: Tabledance in der Rodelhütte,

Turbolifte, Expressgondelbahnen, ein Alpenpuff mit den Bergen als Zwangsprostituierten. Sölden ist der Stöpsel auf dem Ötztalschund, die Reste der Wildnis stauen sich oberhalb, ab hier ist noch etwas möglich.

Sölden, Obertauern, Ischgl, diese Orte, die im Sommer aussehen wie Gesichter, die nach einem schweren Unfall genäht und deren Knochenbrüche mit Stahl geklammert worden sind, wie Gottfried-Helnwein-Porträts, mit schmerzenden Gabeln in den Augen: In ihren Tourismusprospekten werben sie trotzdem immer noch damit und sogar immer stärker, weil das gut ankommt, dass sie »unberührte Natur« zu bieten hätten. Sie schreiben dann von ihren »stillen Seiten«, von der reichen Tierwelt, den seltenen Pflanzen und der sauberen Luft. In Obertauern haben sie irgendein Moor hinterm Hügel zum Bioreservat gemacht, als könnten die Bakterienkulturen dort alle Bausünden aus dem Ort herauswaschen und die Seelen wieder rein filtern.

Wieso hat Sölden sich genau so entwickelt, warum musste ausgerechnet das aus diesem Dorf werden? Mein Großvater ist hier jahrzehntelang hingefahren, irgendwann begann er, mich in den Herbstferien mitzunehmen, und da war es schon ein reiner Autoort, ein Ort, zu dem man mit dem Auto hinfährt, ein Ort, an dem sich morgens alle in ihre Autos setzen und hoch zum Gletscher fahren, wo sie auf dem herrlich großen Gletscherparkplatz parken und grillen dürfen.

Früher (Schwarz-Weiß-Foto: Opa mit Holzskiern auf

der Wildspitze) war Sölden ein Ort nahe der Frontier, an einer Grenze gelegen, an die man gehen musste, um den Zauber der Bergwildnis zu erfahren, eine grüne Stelle, wo in der Prosa des Alltags noch Poesie möglich war. Heute haben sie immer höher reichende Lifte gebaut, auf über 3000 Meter geht es hoch, eine Infrastruktur der mechanischen Aufstiegshilfen, die den Dreck der Städte in die Berge transportieren, Zigarettenkippen, zerquetschte Redbull-Dosen, White Trash in bunten Polyesteranoraks mit lustigen englischen Aufschriften. Wer noch kein Misanthrop ist, es aber gerne werden möchte, muss sich nur mal in eine Warteschlange an einem Skilift stellen.

Für meinen Großvater war es noch ein Ausdruck von Freiheit, mit dem Auto in die Berge zu fahren. Er kannte noch die Zeit, in der die Freiheit des Einzelnen noch nicht zur Plage für alle geworden war, und hing in dieser Zeit fest. Er erkannte zwar die Veränderung um sich herum, es entging ihm nicht, dass er immer mehr zum Teil eines Schwarms wurde, aber er zog die falschen Schlüsse daraus: Anstatt auszuweichen und neue grüne Stellen zu suchen, klagte er über den Wandel der Gegenwart. Dass wir selbst, die wir mit Findlingen im Auto saßen, dass wir selbst Teil des Problems waren, wollte er nicht einsehen. Für ihn waren die Reisebusse das wahre Teufelszeug. Wenn wir auf kurvigen Tiroler Dorfstraßen hinter einem Reisebus festhingen, schimpfte er über die Busse, die die Berge kaputt machten. Sie waren der Sündenbock für seine Klage über eine Veränderung, die darin bestand, dass sich nun Massen so benahmen, wie sich früher nur mein Großvater und wenige andere verhalten hatten: Sie fuhren in die Berge.

Mein Großvater war viele Jahre lang durch den schmalen antiken Tunnel gefahren und musste sich später in unserer Umgehungsstraßenwelt (der Ort, an dem ich aufgewachsen bin und an dem er fast sein ganzes Leben verbracht hatte, bestand nur noch aus einer riesigen Umgehungsstraße) zurechtfinden, ein Teilchen im Strom des Massentourismus, unwillig, noch einmal eine neue Reisevariante zu entwickeln, sich einen neuen Freiraum bei der Bewegung durch die Welt zu erschließen und das Abenteuer wiederzufinden.

Opa, früher, als du noch zur Schule gegangen bist, da hast du doch in den Sommerferien weite Fahrradtouren gemacht, oder?

»Hm, ja, Süddeutschland, Hamburg, Bremen, alles.«

»In Wien warst du doch auch mal«, hake ich nach.

»Und mit was für Rädern!«, sagt er, und seine Augen werden größer. »Mit Ballonreifen, und hintendrauf so hoch Gepäck, dass man nur von vorn über den Lenker aufsteigen konnte.«

»Wie lange wart ihr unterwegs?«

»Drei oder vier Wochen. Das war 1938, da war ich 18. Wir sind in Hitler-Jugend-Uniformen losgefahren. Die haben wir bei Bergfeld, kurz hinterm Ortsschild, aus- und unsere Lederhosen angezogen. Nach drei Tagen hattest du den Arsch dann so wund, dass du nicht mehr sitzen konntest. Von Linz nach Wien hat uns ein Schleppkahn mitgenommen. Wir fuhren 4000 Kilometer, 2000 hin und 2000 zurück. Und wenn wir irgendwo pennen wollten, bei einem Bauern, dann haben wir die Hitler-Jugend-Uniformen einfach wieder angezogen.«

Das wäre doch heute auch mal eine modische Alternative beim Radeln durch Tirol, eine hübsche Abwechslung zu den ganzen Maillots Jaunes und T-Mobile-Trikots.

Ortsschild, Ortsausgang Sölden, ein letzter Blick nach links aus dem Augenwinkel am riesigen Supermarkt vorbei auf das Skistadt gewordene Alpendorf. Ein Kindheitsfoto schiebt sich dazwischen: ich auf der Terrasse vorm Hotel Central in der braunen Uniform und mit dem Helm eines österreichischen Feuerwehrmanns, die er mir gestattet hatte anzuprobieren, meine Hand zum Salut an den Helm gelegt. Sölden, help me out, Scarborough, help me out.

Hinter Sölden, 1377 Meter über dem Meer, geht es sofort steil bergauf, eine nahezu in die Senkrechte kippende Kreuzung, rechts führt die Straße zu den Gletscherskigebieten, ich halte mich links, Richtung Zwieselstein. Mit dem Schlussanstieg beginnt auch der Kreuzbestand, eine Art umgekehrte Baumgrenze, als wüchsen der Leichtsinn und die Gefahr mit den Höhenmetern. Kreuze: die stillen, aber nicht stummen hölzernen Andachtsstadl am Straßenrand, die derer gedenken, die ihr Leben auf der Straße gelassen haben, sich opferten für den Spaß des Fahrens, oder in der Nähe abstürzten, manchmal auch von einer Lawine erschlagen wurden. Mal hängt ein emailliertes Foto im Stadl, mal brennt eine rote Kerze, fast immer liegen Blumen dabei, oft sind sie vertrocknet, dazu Briefe, Sprüche, INRI, »Wooden Jesus, where are you from? Korea or Canada or maybe Taiwan?«, Kreuze, Kreuze links und rechts von mir, bin ich hier auch in einer Sterbeschneise?

Ich empfinde das Bergauflaufen mal wieder weniger anstrengend als das Geschlurfe durch die Ebene, weil die Beine hier nicht monoton ermüden, sondern die Kraft der Muskeln bei jedem Schritt abgefragt wird. Aber das ist nur eine oberflächliche Empfindung, innerlich zehrt dich die Steigung aus, schabt dich hohl und lässt nur eine Pappfigur mit frisch aufgemalten Zügen stehen. Vor Zwieselstein geht es noch einmal ein Stück bergab. Ich lasse mich rollen. Und sehe die Straße, die Timmelsjochstraße, hoch oben liegen, auf über 2000 Metern auf den Bergrücken gekrümmt wie eine Blechstange, die man übers Knie gebogen hat. Ihre Kurven sind an den Berghang geklebt, und es erscheint mir von hier unten unvorstellbar, dass ich dort oben laufen werde.

In Autowerbungen zeigen sie gerne kurvige Bergstraßen. Manchmal, wenn sie nicht am Computer erdacht wurden, kann ich die Straßen identifizieren. Ich erkenne die Passstraßen an ihrem Asphaltabdruck, der Kalligrafie aus Vogelperspektive: Da, das sind doch die steilen Schlusskehren hinauf nach Arosa, von Chur durch die Schanfigg. Der Spruch auf einem Haus am Steilstück: »Fürchte die Welt nicht, greife nur munter an!« Der

Spruch, der einem Kraft gibt, wenn man sich mit dem Rad die Rampen hinaufkämpft.

Vorbei an der Abzweigung nach Vent und an Zwieselsteins kleinem Café. Schon hier ist aller Sölden-Trubel pulverisiert, das ist immer das Versöhnliche in den Bergen: dass zwar gewisse Flächen zersiedelt, zugebaut werden, und vieles den Bach runtergeht, aber dafür anderes sich kaum verändert oder gar mit Bevölkerungsschwund geadelt wird: Die Menschen ziehen weg, und keine neuen ziehen hin, der Wildnisgrad wächst.

Ab jetzt geht es ziemlich lange ziemlich steil bergauf. Ist zwar noch früh am Morgen, aber die Sonne steht schon hoch und brennt, die Strahlung nimmt mit jedem Meter und jeder Minute zu. Halte an und hole die kleine Tube mit der genau abgemessenen Menge Sonnencreme aus dem Rucksack, Creme für Babyhaut, Lichtschutzfaktor 50. Creme mir alle nackten Stellen ein, vor allem die Nase, die Wangen, den Nacken, auch wenn da die nassen Haare wie die verlängerte Krempe eines Feuerwehrhelms drauffallen. Die weiße Schmiere vermischt sich mit dem dünnen Schweiß zu einem flüssigen Film auf der Haut. Hoffentlich habe ich keine Stelle vergessen, wie damals, als ich die Großglockner-Hochalpenstraße mit dem Rad hinauffuhr und mir einen immer noch sichtbaren Engelsflügel auf den Rücken brannte, weil der armfreie 15-Euro-Wühltisch-Triathlonanzug an der Schulter weiter ausgeschnitten war, als ich dachte. Ein Flügel nur, Halbengel, das Leben ist schön.

Ich weiß noch, wie ich als Kind staunte, als Robinson Crusoe auf seiner Insel Pelze trug, und zwar nicht weil ihm kalt war, sondern um sich vor der brennenden Sonne zu schützen. Heute habe ich es verstanden, und statt zu verbrennen, würde ich im Zweifelsfall lieber unterm Pelz schwitzen.

Ab und zu kommen Autos vorbei, die von unten höre ich, wenn sie am Berg durchsacken, an steilen Stücken einen Gang herunterschalten und dann wieder beschleunigen. Die, die mir entgegenkommen, blenden auf, obwohl es hell, ja, grell ist. Die Aufblendung besteht auch nicht in der Lichthupe – ein schönes synästhetisches Wort (Hör mal, Blaulicht!) –, sondern im Gesichtsausdruck der Fahrer, in ihrem Erstaunen, das sie selbst wie Autos kucken lässt, wenn sie jemanden hier hochlaufen sehen. Was sollten sie sonst tun? Wie sollen sie mich verstehen? Was erwarte ich von Menschen, die denken, es gebe tatsächlich so etwas wie Motorsport? Dunkel war's, der Mond schien helle.

Freiheit empfindet man nie *im* Auto, sondern nur, wenn man *aus* dem Auto aussteigt. Wenn es einen irgendwo hingebracht hat, wo man sonst nicht hinkäme. Deshalb ist Trampen der wahre Modus der Autobenutzung, nimm mich mit, Autofahrer, sei mein Chauffeur, mein Taxifahrer: Lass mich raus am Rande des Highways durch die kanadische Wildnis. Habe meinen Schlafsack, einen Biwaksack, einen Kompass, zehn Kilo Butter und Haferflocken dabei. Brauche nicht mehr als diese Dinge, die ich am Körper trage, um querfeldein zum Eskimodorf zu marschieren. Holt mich dort in zehn Tagen ab, mit dem Wasserflugzeug, der DHC-2-Beaver, oder schickt mir Iren Dornier mit seinem Flugboot, denn Straßen gibt es dorthin keine. Ich gehe von morgens bis abends und schreie alle 15 Minuten in die Leere, um die Bären zu verscheuchen. Abends grabe ich eine Kuhle, in der ich Feuer mache und in meinem Blechtopf Haferflocken, Wasser und Butter zusammenrühre. Dann lege ich mich mit dem Schlafsack in meine erloschene, aber noch lange nachglühende Feuerkuhle, die mich von unten wärmt und durch die kalte Nacht bringt. Ich stinke nach Rauch, aber seit dem zweiten Tag rieche ich das nicht mehr. Danke, Tramper-Mitnehmer, du hast mich an einer guten Stelle rausgelassen. Fahre weiter durch dein Land, durch Kanada, in dem man manchmal Auto fahren muss, um unterwegs zu sein.

Was ich hingegen in Mitteleuropa, wo Autofahren wegen der dichten Besiedlung völlig sinnlos ist, was ich in den Alpen schon für Autofahrvarianten gesehen habe: all dieses sinnlose Spazierenfahren, weil den Leuten in ihrer freien Zeit nichts Besseres einfällt, dieses Kurz-auf-Parkplätzen-oder-am-Straßenrand-anhalten-um-ein-Foto-zu-schießen, manchmal fotografieren sie auch aus dem Fenster raus oder während der Fahrt aus dem Schiebedach. Einen jungen Russen (das neue Touristenfeindbild, Russen, sie haben in Österreich nahtlos die Deutschen als verhassteste, weil kapitalchauvinistisch auftretende Touristennation abgelöst; die Deutschen [Ost] arbeiten längst in Österreichs Tourismusindustrie, und die Deutschen [West] kommen weiterhin, schimpfen zusammen mit den Österreichern über die schlechten Manieren der reichen Russen und zementieren dabei ihren Status als zweitverhassteste Touristennation), also einen dieser Österreich-Russen habe ich mal beobachtet, als er sich an der Passstraße von seiner Freundin fotografieren ließ. Sie musste aussteigen und ihn ganz malerisch in seinem Bi Em Dabbeljuh porträtieren, Caspar David Friedrich, »Junger Russe in Oberklassewagen über dem Gipfelmeer«, Digitalprint, 2006.

In einer November-Nichtsaison in Maloja, dem bescheidensten Ort im Oberengadin, saß ich zusammen mit einem bergsüchtigen Zürcher Maloja-Pendler (»Die Wohnung hier kostet mich 3000 Franken pro Monat, aber das ist es mir wert«) in einem Restaurant, das während dieser Nichtsaison-Wochen von geistig Behinderten und ihren Betreuern betrieben wurde. Diese Personalauswahl klingt nach dem normalen deutschen Stehcafé, wo sie beim Eintüten einer dreiteiligen Bestellung – Mohnsemmel, Kürbiskernsemmel, normales Brötchen – mindestens einmal nachfragen müssen, was man denn genau bestellt hat, war im Engadin aber ein Modellversuch. Wir wurden bedient wie immer, und der Zürcher feierte mich dafür, dass ich die Alpen nur zu Fuß und mit dem Rad bereise: »Fantastisch, Sie haben null CO_2-Ausstoß!«, sagte er.

Man fühlt sich gegenüber der anonymen Masse von Menschen, die täglich an einem vorbeirauscht, zwar gern in jeder Hinsicht überlegen. Aber so moralisch will man dann doch nicht dastehen, sodass man eigentlich nur noch hinzufügen kann: »Und in meiner Freizeit arbeite ich als Krankenhausclown.« Es geht doch nur darum, dass ich in der Welt meine Ruhe haben will, auch wenn ich irgendwo hingehe. Und wenn ich in die Berge fahre, und da brummen überall Motorräder und Autos rum, dann ist es nichts mit Ruhe. Mein Vorschlag, diese These habe ich damals beim »Sabine Christiansen«-Auftritt in der Runde neben dem Regisseur Christoph Schlingensief und dem Künstler Jonathan Meese vertreten: Der gesamte Alpenraum, von Triest bis zum Mont Ventoux, von Garmisch bis nach Como, muss zur autofreien Zone werden. Große Parkplätze an die Grenzen, Transit mit Autoschnellzügen und Elektroautos für die Anlieger. Ist das denn so schwer?

Vorerst muss ich die Störungen wohl ignorieren. Ich laufe sie weg, zweifach: Erstens stören sie mich weniger, als sie es könnten, so viel weniger, dass ich mich sogar jedes Mal wundere, wie wenig mich das stört. Es liegt wohl daran, dass ich die anderen als Staffage wahrnehme, als Publikum, das automobilbewegt genug Muße hat, meine Kraft, meinen Willen, meinen Körper zu bewundern. Egozentrik ist ein ganzheitliches Lebenskonzept. Und zweitens löscht in der Erinnerung das physische Prärogativ die äußeren Belästigungen während des Laufs aus. Da, der umgebaute

VW-Bus mit dem Surfbrett, der aus Korsika via Genua aus dem Urlaub oder der Auszeit oder dem gescheiterten Aussteigerleben zurückkommt, oder die motorkreischende Motorraddreiergruppe mit »MTK«-Nummernschildern, Main-Taunus-Kreis (ich spiele ab und zu immer noch Nummernschilderzuordnen, wie als Kind bei Autofahrlangeweile auf der Autobahn), fahrt ihr nur, glotzt ihr nur, hupt ihr nur, ihr seid wie die Fliegen rund um meinen Kopf ... Ich werde euch eh bald vergessen haben.

Laufe durch eine schattige Lawinengalerie, links rastern die Betonstelen das Tageslicht. Bilde ich mir den Mückenschwarm rund um meinen Kopf nur ein, oder sind das echte Fliegen, die mich begleiten, die meinen Schweiß lieben, als wäre ich ihr Imker und Blütenfeld zugleich? Es sind echte Fliegen, ach, lasst mich doch in Ruhe.

Bin diese Straße schon mit dem Fahrrad hochgefahren, mit meinem Puch Elegance, dem Dreigang-Cityrad. Genau an dieser Stelle kollabierte die Sattelstange unter mir, bog sich unter dem Druck der Beine auf die beiden Pedale immer weiter nach hinten in Richtung Gepäckträger. Schließlich knickte sie weg und brach einfach ab. Ich hatte zu viel Energie hineingearbeitet und nun den Sattel mit einem scharfkantigen Sattelstangenstummel in der Hand. Die Bruchstelle war völlig vergratet, es war unmöglich, den unteren Rest der Stange aus dem Rahmenrohr zu ziehen.

Hundert Meter vor mir dampfte frischer Asphalt in der Lawinengalerie, eine schwere Asphaltmaschine verlegte eine neue Straßendecke. Im stehenden Wiegetritt fuhr ich dorthin. Dicke österreichische Bauarbeiter, schwitzend, mit freiem Oberkörper und Tätowierungen, umstanden die Asphaltiermaschine. Hier, im öligen heißen Dampf, war alles teerverschmiert. Die Bauarbeiter halfen mir und zogen die Stange mit einer Zange aus dem Rahmen. Ich bohrte den Rest der Stütze mitsamt Sattel wieder in das Mittelrohr und musste mich beeilen, weiterzukommen, wenn ich nicht von der Dampfwalze, diesem riesigen Straßenteerungsmonster, eingeebnet werden wollte. Qualmend klebte sich eine dünne Teerschicht unter meine Reifen und sammelte wie eine Flusenrolle Laubfragmente und Steinchen ein. Auf verkürzter Sattelstange fuhr ich weiter in Richtung Hochgurgl, im Entengang, mit nach außen stehenden Knien, legs akimbo, aber ab der 2000 Höhenmeter-Marke ging nichts mehr. Ein Amateur macht etwas nur so lange, wie es ihm gefällt. Wenn ich an eine Grenze stoße, dann ist das legitim. Inakzeptabel wäre es jedoch, unterhalb der Passhöhe umzudrehen und nicht alles versucht zu haben.

Damals prallte ich auf eine unsichtbare Barriere, eine Schallmauer für die Menschmaschine, die ich war. 2000 Meter, die Luft zu dünn, mein erster Gang zu schwer, ich zu schwach, was weiß ich, meine Beine gehorchten mir nicht mehr: Ich wollte treten, brachte aber keine Pedalumrundung zustande. Dazu massiver sozialer Jetlag, weil ich um fünf Uhr morgens in München aufgestanden und losgefahren war. Doch ich musste weiter, denn Hochgurgl fand ich damals schon derart hässlich, dass ich wusste: lieber schieben und dafür nach Italien. Ein Fußballspieler sagte mal: »Lieber arbeitslos als Österreicher.«

Das Material hatte zwischen meiner Idee, das Timmelsjoch zu bezwingen, und ihrer Umsetzung nicht standgehalten. Dabei ist es in unserer Kultur selbstverständlich geworden, dass die Leistungsfähigkeit des Materials die des Menschen übersteigt: Wer kann alle Funktionen seines Mobiltelefons bedienen? Wer steht je in solch starkem Regen, dass seine Goretex-Jacke wirklich strapaziert würde? Wer versteht seine Waschmaschine? Wer ist so austrainiert, dass die Gewichtsersparnis seines Carbonfahrrades messbare Ergebnisse auf die Straße bringt?

Bei mir und meinem Dreigangrad ist es umgekehrt: Laut Typenbezeichnung ist es nur für die City gemacht, wo sie heute am liebsten mit ihren blöden Mountainbikes rumeiern. Ich nehme das Cityrad aber mit in die Berge, und dann sieht man, was das Material aushält, wer stärker ist, ich oder der an seiner Schmerzgrenze winselnde Drahtesel?

Bei der Abfahrt vom Timmelsjoch nach Moos in Südtirol, schadhafter Straßenbelag, sogar im Sommer vereiste Tunnel, roch es plötzlich so, als stünden meine Reifen in Flammen. Es war aber die Nabe des Hinterrades, unter der Dauerbelastung der Rücktrittbremse war sie verbrannt und blockierte nun das Rad. Das Timmelsjoch und ich, wir hatten den Willen des Cityfahrrades gebrochen. Es war kaputt, aber ich war dadurch ein Stück größer geworden. Drüben gab es besseres Essen, Holzofenpizza, und eine neue Sattelstütze für mich. Was für eine Tour: Ich war Kapitän und dazu meine eigene Mannschaft, war mein Domestik, mein Wasserträger, mein Edelhelfer, mein Trainer und mein Sportlicher Leiter, war mein Teamarzt, mein Masseur, mein Peloton, meine Proviantversorgung und mein Materialwagen. Ich war sogar mein eigener Windschatten.

Hinter der nächsten Serpentine liegt Obergurgl, ein Satellit von Sölden, ein Dorf mit einem kleinen alten Kern, der von einer Mondtourismuskolonie überwuchert wird. Ich biege nach links ab, wo die Beschilderung der Timmelsjochstraße beginnt: rote Schilder in den Kurven, auf denen in weißer Schrift die Höhenmeterangaben stehen. »Kehre 1, 1930 Meter«, »Kehre 2, 1971 Meter«, so geht das in einem fort, als wollten mir die Schilder Mut machen, diese Erfolgsanzeiger, reale Skala meiner Leistungsfähigkeit, Beweise meines wachsenden Berg-Ratings, meiner Montan-Wertungszahl. Neben der Champagnerluft des Reizklimas löst auch dieses Bewusstsein vom Übertrumpfen der Zahlen in der Höhe ein Wohlgefühl aus.

Das ist beim Schach nicht anders, ein neues persönliches bestes Rating aller Zeiten fühlt sich einfach verdammt gut an. Seine beste Schachpartie spielte Chessbohemian eines Nachts gegen den Spieler mit dem Forumsnamen Suryananda, der ein um 300 Punkte höheres Rating hatte als Chessbohemian selbst. Chessbohemian wagte ein für ihn nicht bis in die letzte Konsequenz kalkulierbares Turmopfer, das die schützende Bauernkette vorm schwarzen König aufriss. Suryananda hatte bis jetzt sehr schnell gezogen, weniger Zeit verbraucht als sein stürmischer Herausforderer, doch bei diesem Turmopfer verfiel er in langes Nachdenken. Suryananda sah, dass er das Turmopfer annehmen musste, in allen anderen Varianten wäre er sofort verloren gewesen.

Also nahm er es an. Chessbohemian benötigte dann nur noch wenige Züge, bei denen er jedoch keinen Fehler machen durfte, das war beiden Spielern klar in dieser scharfen, nein, schärfsten Stellung, life on the edge, doch Chessbohemian behielt die Nerven und ließ Suryananda keine Chance. Er trieb Suryanandas König von der h-Linie ganz rechts bis in die Mitte auf die d-Linie und setzte ihn mit der Dame und einem Springermonster auf dem zentralen Feld e5 matt.

Und für einen kurzen Zeitraum während dieser Manöver, bei denen ein Spieler sich völlig vergisst, und im Triumphgefühl danach, als ihm klar wurde, dass er eine so kreative wie erfolgreiche Geistesleistung vollbracht hatte, war Chessbohemian erfüllt vom Rausch des gelingenden Lebens.

Oldtimer sind unterwegs, Jaguar- und Triumph-Cabriolets, in denen grauhaarige Paare sitzen, mit außen angeschraubten Reservereifen. Die kommen wohl aus Italien rüber, Nostalgie-Rallye oder ähnlicher Mumpitz. Auf der anderen Seite, dort wird sie Passo Rombo genannt, ist die Passstraße hässlich, in den Berg gepresst wie ein zusammengelegter Gartenschlauch. Über die gerade mal kniehohen Begrenzungsmauern am Straßenrand kann man mit dem Rad wunderbar in die Tiefe stürzen. Auf meiner Seite, du côté de chez Charles, sprengt die Straße, und das vor allem gleich, weiter oben, die Landschaft in weitläufigen Schlaufen.

Motorräder jaulen an mir vorbei, gerne auch in Rudeln; Wohnmobile mit Dieselschwaden brummen heran; manchmal hängt der Geruch von Benzin und verbranntem Keilriemen in der Luft.

Atme immer noch gute gesunde Nasenatmung. Am Beginn des Anstiegs spürt man den starken lebendigen Widerstand des Berges im Vergleich zum Mitläufertum des Flachlands, dann wird das Bergauflaufen zur Normalität, und jeder Schritt kostet die Anstrengung, die er hier eben kostet. Ich laufe in einer anderen Welt, hier gibt es nun mal eine einheimische Währung, und die heißt: Höhenmeter. Und ich spüre, dass man nicht für immer bergauf laufen kann. Denn das wäre eine Art von Lebendigkeit, die in ihr Gegenteil umschlägt.

Je höher ich komme, desto mehr neige ich zum Blick zurück, als müsste ich nicht länger fliehen, als sähe ich die zurückgelassene Flachlandwelt schon milder und aus der Perspektive des Höhenweisen. Es ist da unten nun mal so, wie es ist, und es ist okay, weil ich dem entkommen kann, wann immer ich will.

Ist das jetzt das, was man »Ultra Short Time Nostalgia« nennt, nämlich die Denkfigur, dass noch vor kurzer Zeit alles besser war? Will ich jetzt doch wieder dort sein, wo ich nicht mehr bin, weil ich nicht mehr dort sein wollte, nach mehr als 200 Kilometern auf den Beinen, nach mehr als – den Knopf links oben drücken, Piep!, Zwischenzeit –, genau 21 Stunden, 57 Minuten und 23 Sekunden. Will ich mit Blasen an den Füßen, Schmerzen in Kopf und Knien doch wieder nur Ruhe, wieder das volle Wellnessprogramm und Splendid Isolation? Ist es das?

Der Kopfschmerz ist nur noch dumpf spürbar, im Hintergrund meines Bergpulses pochend, aber ganz weg geht er von Tabletten nie, sondern nur von einer Nacht gutem kühlen Schlaf. In meinem Bett im Schlafkessel, die Decke kühl aufschütteln, Klingel ausschalten, nackt ausziehen, dort ginge es mir gut, dort, im Behandlungszimmer von »tired nature's sweet restorer«, ginge es mir besser als hier.

Der Großteil der psychischen Probleme in unserer Gesellschaft rührt von den festen Wohnsitzen her. Feste Wohnsitze machen neurotisch. Am glücklichsten war ich immer in den Phasen, in denen ich keinen festen Wohnsitz hatte. Wie viel Arbeit das ist, wie viel Anstrengung es erfordert, wie viele Zwänge davon ausgehen und wie viel Konzentration dabei draufgeht, einen Ein-Personen-Haushalt zu führen! Bei allem, was man tut, muss man drauf achten, dass es ordentlich aussieht, schließlich will man nicht im Koben hausen. Messie-Gefahr droht. Also einkaufen. Den Müll rausbringen. Altpapier stapeln. Altglasecken anlegen. Bio-Eimer mit Altpapier auskleiden. Staubmilben jagen. Fenster putzen. Schön sauber, also frei von Schmutz und Gerümpel soll es sein, das ist die Arbeit.

Aufräumen, das heißt im Grunde: Raum schaffen, die Prötteln unsichtbar machen, das ganze unsinnige überflüssige Zeug wegzaubern, auf dass es mächtig weit wird im Raum und voll leer. Man erzeugt im Bau also die Illusion einer Leere, die man draußen nur noch an wenigen Orten hat: Skandinavien, Nordengland, Rub-al Khali, das Leere Viertel, die Wüste Gobi.

Alles in der Wohnung meldet Ansprüche an, um die man sich kümmern muss, auf sich allein gestellt, weil man das Personal in der letzten Wirtschaftskrise entlassen musste. Selbst beim Kloputzen muss man sich konzentrieren: Habe mir mal einen Spritzer Essigreiniger aus so einer Entenhals-unter-den-Klorand-Spritzflasche ins Auge gefeuert. Aua, wie das brannte!

All diese nervenstrapazierenden Handlungen, die die Häuslichkeit einem abverlangt, noch im Moment, in dem man sie hinter sich lassen und einfach die Tür zuschlagen will: aufpassen, dass der Herd wirklich, also wirklich (lieber noch mal nachsehen) ausgeschaltet, der Bio-Eimer geleert und die Wasserhähne schön fest zugedreht sind …

Dabei weißt du doch, dass man nicht viel braucht, um sich in der Welt zu Hause zu fühlen; dass das Glück in der Beschränkung und in der Intensität des Wesentlichen liegt; dass dein Lebensboot schön leicht sein soll. Aber die Welt und die bescheidene Häuslichkeit danken es einem nicht mit entgegenkommender Einfachheit.

Im Gegenteil: Zwei Termine – Wäsche waschen im Waschsalon und Haareschneiden beim Friseur, die ich einfach in den Arbeitstag integrieren würde, wenn ich in einem Büro für einen Entscheider arbeitete, Wäsche morgens bringen, abends abholen, in der Mittagspause zum Friseur – nehmen an einem Tag zu Hause viel Raum ein, werden zu den wichtigsten Punkten des Tages, um die herum ich die anderen Abläufe koordinieren muss.

Weil uns der feste Wohnsitz neurotisch und krank macht, man auf ihn aber nicht verzichten kann, um erfolgreich zu sein, legen sich erfolgreiche Menschen mehrere feste Wohnsitze zu. Das entzerrt die Sache, die Konzentration auf ein Hauptquartier entfällt. An möglichst vielen der prosperierendsten Orte der Welt zu logieren gehört zu den Attributen des Erfolgs. Daher kommt dieses ganze »Er hat Häuser in Beverly Hills und London, einen Bungalow auf Barbados, ein Palais in Paris und Apartments in New York und Singapur«, dieses ganze Multi-Wohnsitz-Gehabe der Stars.

Doch das hilft nicht, nicht mal als Gegenfeuer funktioniert das. Erst in dem Moment, in dem man als Nomade aufbricht, fällt der ganze Ehrgeiz von einem ab. Man will überhaupt keinen Erfolg mehr haben. Man ist an Zeitungen, Fernsehen und E-Mails und dem ganzen Müll nicht mehr interessiert, wenn man unterwegs ist. Das Interesse an der Kommunikation zwischen dem Ich und den Erlebnissen der Welt erlischt, weil dem Ich die eigenen Erlebnisse in der Welt genug sind; weil es selbst zur Welt wird. Sobald das Ich sich von morgens bis abends bewegt, ist alles gut.

Das Denken hört zwar nicht auf, aber das Denken in der Bewegung ist ein besseres Denken. Denn mich, das Ich, zu bewegen ist Kunst. Ich bin Schöpfer und zugleich einziger Rezipient dieser Kunst. Deswegen ist eine gelungene Tour so befriedigend und überdeckt alle anderen Bedürfnisse: Der Erfolg, den man erreicht, ist absoluter Natur, er ist gelingendes Leben. Es gibt in dieser Kunst keinen Konjunktiv, keinen Unterschied zwischen Theorie und Praxis. Mein Körper ist ein Stift, mit dem ich direkt in die Topografie des Globus hineinzeichne.

Die imaginäre Linie, die ich durch die Landschaft ziehe, dieser 3-D-Graph, ist ein Kunstwerk, das ich mit niemandem teilen muss und das dennoch allgemeingültig existiert und alles andere überstrahlt. In meinem Kopf habe ich einen Catalogue raisonné meiner Werke, meiner Gänge, Läufe und Touren, in dem ich ab und zu blättere. Nachts, vorm Einschlafen, im Schlafkessel. Kein Buch, kein Besitz ist mir wichtiger.

Ich blicke zurück in die Tiefe und die Weite, die ich überspannt habe, und kann die Erdkrümmung erkennen. In der gedanklichen Ferne sehe ich meine Wohnung nun so, wie ich die Berge von meiner Wohnung aus sah, als konturierte Schemen, mächtig, aber inhaltslos. Wenn man ankommt, sieht immer alles anders aus als erwartet, und insgeheim wäre man enttäuscht, wenn es plötzlich anders und Tagtraum und Realität übereinstimmen würden.

Mit dem Rad fahre ich am liebsten Strecken, die ich noch nicht kenne. Ich weiß dann noch nicht, welche Streckenabschnitte besonders schön sein werden, die Freude darüber kommt überraschend, und muss mich nicht mit der Vorab-Abneigung gegen Hauptstraßen und andere unattraktive Passagen herumplagen. Es ist immer besser, nicht zu wissen, wer alles zu einer Party kommt.

Nicht zuletzt stimmt, was Marcel Proust über Ortsnamen schrieb: Das Vorspiel ist einfach bezaubernd, die Ortsnamen in der Straßenkarte zu lesen und sich vorzustellen, wie diese Orte wohl aussehen mögen und was einen dort im Großen wie im Kleinen erwartet. Als wäre das nicht schon genug, weiß man aus Erfahrung, dass die wahren Überraschungen, Kleinigkeiten, wie die Entdeckung eines behaglichen Hotels – Bergankunft Grandhotel Rosenlaui unterhalb der Großen Scheidegg, Riesenterrine Bündner Gerstensuppe zur Vorspeise –, die in intensiven Momenten ganz groß werden können, immer völlig unerwartet kommen.

Nun gut, ich kann es nicht länger leugnen: Das Joch legt sich auf meine Schultern, wird Meter für Meter schwerer. Der Berg beißt zurück, aber es ist ein angenehmer Biss, der zwar die Druckstellen der Zähne hinterlassen wird, mich aber nicht verletzt und der mir zugleich ein großzügiges Schmerzensgeld zahlt. Denn wie beim Bergaufradfahren wird die Landschaft parallel zu den zunehmenden Schmerzen schöner: Die Autos verschwinden, *alles* Störende verschwindet, Einsamkeit stellt sich her. Die Felswände um mich herum werden mächtiger, als fokussierten sie wie ein Parabolspiegel das Übermenschliche der Berge auf mich. Und im Zubeißen des Berges verspüre ich Unsterblichkeit, weil der Körper sich in dieser harten, angreifenden Landschaft härter und zäher anfühlt als die Anfeindungen des Lebens.

Meine Muskeln brennen, Verklumpungen von den Waden bis in die Schultern, Scheuerstellen der Rucksackgurte, Schweiß beißt in den Augen und wird vom Sonnenlicht entzündet, jeder Schweißtropfen eine Brennlinse. Mein Körper quält mich, und ich bin einverstanden. Ist das Sich-bergauf-Bewegen also doch eine Art Masochismus?

Die Schmerzen lösen den Geist aus dem Fleisch heraus und machen ihn löslich, sodass er sich mit dem euphorisierenden Klima über 1500 Meter Meereshöhe vermischt. Ich brauche kein Ecstasy, kein E, denn Passstraßen sind mein P. Und dennoch: Wenn jetzt jemand in einem Auto neben mir führe, die Scheibe herunterkurbelte, mir eine Tablette vor die Nase hielte und sagte: »Nimm das, und ich verspreche dir, der Schmerz wird weniger, der im Kopf, der im Körper, dein ganzer Schmerz.«

Dann würde ich die Tablette natürlich nehmen und mit einem Schluck aus der Wasserflasche des Helfers hinunterspülen, auf dass sie sich möglichst schnell auflöse und ihre Wirkstoffe in die Blutbahn gelangten.

Früher bin ich die großen Radrennen gefahren, Tour, Giro, Vuelta, nur die Bergetappen. Ich habe mich im Fantasietrikot, Team Osram, mit einer Glühbirne auf der Brust, ins Teilnehmerfeld eingefädelt, an nicht einsehbaren Stellen, in Waldstücken meist, immer ganz hinten im Peloton, arrière de la course, hinter den Kamerawagen, den Motorrädern. Dann habe ich mich nach vorne gearbeitet, das Feld aufgerollt, Attacken am Berg gesetzt, das Gelbe Trikot angegriffen.

Keiner hat's gemerkt, nur einmal, in den Pyrenäen, habe ich eine Nacht im Gefängnis verbracht. Der Wärter war Radsportfan, hat die Tür offen stehen lassen, wollte alles wissen. Im Baskenland, Euskadi. Morgens Milchkaffee, Weißbrot, Honig und mittelalter Schafskäse.

Damals in den Pyrenäen und in den Alpen habe ich fast alles verstanden: Zehntausende Menschen am Straßenrand, der Lärm ihres Jubels, »Forza Marco« haben sie in dicken Lettern auf die Straße gepinselt oder »Vamos Miguel Vamos« und »Come On Lance«. Ich aber lese immer nur: »Forza Carlo, Vamos Kornell!« Die Polizei fährt vorneweg, über dir schlägt der Propeller des Helikopters einen Speed-Metal-Takt in die Luft. Du fährst in den Tunnel, ein kaltes Durchatmen in der Stille, und wenn du auf der anderen Seite rauskommst, ist da wieder der Lärm, und der Helikopter senkt sich wieder über dir herab. Klar, er ist wegen dir gekommen, du bist wichtig, alle Augen, auch das fliegende, sind auf dich gerichtet. Dadurch wird noch mehr Adrenalin in die Adern gepumpt. Der Erfolg setzt Kräfte frei, die dich noch erfolgreicher machen.

Habe eine Idee.

»Hallo, Lauf-Ich!«

»Servus, Kornell, schon meine Sofortnachricht gelesen? Das müssen wir unbedingt machen. Das wird ein Riesenthema. Wenn du es nicht machst, macht es früher oder später ein anderer. Du darfst dir das nicht wegnehmen lassen, du musst das Thema besetzen. Es wird dich ganz groß rausbringen.«

»Hm, ich glaube, dafür bin ich psychisch noch nicht bereit.«

»Es ist deine Entscheidung. Ich kann dann irgendwann nur sagen: ›Ich habe es ja gesagt.‹ Aber dann ist es zu spät.«

Weil ich jetzt bestimmt 210 Kilometer auf dem Tacho habe, ist diese Laufidee besonders gut: Mein Lauf-Ich steckt mir gerade, wie ich einen Weltbestseller schreibe: Ich fahre ins San Fernando Valley, ins Zentrum der internationalen Pornoindustrie, habe dort Sex mit den zehn bekanntesten weiblichen Pornostars der Welt und schreibe einen dokumentarischen Roman, eine nonfiction novel, darüber.

Weltweit werden die Pornostars verehrt und bestaunt, weltweit wird man mein Werk lesen wollen, nein, müssen. Die einen müssen es lesen, weil sie mehr über ihre geliebten Pornostars erfahren wollen, und die anderen, weil sie wissen wollen, was in solch einem ungewöhnlichen, unerhörten Buch drinsteht.

Ich beschreibe meine Erlebnisse anatomisch genau und gebe dem Ganzen einen essayistischen Überbau, Sexualität im 21. Jahrhundert, Schönheitsideale, Gendertheorie,

Internet, Globalisierung und so weiter. Letztlich wird es ein Triumph der Sprache: Obwohl alle Pornofans diese Frauen aus allen bildlichen Perspektiven, von außen und von innen, kennen, wollen sie doch wissen, wie sie »wirklich« sind. Und das zeige ich, indem ich es nicht bildlich zeige, sondern davon erzähle.

Ich werde die Perspektive eines Mannes einnehmen, der bis jetzt nur Fahrrad gefahren ist und zum ersten Mal in einen Formel-1-Rennwagen steigt, nicht unkritisch, aber streng erotomanisch. Die Feuilletons können mein Buch in der Nachfolge von Walters »Viktorianischen Ausschweifungen« und Nicholson Bakers »Fermate« feiern, bei Larry King werde ich wissenschaftlich-distanziert über das San Fernando Valley berichten und Sachen sagen wie: »Es war eine Recherche wie alle anderen auch.« Oder: »Ich arbeite mich gern tief in meine Themen hinein.«

Das wird ein Buch ohne Lügen über ein authentisches Genre, denn Erektionen lügen auch nicht. Titel: »San Fernando Rodeo oder Wie mich die zehn größten Pornostars das Lieben lehrten«.

Also, gut, fürs Exposé sofort mal eine Liste der Erwählten machen, werde mit einigen mit Halbglatzen und Goldketten im V-Ausschnitt des auf der nackten Haut getragenen Sweatshirts ausgestatteten Pornomanagern reden und Gipfel-Permits beantragen müssen. Fräulein, notieren Sie bitte:

1. PENNY FLAME; 1,57 Meter groß, das perfekte Standgebläse, schöne mittelgroße Brüste, viel Kokain genommen, jetzt erfolgsorientierte Businesslady. Sagt, sie habe die Kokainsucht gegen einen Bi Em Dabbeljuh eingetauscht. Hat sich nach dem Beatles-Song »Penny Lane« und ihrer Vorliebe fürs Rauchen benannt, dreht hauptsächlich Soloszenen und lesbische Nummern, was mir ohnehin am sympathischsten ist. Und sie malt, wir könnten also auch über Kunst reden.

2. KATSUNI; 1,65 Meter, sehr schlank, Frankovietnamesin. Nach meiner Probefahrt mit ihr werde ich beschreiben, was guten Analverkehr ausmacht. Schließlich hat Katsuni 2004, 2005 und 2006 den Adult-Video-Network-Award, den Porno-Oscar, für die beste Analszene gewonnen.

3. EVA ANGELINA; 1,60 Meter, wie fast alle Pornogirls schiebt sie ihn ganz weit in die Kehle rein; für diese Disziplin, Deep Throating, trainieren sie den Würgereflex weg. Große Brüste, trägt Brille im Bett, die Intellektuelle? Latina-Granate, kubanische, chinesische, irische und englische Gene, das hat kosmopolitischen Stil.

4. SKY LOPEZ; 1,65 Meter, über 30, sieht klasse aus, fast so alt wie ich, schon in Rente, müsste sie wiederaktivieren, the last ride. Hat über die Pornoindustrie gesagt, sie sei »eine lange, erschöpfende Straße, die nirgendwo anders hinführt als zur Selbstzerstörung«, und »eine hässliche Welt.

Eine, die ich niemandem empfehlen würde.« Das sind doch die Zitate, die der Sache die Tiefe geben, aus der ich den Post-coitum-animal-triste-Gestus ableiten werde, diese düstere Sunset-Boulevard-Grundstimmung des Buches, die es in den Feuilletons zum Hammer der Saison macht.

5. DEVON; 1,60 Meter, eine blonde Máquina del Amor, eine handliche Bombe, born to fuck. Auch schon über 30, große Filmvergangenheit und jetzt in der MILF-Altersklasse, eine Mom I'd Like to Fuck. Anlässlich des Begriffs MILF werde ich über die Querverbindungen zwischen Porno und Mainstreamkultur schreiben, denn er stammt aus dem Film »American Pie«, in dem er »Stifler's Mom«, die Mutter eines der Teenager-Hauptdarsteller, bezeichnet.

6. SASHA GREY; 1,68 Meter, kleine Brüste, gerade mal 20 Jahre alt, dunkelbraune Haare, trägt schon mal zwei unschuldige Zöpfe. Auf Sasha freue ich mich besonders. Sie ist der Pop-Pornostar, spielt in Musikvideos mit und wollte sich zunächst das Pornopseudonym Anna Karina zulegen, wegen Godards Frau. Trotz ihrer Intellektualität hat sie Preise für den besten Blowjob gewonnen. Sehr vielschichtige junge Dame, eine Szene mit ihr kommt aufs Cover von »San Fernando Rodeo«: Ich bin von hinten zu sehen, nackt und stehend, drehe das Gesicht über die Schulter in die Kamera, Sasha leckt meinen Hodensack von unten oder bettelt um mein Sperma. Sie hockt jedenfalls vor mir, nackt, in Highheels, und man sieht ihren

dünnen Schamhaarstreifen, den Brazilian, die Landebahn, das wäre pittoresk. Die Frage ist, welche Stellen des Motivs wir verpixeln sollten. Vielleicht ist ein Female-Female-Male-Dreier (FFM) noch hübscher, vielleicht sollte

7. JENNA HAZE Sasha Grey und mir auf dem Cover Gesellschaft leisten. Jenna Haze, 1,60 Meter, fragile Erscheinung mit brünetten glatten Haaren. Nichts geht ohne Jenna, schon gar nicht solch ein Buch. Sie lebt die Begeisterung für Pornografieproduktion so überzeugend vor, dass man es ihr tatsächlich glaubt. Hat sich nach Jimi Hendrix' Song »Purple Haze« benannt, weil sie gerne Marihuana raucht. Werde beschreiben, wie sie für uns beide eine fette Grastüte baut und dann auf mir sitzt, mit der qualmenden Tüte in der Hand, und sich ganz locker aus den Hüften amüsiert. Jenna ist eine Liebeskünstlerin, sie beherrscht unglaubliche pulsierende Bewegungen, aus jeder Perspektive fallen einem neue Sauereien ein. Jenna ist einfach rundum fickbar, sodass mit ihr Stellungen möglich sind, die man nur in Pornos sieht, etwa vertikales 69: Wir stehen uns gegenüber, ich drehe sie auf den Kopf und hebe ihre Oberschenkel auf meine Schultern. Auch kein schlechtes Covermotiv, beileibe nicht.

8. TAWNY ROBERTS; 1,70 Meter, die blonde bisexuelle Herausforderung. Mormonin, studierte in Salt Lake City Anglistik und Theaterwissenschaft, brach das Studium ab und ging nach Los Angeles, wo sie in einem Supermarkt

jobbte. Traf die Pornounternehmerin Jill Kelly, die ihr die Abzweigung auf die Straße der Selbstzerstörung zeigte. Ließ sich subito die Brüste von Körbchengröße A auf B vergrößern. Ist das nicht eine Bilderbuchkarriere?

9. CARMELLA BING; 1,78 Meter, großes Mädchen mit großen Brüsten, 34 DD, muss auch dabei sein, das geht sonst nicht, so ein Weltbestsellerbuch ohne Tittenfick mit einer Big-Breast-Darstellerin. Bing, von der Tanzlehrerin zur Hostess zum Porno, lebt in Las Vegas, italienisch-hawaiianisch, was für ein Gemisch, Aloha Cannelloni, die Doppel-D-Agentin. Schiebe ihn zwischen ihre Brüste, sie zischt ein aggressives »Fuck my tits!« und weiß dann schon, was zu tun ist.

10. GINA WILD; 1,60 Meter, längst eine Charakterdarstellerin, aber für das deutsche Pornopublikum unverzichtbar. Sie muss also für ihr Kerngeschäft reanimiert werden, für eine dieser Gang-Bang-Szenen, die sie berühmt gemacht haben: Ich Hänfling mit Hornbrille zwischen 29 hochgezüchteten Profihengsten, die Gina wie früher in Sperma duschen. »Neben mir ein Stöhnen und Rubbeln, dass es eine Art hat«, werde ich schreiben, »und dann kommt der Erste, seine Bodybuildermuskeln an der Brust erst angespannt, dann zuckend, das Gesicht verzogen, spritzt er Gina Wild seine Ladung ins Gesicht. Genau zielen kann man dabei nicht, und dann bleibt es wie in Loriots Nudelsketch länger in der Augenbraue hängen.«

Wenn ich ausgebumst bin, eilen die kichernden Fluff-Girls herbei, große Klappen mit kurzen Röcken auf hohen Hacken, die mich immer wieder hochblasen, auch wenn ich denke, jetzt gehe gar nichts mehr. Doch die Deep-Throating-Expertinnen überstrecken die Kehle und lassen mich tief in ihren Rachen hineinficken, bis mir die Ohnmacht droht. Für sie ist das aber nur, wie eine Runde Cornetto Nuss zu lutschen, weil sie von den Pornohengsten ganz andere Kaliber gewöhnt sind.

Mit einem Welterfolg wie »San Fernando Rodeo« muss man umgehen können. Nicht abheben, auf dem Teppich bleiben, sein Gepäck weiterhin selbst tragen, nach außen immer schön bescheiden tun. »Wer auf den großen Erfolg nicht vorbereitet ist, verbringt den Rest seines Lebens beim Psychiater.« Ich kann Worldwide Fame glücklicherweise souverän handhaben, weil ich weiß, dass er im Vergleich zum gelingenden Leben einer Bergankunft nur Talmi ist.

Auch die Anfeindungen der Gegner in der Presse und die heftigen Diskussionen mit den Feministinnen und den Damentennisfans werden mir nichts ausmachen. Ich werde der »Autor des umstrittenen Werkes ›San Fernando Rodeo oder Wie mich die zehn größten Pornostars das Lieben lehrten‹«, ein »polarisierender Schriftsteller« und ein »Skandalautor« sein.

Danke, Lauf-Ich, vielen Dank!

Neben mir segelt ein Steinadler, steigt in der Thermik am Hang auf, Murmeltiere, seht euch vor, werdet zu Stein oder zieht euch zurück, taucht ab in das Tunnelsystem eurer Bergkatakomben. Wir blicken uns in die Augen, der Steinadler und ich. Er ist leicht irritiert, weil er sieht, dass ich nicht fliege, aber trotzdem eine ganz interessante Sache mache. Laufen, das sieht er hier nicht oft. Dann dreht er ab und steigt weiter hinauf in Beobachtungsposition. Gute Jagd, mein Lieber, gute Jagd! Ich zog mir einen Falken.

Der Kopf so frei, dafür sind meine Knie wie Scharniere, denen ich beim Rosten zusehen kann: Normalerweise klappen sie geräuschlos und geschmeidig auf und zu. Aber jetzt quietschen sie und werden steif. Ich muss sie dehnen, damit es irgendwie weitergeht. Also stehen bleiben und in die Hocke gehen. Oder mit der Hand den Schuhrist greifen und den Fuß an den Hintern ziehen.

Wasser schießt aus dem Berg über die Hangmauer in den Straßengully. Ich halte den Kopf unter diese Wasserfalldusche, die Schwälle laufen aus den Haaren über die Brust und spülen den Schweiß weg. Die Sonnencreme soll wasserfest sein. Laufe weiter, und das Stirnband ist nun schön kühl, ein eiskalter Wickel für den heißen Geist.

Ich und meine Lebenswende vom Untergiesinger Größenwahnsinnigen zum Weltstar der Literatur, und zwar dank der Pornoprinzessinnen aus dem San Fernando Valley. Jetzt klappt alles, was ich mir erträumt habe, gerettet vom Lustprinzip, da komme ich mir plötzlich vor wie Harry Haller. Ich staune darüber, dass mir »Der Steppenwolf« heute näher ist, als er mir als Teenager jemals sein

chen sitzt. Die Mautstation sieht sogar ein wenig verlassen aus, wie an den ersten Tagen nach der Wintersperre, wenn hier unten noch Sommer, die Passhöhe aber schon weiß verhüllt worden ist, vom elegantesten aller Verhüllungskünstler.

Links steht wieder ein Kreuz am Straßenrand, hinter der Leitplanke. Plötzlich erfasst mich Neugier. Ich nehme die Leitplanke wie ein 3000-Meter-Hindernisläufer im Hürdensprung und spüre einen stechenden Schmerz im linken Knie, meinem Sprungbein. Heilige Mutter Gottes, was habe ich für Ideen, hüpfe rum wie 'n Laubfrosch im Feuer.

Das Kreuz steht hier für Otto Holzeder, ein emailliertes Foto zeigt einen pumperlgesunden jungen Mann, Lebensdaten: 1970–1990; ist ganze 20 Jahre alt geworden, der Otto. Kerzen, längst von Wind und Regen gelöscht. Auf einer Kerze klebt ein Raffael-Engel. Ich schiebe zwei Kerzen zur Seite, um den Spruch auf der Gedenktafel zu lesen. Ohne Punkt und Komma steht da, mit Hand geschrieben: »Es war seine letzte Fahrt sein Ziel war die Ewigkeit«.

Zurück über die Leitplanke auf die Straße, diesmal schwinge ich über den rechten Arm, die Knie jodeln im Duett – ganz ruhig, liebe Scharnierchen, ist ja nicht mehr weit. Es geht bergab, ich verliere mühsam erarbeitete Höhenmeter, egal, ich war immer schon für einen spielerischen Umgang mit dem Bergauf und Bergab. What comes up, must come down. Hoch- und runterlaufen, den Höhengewinn nicht zu ernst nehmen. Rollen lassen. Einmal ein Schweizer Käse sein.

Jetzt komme ich aus der Kurve und sehe das Hochtal meiner Tagträume: weit und grandios und vegetationslos. Die frische hellgraue Straße zieht von hier an konstant steil als Schräge hinauf, macht zwei Schlaufen und legt sich erst ganz oben auf dem Felsdurchbruch nach Süden, dem Timmelsjoch, in Windungen. Wie eine Würgeschlange beim Tagschlaf ruht sie dort auf einem Ast mit bestem Überblick über die Beutebewegungen.

Timmelsjoch, 2509 Meter, einer der höchsten Pässe der Alpen und wohl ihr kältester. Die Straße öffnet jedes Jahr als eine der letzten Hochalpenstraßen. Oben schimmert es weiß, die letzten Serpentinen winden sich auch im Hochsommer durch meterhohe Schneewände, in die eine Gasse gefräst wurde. Rundherum Berge, Gipfel, Himmel. Die Sonne steht jetzt hoch. Kuhglockenläuten auf den Almwiesen. Vor mir quert eine schöne graue Kuh gemächlich die Passstraße, zuckt aber erschrocken zurück, als sie mich sieht.

Links am Horizont, auf einem Hügel oberhalb der Passhöhe, steht ein Haus, dessen Silhouette sich in beinahe versteinerter Max-Ernst-Schraffur in das Berg-Ensemble einfügt. Wer wohnt eigentlich hinter dieser Tür, ein Troll oder der Geist des Timmelsjochs?

Es geht wieder bergauf, ich rolle nicht mehr, sondern lege das Körpergewicht auf den Vorderfuß. Und ich merke, dass die Füße jetzt endgültig wund, die Wasserblasen an den kleinen Zehen aufgeplatzt sind und bluten (die rechte vordere Ecke des rechten Schuhs hat sich schwarzrot verfärbt, ruckedigú, ruckedigú!), zerschunden vom Abrollen, Dämpfen, Abstoßen, zerschlissen von der Reibung zwischen Haut, Strumpf und Fußbett. Der Schmerz der Stümpfe, die allein der Wille auf den Berg schleppt.

Wie lange muss ich mich hier aufhalten, bis mich auch die wilden Tiere akzeptieren, so wie damals meine Zauberkatze; bis sie nicht mehr scheu verschwinden, sobald sie mich in weiter Ferne wittern? Wölfe, Steinböcke, Bären, Gämsen, Luchse. Sie würden dann in aller Ruhe um mich herum grasen, während ich rastete, und ihre Jungen würden weiter in der schon wärmend-kräftigen Frühlingssonne spielen, weil ihre Eltern wüssten, dass ich ihnen nichts tun werde; dass ich ihr menschlicher Pate bin. Das größte Kompliment, das es gibt: von Tieren akzeptiert zu werden. Sollte den Menschen zu denken geben, dass Tiere weglaufen oder uns angreifen, wenn wir ihnen zu nahe kommen: Das ist nämlich ihre Art der freien Meinungsäußerung.

»Timmelsbachbrücke 2102 Meter«: das nächste Höhenmeterschild und auf der anderen Straßenseite das nächste Kreuz, das von Heinz Küfer, 1971–1994. 23 Lebensjahre, sie werden einfach nicht alt hier. Heinz trägt auf seinem Emaille-Foto Vokuhila. Ich kann mir gut vorstellen, wie es ihn und seine Maschine hier, von oben und aus dem sommerlichen Südtirol kommend, aus der Kurve und in das Meer von Felsen geworfen hat. Pure Lebensfreude legte sich in die Kurve, und Trauer, die erst mit dem Tod der Eltern, dem Tod der Geschwister und dem Tod der Freunde enden wird, schoss aus der Kurve hervor.

Wenn das eigene Kind stirbt: der schlimmste Schmerz, das ist biologisch so programmiert. Solange man sich stark fühlt, ist es keine Größe, in schwierigen Situationen stark zu sein. Doch wie stark ist man, wenn man sich schwach fühlt? Obwohl man in objektiv schwereren, härteren Situationen souverän und stark ist, zieht einem die subjektive Paranoia den Boden unter den Füßen weg.

Deshalb verstehe ich jedes Anrufen von Göttlichkeit, habe Verständnis für jedes Konzept, das eine Instanz errichtet, die jenseits der existenziellen Misere Sinn stiftet. Baut Kapellen am Wegesrand, stellt ruhig Kreuze auf, sucht Trost in der Zukunft des ewigen Lebens, ich glaube ja auch an meine Geheimgänge, meine Unterwelten und Paralleluniversen. Égalité, aber keine Fraternité, gleiches Recht für alle: Eskapismus ist doch wirklich nur ein anderer Name für eine Ein-Personen-Religion.

Auf Dauer hält man das ganz alleine, ganz ohne Brüder nicht durch. In der Mitte Australiens, einer der einsamsten Gegenden der Welt, halten Autofahrer an, um mit anderen Menschen zu reden, wenn sie nach tagelanger Alleinfahrt einem Auto begegnen. So wie Menschen dich mit ihrer Ablehnung treffen können und sosehr es dich zugleich trifft, dass dich ihre Ablehnung trifft, weil es deine Autonomie beschädigt, so sehr brauchst du ihre

Bestätigung, um deine Autonomie, die strukturelle Integrität deiner Schutzhülle, wiederherzustellen. Der Mensch will anerkannt sein, selbst wenn die Anerkennung im Glauben der anderen besteht, man lege auf ihre Anerkennung keinen Wert. Wir begreifen uns immer als angeschautes Wesen, machen uns schick und kaufen teure Anzüge, und selbst wenn wir alleine sind, ziehen wir uns halbwegs vernünftig an, weil wir uns im Spiegel nicht enttäuschen wollen. Der Mensch ist das Publikumstier, das Leben sein Zoo. Ein Zoo, aus dem man flüchten kann, weglaufen kann, so wie ich: Doch die mit dem Körper auch die Sehnsucht erschöpfende Wirkung des Laufens hält immer nur so lange an, bis man danach eine lange Nacht geschlafen hat und die Sehnsucht sich mit Muskelkater einem neuen Tag entgegenreckt. Dann ist man wieder drin in seinem Käfig. Fiese Regeneration, die immer auch die Sorgen reanimiert.

Weil ich eines dieser Zootiere bin, werde ich mich irgendwann wieder paaren müssen: Beim Alleinsein stößt man immer an den Punkt, an dem Freiheit zur Einsamkeit wird. Wenn man es sich mal wieder aus einem Gefühl der individuellen Stärke mit allen verscherzt hat, die individuelle Stärke sich zur Schwäche verkehrt und man plötzlich den kalten Hauch des Weltallvakuums spürt, den Horror, als Alternative zur Mitmenschengesellschaft ganz alleine durch den Kosmos zu kugeln: Dann muss man sich wieder domestizieren, freundlich sein, bescheidener auftreten, auf Menschen zugehen, voll motiviert sein für Bewerbungsgespräche für Konstellationen, die gelingendes Leben versprechen. Zu zweit errichtet man Luftschlösser, temporäre Paläste. Mehr als dass sie bestehen bleiben, kann man nicht erreichen. Und dann wieder aufbrechen, durch die Wälder und in die Welt hinaus!

Denn genießen kann man die individuelle Freiheit nur, wenn man weiß, dass ein unsichtbares Band jederzeit zu einem Menschen führt, zu dem man zurückkehren kann. Wie es mich früher zu ihr führte, bis sie ging und das Band mit sich in die Tiefe riss. Unser Königreich zerfiel, der Monarch ging in ein lebenslanges einsames Exil. Wenn ich hier und heute stürbe, wenn mein Lauf eine Selbsthinrichtung wäre und mein überanstrengtes Herz einfach zu schlagen aufhörte, wäre auf meiner Beerdigung nicht allzu viel los.

Wie schön weit es hier oben ist: Wie eine Landschaft hat das Leben genau dann eine ideale Dichte, wenn man sich freut, sobald man einen anderen Menschen trifft. Ja, ja, komm her, sagt man dann zu Wildfremden, lass dich umarmen, ein kleines bisschen Liturgie für uns zwei, und du kannst mir ruhig mal auf die Schulter klopfen und mir sagen, wie toll ich bin!

Bis zum Horizont, also bis zur Passhöhe, sehe ich keine Fahrzeuge, die Straße ist leer. Aber ich laufe jetzt nicht mehr alleine, sondern habe einen tierischen Begleiter. Wie damals in München, als auf meiner Nachtlaufstrecke, dem beleuchteten Isartalbahnradweg, der vom Asam-

Schlössl dezent zwischen den Großvillen ansteigt, ein Fuchs neben mir lief. Bürger, schaut auf dieses Paar!

Jetzt trabt ein Wolf neben mir her, wirft mir einen registrierenden Blick zu, blickt sonst aber stur geradeaus, läuft zielgerichtet bergauf, die Nase am Boden. Ich will ihn Harry nennen. Harry, ein Läufer. Wölfe laufen als Einzelgänger weite Strecken, auf Weibchensuche, um ein neues Rudel zu gründen, meistens kommen sie aus Tschechien oder Italien rüber. Uns geht das nichts an, Wölfe sind scheue und kluge Tiere, auch wenn sie da sind, ganz nah bei uns, sehen wir sie nicht. Am nächsten Bach reißen Harry und ich gierig die Mäuler auf, keiner zieht die Lefzen hoch, keiner knurrt, wir löschen stumm nebeneinander unseren Durst.

14 Prozent Steigung, das ist aber auch ein steiles Biest hier, ein wahres Joch, flammendes Höllenjoch, da muss man literweise Bergquellwasser saufen. Gegen Steilheit kann man nicht ankommen, man muss auf eine Art hochlaufen, die es einem ermöglicht, sich während des Laufens zu erholen. Zumindest noch mal gut aussehen, bella figura machen, auch wenn man nur mehr ein Pappkamerad ist, der innerlich verfault.

»Totenstein 2232 Meter« sagt das Schild. Weder Autos noch Motorräder stören die Hochtalruhe. Ich laufe, mache keine Geräusche außer Nasenatmung und gelegentlichen Anstrengungsseufzern, Harry hechelt, und ich bin allein mit den Dingen und meinen Freunden, in meiner ganz privaten Talkshow, meiner montanen Meditation.

Das ist es, wofür ich immer trainiert habe. Wie lange das wohl noch geht, wie lange ich das wohl noch machen kann?

Ab 30 beginnt das beste Alter dafür, zehn sehr gute Jahre habe ich mindestens noch vor mir. Gab doch mal diesen äthiopischen Läufer, Olympische Spiele Moskau 1980, der mit 42 Jahren zweimal Gold über die Langstrecken geholt hat, und diesen norwegischen Eisläufer gab es auch, der erste mit Kapuzenanzug (Vorsprung durch Technik), der war 47, und es gab Al Arnold, den fünfzigjährigen Death-Valley-Pionier.

Wie jung Sportler sind, sagen wir 28 Jahre, wenn sie als erwachsene Männer gelten und von ihnen in der Öffentlichkeit gefordert wird, dass sie gefälligst Verantwortung übernehmen und »eine Mannschaft führen« müssten! Nimmt man diese Projektionen der Öffentlichkeit ernst, dann wirken die 28er-Männer tatsächlich wie junge Götter, als könnten sie die Welt schultern, als könnten sie mehr tragen als man selbst.

Doch dann sieht man genauer hin, überlegt und staunt, dass sie fünf Jahre jünger sind als man selbst. Und dann weiß man, nein, sie können die Welt garantiert nicht schultern. Im Gegenteil: Wahrscheinlich schlafen sie schlecht, erstens, weil sie wissen, dass die Projektionen völlig irreal sind; dass sie die Erwartungen nicht erfüllen können, und zweitens, weil sie bei ihren Profisportler-Kollegen sehen, wie schnell es bergab gehen kann. Die Klügeren planen ein Leben nach der Sportkarriere, weil

Profisport ein historischer Irrtum ist, der in jeder Biografie eine Jugendsünde darstellt, die man sich nur bei guter Lebenslügenversicherung leisten kann.

Denn als junger Mensch ist man schnell erfolgsverwöhnt und leidet, wenn später der Erfolg ausbleibt. Wettkämpfe zu gewinnen ist schön, besonders schön für *einen* Teilnehmer, während es für alle Nichtsieger viel weniger schön ist. In vielen Disziplinen kann man nicht lange erfolgreich sein, brennt während einiger Wettkämpfe sein alles überstrahlendes Licht ab und verglüht wie eine Sternschnuppe, nichts anderes ist die Bedeutung von »Shootingstar«. Nach dem Verglühen folgen die wichtigsten Lektionen im Lehrplan der Starschule: Abtrainieren, das Leben mit frischen Laken beziehen, Auskühlen lernen.

Profisportler: Männer, die als Veteranen gelten, in einem Alter, in dem andere gerade mit dem Studium fertig sind. Am biografischen Punkt, da diese anderen munter die Welt angreifen, führen Profisportler, deren Kräfte nachlassen, defensive Rückzugsgefechte, weil sie von der tolldreisten Meute der nächsten Generation attackiert werden. Am schlimmsten ist das Infrage-gestellt-Werden, das Nicht-mehr-erfolgreich-Sein, der Kontrollverlust im Wettkampf und das Nicht-länger-der-Beste-Sein für Schachweltmeister: weil sie ganz oben waren, die Königsdisziplin des Intellekts beherrschten, die totale geistige Dominanz besaßen, ihren Willen durchsetzten, ihn jedem Gegner aufzwangen. Unbesiegbarkeit war für sie keine Illusion.

Doch dann geht ihre Karriere ganz banal biologisch zu Ende, weil die Rechengeschwindigkeit im Gehirn nachlässt. Ein Glück, dass mich keine Konkurrenz jagt: Es muss schrecklich sein, wenn die jungen Wölfe, die beim Schach so schnell nachrücken und die so wirklich jung sind, wenn diese Wölfe dann den Weltmeisterbären jagen und ihn in die Schnauze zwicken, sich festbeißen, bis er fällt, um ihm das Fell abzuziehen. In der Nähe des Futternapfes darfst du dir keine Schwäche erlauben.

Garri Kasparow spielte am Ende nur noch selten: die Angst vor den Niederlagen, die ihn langsam, aber sicher erwarteten. In den Achtzigern spielte er alleine gegen komplette Nationalmannschaften, Argentinien, die Schweiz, Israel – und er zertrümmerte sie, alleine gewann er simultan gegen vier Gegner, die jeder für sich so viel Bedenkzeit hatten wie er für alle vier Partien zusammen.

Es sind Momente des Schmerzes, mit denen in der Schachwelt Herrschaftsperioden enden und neue beginnen. Manche Schachweltmeister zogen sich rechtzeitig zurück, sodass sie ihre Entthronung nicht erleben mussten. Bobby Fischer hat am Ende gesagt, als er alles erreicht hatte und kein Wettkampfschach mehr spielte, Schach sei geistige Masturbation. Seinen Weltmeister-Nachfolger Anatoli Karpow erkannte er nicht an und erfand sein eigenes Spiel: Bobby Fischer Random Chess, Schach, bei dem die Positionen der Figuren auf der Grundlinie ausgelost werden. So entsteht ein neues Spiel, frei von Eröffnungstheorien, aber vor allem eine Plattform, von der

Bobby Fischer auf die Welt des konventionellen Schachs hinabblicken konnte. Wenn man das Drainagesystem der Weltabwehr nicht überbeanspruchen will, muss man seine eigene Form finden.

Jung sterben können Schachgenies nicht. Sie leben nach ihrer Blütezeit meist ein seltsames Leben weiter und machen komische Sachen. Was sollen sie auch sonst tun, nicht wahr, Harry?

Mein Blick fällt immer wieder auf das Haus neben der Passhöhe und bleibt an dieser steinernen Marke hängen. So markant wie jetzt habe ich das Haus noch nie wahrgenommen. Ist es vielleicht ein altes Hospiz? In den Bergen stehen Hospize immer für Zuflucht, für eine schützende Unterkunft in stürmischer Nacht, für eine Möglichkeit zum Weiterleben. In der Ebene geht man nur zum Sterben ins Hospiz. Das Paralleluniversum sind wir.

Der dunkle Hügel auf der anderen Seite, scharf rechts, das ist der Monte Turati. Seine berühmte Nordflanke. Der Luchs lebt dort, er ist zurückgekehrt, ein großer Läufer. Es soll auch wieder Bären geben, ich zeige dir, wo sie fischen, Harry.

Harry der Wolf ist nach rechts ausgeschert, läuft jetzt unter mir am Flussbett des Timmelsbachs, passiert ihn an einer flachen Stelle und läuft schräg den Hang hinauf Richtung Monte Turati. Servus, Harry, mach's gut! Er geht den Weg, den alle wilden Tiere gehen müssen, wenn sie in Menschennähe waren: Er wildert sich wieder aus. Er gehört nicht zu den Wölfen, die einst mit eingezogenem Schwanz zu den Indianern im Südwesten schlichen und sich selbst domestizierten, weil sie des beschwerlichen Jagens müde waren.

Die Felsen hier sind braun und schwarz, die Murmeltiere auch, klar, bestens angepasst zur Tarnung, sonst holt sie der Steinadler sofort. Ein Murmeltier spielt in bestem Method-Acting einen Stein, bis ich nur noch einen Meter von ihm entfernt bin. Ich? Wir. Denn neben mir läuft jetzt ein zierlicher Äthiopier, 1,64 Meter groß, einen Zentimeter kleiner als Sky Lopez. Er wiegt nur 55 Kilogramm, trägt eine kurze rote Hose und ein grünes Trägershirt, auf dem »ETHIOPIA« steht, seinen linken Arm hält er abgespreizt. Lächelnd fliegt der Mann dahin: Es ist der große Neftenga, Haile Gebrselassie, wir haben uns zuletzt in Addis Abeba gesehen. Ich nicke ihm zu, weil mir für ein »Hello!« die Kraft fehlt.

»Was hast du im Kopf?«, fragt er mich, und da kann ich reden.

Ich sage ihm, dass ich das auch nicht so genau weiß. Ich habe Dinge im Kopf, über die ich überrascht bin, wenn ich mich sie referieren höre. Ich weiß, dass ein Trüffelhund 10 000 Euro kostet, die Orientierungsorgane der Haie Lorenzinische Ampullen heißen und dass es unmöglich ist, den kürzesten Weg zwischen 26 Städten auszurechnen. In der Grundschule beherrschte ich den Zauberwürfel in Rekordzeit, würde mich mal interessieren, ob ich das heute noch kann; ob diese Fähigkeit irgendwo aufgehoben ist im Kopf, im Langzeit-Arbeitsspeicher. Ich weiß von dressierten Raubwanzen, mit denen man Raubtieren Blut abnimmt, um sie nicht unnötig zu stressen, und ich kenne den Inger, den Schleimaal, der alle Feinde durch Bildung einer gallertartigen Masse abwehrt. Selbst Möwen fressen den nicht, nichts zu machen, zu schleimig, er flutscht ihnen aus dem Schnabel. Er lebt schon seit Urzeiten in unseren Meeren, schon vor den Dinosauriern war er da. All das braucht kein Mensch. Ich weiß nicht, warum ich mir so was merke, es bleibt irgendwie hängen.

»Du merkst dir das, weil du läufst«, sagt Haile. »Laufen regt die Vernetzung der Synapsen an. Die meisten Menschen bewegen sich zu wenig: Wenn ein Haus einen Aufzug hat, dann wird er auch benutzt.«

Ich atme ruhig und sammle Kraft für eine Frage: »Haile, ist Laufen das einzige, das uns bleibt?«

Er spricht, ohne mich anzusehen, mit klarem Blick nach vorn: »Das Einzige vor der Ewigkeit. Bald kehren wir zurück ins Paradies: Der Himmel ist eine Landschaft, die auf 2000 Metern liegt, durchzogen von Laufstrecken von unterschiedlicher Länge und Beschaffenheit, mal laufen wir auf Waldboden, mal auf Schnee, Fels oder in knöcheltiefem Sand. Anspruchsvolle Profile, versteht sich. Das Laufen ist eine Form des Seins, die man nie verlassen darf. Als Kind hatte ich einen Schulweg von über zehn Kilometern, den ich jeden Tag hin- und zurückgelaufen bin. Noch heute halte ich beim Laufen den linken Arm höher als den rechten. Mit diesem Arm habe ich meine

Schulsachen getragen. Kornell, verscharre die Welt unter den Büschen und lauf!«

Gebrselassie lässt sich zurückfallen, denke ich, denn nach vorn kann er nicht enteilt sein, und ich sehe ihn nicht mehr. Ich laufe weiter. Dann halte ich schon wieder an einem Bach, ich muss trinken, in mir ist alles trocken.

Das herrlich kalte klare Wasser sprudelt über eine Felsstufe, ich gieße es mir über den Kopf und saufe mit weiten Wolfszähnen. Es ist so kalt, dass es sofort wieder rauswill. Ich fummle unkoordiniert an Le Schrumpf herum und pinkele in den Bach, aus dem ich eben getrunken habe, alles eine Frage der Reihenfolge. Das Sonnenlicht lässt den wässerig klaren Strahl prächtig golden erscheinen, Fliegen und Insekten, deren Namen ich nicht kenne, umschwirren ihn, wollen sich daran laben. Es finden sich wirklich für alle Dinge Liebhaber.

Gespanntes Gefühl in den Wangen, auf der Nase auch, da kann ich so viel eincremen, wie ich will. Blicke meinen Körper hinab, die Brust ist wahrscheinlich auch verbrannt, aber im grellen Sonnenlicht sieht man das nicht.

Weiter, weiter, es sind nicht mehr viele Kehren. Ein Igel rennt schnaufend vor mir über die Straße. Wusste nicht, dass es die so weit oben gibt, ziemlich flexibel ökologisch eingenischt, die Guten. Pass bloß auf, dass dich niemand überfährt! Damals schob ich mein Dreigangrad hier hinauf. Jetzt werde ich von meinem Ego geschoben, mein Wille schiebt meinen Körper. Und ich bin wirklich nicht mehr allein, jetzt läuft die Zauberkatze neben mir, rostrote Freundin, meine starke Begleiterin, Venus im Pelz. Komm, komm, lauf Achten zwischen meinen Beinen entlang, hopp, spring auf meine Schulter! Ja, ja, so ist's brav.

Es gluckert in meinem Magen. Habe wohl zu viel getrunken. Mein Magensack baumelt wie ein schlaffer Ballon, halb mit Wasser gefüllt, im Rumpf. Das Pendel schwingt nach links und rechts, nach vorne und nach hinten, schlägt gegen Bauchdecke und Zwerchfell. Fühle mich wie ein Glockenturm von Notre-Dame, in dem Quasimodo gerade einen Anfall hat.

Was funkelt da golden im Sonnenlicht? Liegen da leere braune Bierflaschen am Straßenrand, die ich aufsammeln und nach Sölden bringen muss? In den Supermarkt am Ortsausgang? Muss ich zurück zum Beginn des Kreuzwegs? Mama, wie viel Pfand bekommen wir dafür?

Als ich unaufmerksam war, hat jemand meine Beine mit Beton ausgegossen. Jetzt sind sie zwei steife Säulen, die ich den Berg hinaufschleppe. Zwei schwergewichtige Stummel, vom Willen getragen. Ich höre das Brüllen der Löwen, die Freudenschreie der Seehunde. Raubkatzen, Elefanten, Schlittenhunde, hört, hört auch ihr den Ruf, ihr müsst laufen, frei laufen! Ich sehe die Tiere vor mir, in Superzeitlupe auf ihre Art laufend: mit zusammenfaltendem und ausdehnendem Körper sprintend die Katzen, leichtfüßig trottend die Elefanten, hechelnd trabend die Hunde. Und Tränen füllen mir die Unterlider und schwappen dann über die Kante wie die Isar über die Dammkrone des Sylvensteinspeichers. In einer Stunde erreicht die Flutwelle München.

Und wenn sie mich erfasste, mir kalt von hinten in den Nacken schlüge … Und wenn schon: Ich würde schwimmen wie der Mann aus dem Meer, der letzte Faller, einziger Überlebender des versunkenen Reichs, würde schwimmen wie ein Schmetterling, mit dem Oberkörper dynamisch aus dem Wasser schnellen, würde schwimmen wie ein Delfin. Man wird beim Laufen hier draußen wieder Tier, hinterher werde ich mich an diese einzelnen Momente, an die Gedanken und an die Schmerzen nicht mehr erinnern, nur an mein intensives Sein. Der Geist ist nur noch als Schaltzentrale für den Körper da. Ich wildere mich aus.

Bin wahrlich nicht mehr allein. Ihr könnt aufhören, mich einsam zu nennen. Denn sie ist aus dem dunklen Norden zurückgekommen (ich habe das alles nie glauben können, Estonia war für mich immer nur ein Wort) und läuft jetzt neben mir, so wie sie damals lief, als ich sie zum ersten Mal laufen sah: Bundesjugendspiele, wir Jungs sind schon fertig mit allen Disziplinen und haben die Ehrenurkunde in der Tasche – das Erringen einer Ehrenurkunde war das Pflichtmaß an Wettkampfanstrengung, denn Siegerurkunden konnte man sich aus Gründen des sozialen Status nicht leisten –, jetzt liegen wir auf der Hochsprungmatte in der Sonne und schauen den Mädchen beim 800-Meter-Lauf zu.

Da sehe ich sie, schwitzend, abgekämpft, technisch k. o., sie raucht damals Zigaretten und denkt: no sports.

Sie läuft federnd, die goldene Halskette mit dem goldenen K-Anhänger hüpft funkelnd im Sonnenlicht. Ihr federnder Laufstil von damals ist geblieben, doch jetzt fällt ihr alles ganz leicht. Sie reicht mir eine vor Kälte beschlagene Wasserflasche und zwei Feigen. Ich gieße mir das Wasser zur Hälfte in den Mund und über den Kopf. Das körnige süße Mus der Feigen sauge ich aus ihrer dünnen, klebrig aufplatzenden Schale, Gelpacks der Natur. »Hör mal, Blaulicht!« Hat sie das gesagt? Ist sie schon wieder weg? Verschwunden in der Sterbeschneise?

Der Fruchtzucker geht sofort ins Blut und gibt mir noch einmal Kraft, letzte Kraft. Beschleunigen, Höchstgeschwindigkeit bergauf, an der oberen Grenze. Auf dem letzten Kilometer kann man ruhig mal durch den Mund atmen, das Maul aufreißen, zischen und hecheln, schnaufen wie eine Gams. Das Intervalltraining, die Schmerzen, die Engadin-Zeit, die Höhentrainingslager mit Cordonbleu-Doping, für irgendwas muss die Arbeit am eigenen Körper ja gut sein. Warmes Kribbeln überall, mein Körper hat kein Gewicht mehr, Metabolismus, weiter.

Ich gehe steil, ich gehe so was von steil. Gebrselassie, ein Name von gestern, ich hänge die Äthiopier und Kenianer ab, setze mich durch, ich, der Einzige, der mit den Ostafrikanern mithalten kann, ich, der weiße Afrikaner. Trage wie sie beim Laufen weiße Kniestrümpfe, die die wertvollen Waden bescheiden bedecken und schützen wie Hüllen auf teuren Golfschlägern.

Der Schnee hier oben strahlt eine Kälte aus, die man

nicht immer unmittelbar fühlt. Ich spüre seine Gegenwart als Kraftfeld in meinem Körper, als sei der Schnee magnetisch und lüde meine Spulen auf. Er gibt mir Spannung, Energie, löst einen Wirbelstrom in mir aus, Sommerschnee, ein Induktionsmotor, der hilft, mich anzutreiben. Jetzt, in den schattigsten Passagen der letzten Kurven, stürzt die eisige Luft von den Schneefeldern in die Asphaltrinne hinab wie aus einem Gefrierfach auf den Küchenboden. Von den Waden bis zum Bauchnabel werde ich gekühlt, kochender Schweiß gerinnt zum Eisbach, und oben brennt die Sonne auf meine Schultern. Hier oben ist Sommer und Winter zugleich.

Da ist ein rotes Schild, »2420 Meter«, davor steht ein Schaf und reißt mit dauerhafter Hingabe Grasbüschel zwischen den Schneeflecken aus, an Stellen, an denen der Frühling stark genug war. Und da ist auch Al Arnold in seinen weißen Tennishosen, er läuft also immer noch, auch wenn er ums Tal des Todes einen großen Bogen macht. »The mind is an excellent cave in which to escape the horde«, sagt er zu mir. Ob ich bereit bin für eine Saison im Abgrund?

Links und rechts von mir werden die Schneemauern höher, das Schmelzwasser strömt über die Straße, spritzt mir bei jedem Schritt kalt bis an die Rückseite der Oberschenkel. Die Schneewände sind von der Schneefräse in Rundungen ausgeschabt, darin Reste von grauschwarzem Granulat und riffelige Spuren, wie sie eine Eiskugelzange im Stracciatella-Eisblock hinterlässt.

So entstehen in den Schneewänden lamellenartige Strukturen wie in einer Vagina. Ich strecke im Vorbeilaufen meinen rechten Arm aus und berühre die Lamellen mit den Fingern, lasse die ganze Hand darübergleiten. Die oberste Schicht schmilzt glatt unter der Wärme meiner Haut dahin, das harte kantige Eis reißt zugleich an den Fingerkuppen.

Ich höre das Flattern, hebe den Blick und sehe die rote Fahne mit dem blauen Timmelsjoch-»T« auf der Passhöhe wehen.

Die letzten Meter, ich hämmere meine Ballen auf die Straße, als wären da vorne Spikes dran und die Straße aus Tartan, komme aber nicht wesentlich schneller vom Fleck. Der Asphalt klebt an meinen Sohlen, im ganzen Körper brodelt ein Säuregemisch, die Uranbrennstäbe strahlen aus den Oberschenkeln durch ihre Betonsarkophage hindurch, das Herz hämmert von innen an die Schädeldecke. Bumm!, bumm!, bumm! Blutgeschmack im Mund und ich auf dem Road-to-Nowhere-Fließband.

Danke, Pass, das hast du gut gemacht, mein Steilpass, mein Doppelpass, mein biometrischer Pass.

2509 Meter.

So.

Das hätten wir.

Geschafft.

Jetzt nicht stehen bleiben oder hinsetzen, das weiß ich doch, Frau Maximowitz. Ich nehme die Arme hoch. Gehe.

Haben Sie einen heißen Tee? Nein? Nur Wasser? Nein, danke, erst mal nicht.

Will und muss aber doch mal stehen bleiben. Für einen Moment lehne ich am geschlossenen Schlagbaum der Mautstraße, meine Beine in Österreich, Rumpf und Kopf beugen sich rückwärts nach Italien. Auch hier warten keine Fahrzeuge, wie auf der Gegenseite, auch diese Station wirkt verlassen. Wenig los heute. Besser bewegen, bevor die Totenstarre einsetzt und ich komplett am Schlagbaum versteife.

Ich wende mich nach links, gehe am menschenleeren Passhöhenrestaurant vorbei und hoch zur steinernen Hütte, die in meiner Vorstellung ein Hospiz ist.

Auch wenn meine Beine nur mehr zwei stumme Stelzen sind, mit denen ich nichts mehr zu tun habe, kann ich immer noch leichtfüßig bergauf gehen. Zum Laufen bin ich eigentlich zu groß und zu schwer, 73 Kilogramm auf 1,86 Meter.

Vor der steinernen Hütte steht ein Baum. Dohlen singen in der amerikanischen Platane. Igel, Platanen, was in der Höhe alles möglich ist. Hier oben werden Platanen nicht sehr groß, Bonsai by nature.

Ich drücke die eiserne Klinke der schweren Holztür herunter, sie ist nicht abgeschlossen, und trete über die steinerne Schwelle des Passhöhenhauses. Es ist kühl und staubig. Steinfußboden, Halbdunkel, nur durch die Ritzen zwischen den geschlossenen Fensterläden fällt etwas Licht. Eine elektrische Beleuchtung gibt es nicht, auf dem großen Esstisch steht eine Gaslaterne. Das Erdgeschoss besteht aus einem einzigen großen Raum, der Wohnküche, verbeulte schwere Töpfe und gusseiserne Pfannen hängen über dem Herd, der zugleich Kachelofen ist. An der hinteren Wand führt eine Treppe nach oben, in den ersten Stock, dahinter liegt der Stall für die Tiere.

Ich gehe durch den Raum, stoße die verkohlten Pfannen an, die wie ein dumpfes Mobile erklingen. Eine der Fußbodenplatten wackelt, als ich auf sie trete, sie ist ganz locker, hat an den Rändern fast einen Zentimeter Spiel. Ich bücke mich, greife mit den Fingerspitzen in die Lücke zwischen den Steinen, hebe die Platte an und schiebe sie schräg über die Nebenplatten zur Seite.

Darunter befindet sich ein Schacht, nicht größer als der eines Zustiegs zur Kanalisation. Eine Leiter aus nassem kühlem Holz, an manchen Stellen faulend, führt in die Tiefe. Nach zwei, drei Metern verschwindet sie in der Finsternis.

Ich setze den Rucksack ab, dehne meine Beine, esse meine letzte Banane, schmeiße das juckende Stirnband weg, setze die Stirnlampe auf und binde mir den Skirolli um die Hüften. Den Rucksack brauche ich nicht mehr, er ist leer, das wenige, das ich noch habe, passt in meine Hosentaschen.

Ich klettere rückwärts hinunter. Kalte Luft streicht über meinen nassen Oberkörper und durch die nassen Haare. Der Schacht ist nicht ausgebaut, wirkt wie von Hand aus dem Fels gehauen. Milchiges Wasser tropft die

Wände herab, in Nischen haben sich Tropfsteine gebildet, scharfkantige Felsabbrüche stehen hervor.

Als ich mich zur Seite wende, schrammt einer dieser Steinkeile an meiner rechten Brust entlang. Oberhalb der Brustwarze klafft die Haut auseinander, aus dem Schnitt blutet es schwach, der kalte Schweiß brennt in der Wunde.

Dann habe ich Boden unter den Füßen, wieder Steinplatten. Ich weiß nicht, wie tief ich geklettert, wie weit ich jetzt im Berg bin. Hier beginnt ein horizontaler Gang, schmal, mit niedriger Kuppeldecke, gründlich und ordentlich aus dem Fels gearbeitet, aber nicht beleuchtet. Gut, dass ich die Stirnlampe habe. Der Gang führt nur in eine Richtung, ich muss also keine Münze werfen, die ich auch gar nicht mehr besitze, weil ich sie zu Milch gemacht habe. Es riecht schwach nach Diskothekennebel, doch die Luft ist klar, nur mein Atem schlägt kleine Wolken.

Ich gehe los, das Flutlicht schweift voraus in die Dunkelheit. Neben meinem Atmen höre ich nur das Knirschen meiner feuchten Gummisohlen auf dem Steinfußboden. Dann erkenne ich den entfernten Hall von Klaviermusik. Scharfe Kurve nach rechts, und ich sehe den Rahmen einer Seitentür. Aus dem Raum leuchtet es, nicht so, als sei er erhellt, sondern als reflektierte durch die Tür das kalte grünliche Licht der Leuchtziffern einer riesigen Taucheruhr. Vielleicht bekomme ich hier etwas anderes zu trinken als Wasser, denke ich, setzte die Stirnlampe ab und ziehe meinen Skirolli über, no shoes, no shirt, no service.

Ich betrete den Raum. Es ist eine Bar, eine gut besuchte Bar, Menschen stehen herum, Menschen sitzen an einer etwas mehr als einen Halbkreis beschreibenden Theke, Menschen sitzen in Ledersesseln an Tischen, trinken Wein und essen kurz gebratenes Fleisch, rot und blutig. Die Decke wird in der Mitte des Raums von einer breiten Säule getragen, die von innen kalt blaugrün leuchtet, die einzige Lichtquelle hier. Eine Sängerin stellt die weite Welt in die Bar hinein, neben ihr ein Pianist am schwarzen Flügel.

Ich laufe zwischen den Gästen entlang, sehe mich um, ich bin hier kein Fremder. Die Party ist in vollem Gange, meine Stimmung bestens. Ich mache endlich die Witze, die ich immer schon machen wollte, aber bislang vergeblich auf die ideale Gelegenheit mit dem idealen Publikum gewartet habe.

»Was machst du denn hier?«, fragt mich ein junger Rennradschnösel in einer Maillot-Jaune-gelben Hitler-Jugend-Uniform.

»Ich bin schon Pässe hochgefahren, da warst du noch bei deinem Vater im Sack«, sage ich.

Eine Frau, Frau von der U., graues Kostüm, hohe Absätze, mindestens acht Zentimeter, fragt mich: »Weißt du, wo die Desserts stehen? Junge, ich habe vielleicht einen Hunger auf was Süßes!« Ich erkenne sie an der Stimme …

Ich frage sie aber nicht, ob ihr mein Buch gefallen hat, sondern antworte ganz ruhig: »Baby, du kannst mir einen blasen, ich habe Zucker.«

In einer Ecke steht ein Tisch, der sich von den anderen Tischen unterscheidet; in die Platte sind mit hellem und dunklem Holz, Buchsbaum und Mahagoni, 64 quadratische Felder und ein Koordinatensystem eingearbeitet. Es ist ein Schachtisch: Hinter den schwarzen Figuren sitzt ein Mann, es könnte Wassili Iwantschuk sein, er sieht ihm zumindest sehr ähnlich und trägt einen dieser unabsichtlich psychedelischen Strickpullover für mittelalte Herren, wie sie von Carlo Colucci hergestellt werden. Iwantschuk hat den Kopf in die Hände gestützt, er grübelt über der Stellung, blickt aber nicht auf das Brett, sondern abwechselnd zur Decke und durch alle Anwesenden hindurch in den Raum. Dann zieht er seinen Turm auf d7.

Ich trete an den Tisch, nicke dem Spieler stumm zu und erkenne, dass es sich um die Stellung handelt, die Iwantschuk 1996 beim Turnier in Wijk aan Zee gegen Alexei Schirow auf dem Brett hatte, Semi-Slawische Verteidigung, Botvinnik System, D44 im Codesystem der »Encyclopedia of Chess Openings«. Doch damals führte Iwantschuk die weißen Steine. Auf den ersten Blick ist die Stellung völlig ausgeglichen, materiell wie positionell.

Ich beuge mich zum Brett hinunter und ziehe die Dame auf das leere Feld g7, wo Iwantschuk sie mit seinem Läufer schlagen kann, nein, schlagen muss, um einen Nachteil zu vermeiden. Ja, ich ziehe die Dame aufs unschuldig leere Feld g7, wo vermeintlich keinerlei Gefahr drohte: Ein Zug, der in Kasparows Worten ein »testosterongetriebener Urschrei« ist.

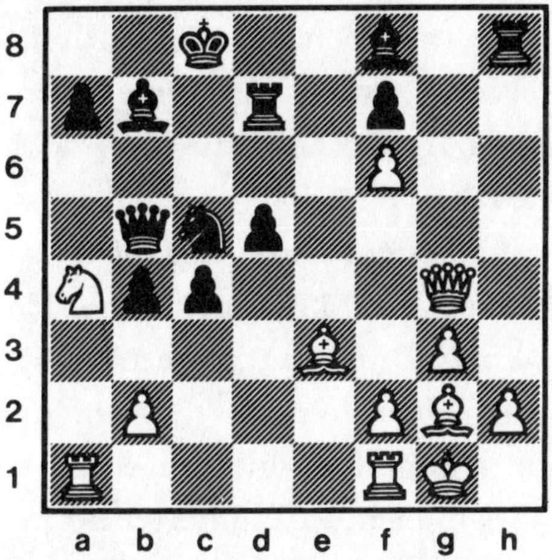

Ich drücke auf die Schachuhr, verschränke die Arme vor der Brust und trete einen Schritt vom Tisch zurück. Um uns herum stehen die Menschen mit Cocktail- und Weingläsern in der Hand, blicken auf die Stellung und flüstern sich zu, Fragen, Erklärungen, großer Kommunikationsbedarf, obwohl man sich zum Stillsein verpflichtet fühlt, zischendes Staunen und vereinzelt glucksendes Verstehen.

Iwantschuk schlägt die Dame mit dem Läufer, betätigt die Schachuhr, blickt einige Momente konzentriert zur Decke, als wachse dort ein neuer Tropfstein heran, und steht dann auf, um mir zu gratulieren.

»I must have seen this«, sagt er mit seinem dunklen ukrainischen Akzent und schüttelt den Kopf. Seine Stimme ist extrem tief, tiefer, als ich sie in Erinnerung habe, die Steinplatten am Boden scheinen zu vibrieren. Ja, es ist alles da, man muss es nur *sehen.* Alle Fehler sind auf dem Brett, sie müssen nur noch gemacht werden.

Ich habe Wassili Iwantschuk besiegt und weiß, dass mich die Menschen nun bestaunen, versuche aber, so zu tun, als würde ich es ignorieren, ach, als wüsste ich es gar nicht. Ich kann mit dem Triumph gut leben.

An der Bar sitzt ein Mann mit langen Haaren, Stirnband und Vollbart. Dünn und fragezeichenförmig hockt er da. Zuvor habe ich ihn nicht gesehen, entweder er ist erst nach mir gekommen, oder die Säule hat die Sicht verdeckt. Sein schmaler, austrainierter Körper verrät mir, dass er Bergsteiger ist. Er trägt einen dunkelblauen Reißverschlussrolli und eine grüne Trägerhose. Seinen Rucksack hat er an den Barhocker gelehnt. Es ist ein kleiner, nur mit dem Nötigsten bepackter Rucksack, nicht einer dieser Riesensäcke, wie sie die ganzen Trekker und Tramper durch die Gegend schleppen, als wären sie auf der Flucht aus Ostpreußen.

Ich setze mich zu dem Bergsteiger an die Bar, bestelle ein eisgekühltes Malzbier und stütze den Kopf in die Hand, um unauffällig mit dem Daumen auf die Schläfe gegen meinen Kopfschmerz drücken zu können. So fremd bin ich dann also doch hier, dass ich Unpässlichkeiten nicht offen zeigen will. Ich merke, wie mir die Augen zufallen. Ich zucke hoch und setze mich aufrecht hin. Wenn ich jetzt nicht rede, schlafe ich ein.

»Die Alpen sind mir zu klein geworden«, sagt der Bergsteiger mit niedergeschlagener Stimme.

»Ich hoffe, dass ich das nie sagen muss«, sage ich und nehme einen tiefen Schluck vom Malzbier, das süß, etwas bitter, eiskalt und sättigend ist. Ich spüle damit die letzte Kopfschmerztablette hinunter, obwohl ich weiß, dass Stechen und Pochen erst durch einen großen tiefen Schlaf verschwinden werden. Friede seiner Schläfe.

»Nur in der Höhe kann man entkommen, die Höhe ist human: Barbarisch wäre eine Welt, in der es keine Berge gäbe«, sagt er und berichtet mir von seinem Plan, im Himalaja im Alleingang den gefährlichsten Berg der Welt zu besteigen.

Sängerin und Pianist befinden sich in einer ruhigen Nummer. Fast ohne Vibrato in der Stimme singt sie: »All the sad young men/Singing in the cold/Trying to forget/That they're growing old.«

Zu meiner anderen Seite sitzt eine Frau. Sie ist schön, schweres Parfüm, ihr Kleid glänzt silbrig, als wäre es aus Flüssigmetall. Ich erzähle ihr vom Laufen, vom Radfahren, von Körper und Geist, vom Erfolg und vom gelingenden Leben. Sie sieht mich mit grünen Augen an und sagt zu mir: »Ich kann dir nicht folgen, höre dir aber gerne zu.«

Ich frage die Flüssigmetallfrau, ob sie die Geschichte von dem Jungen kennt, der auf seinem Frühstücksei ein Fenster entdeckt, hinter dem sich ein Paralleluniversum verbirgt. Das Fenster wird geöffnet, und ein anderer Junge blickt aus dem Ei-Universum nach draußen. Dann reden sie, finden aber nicht zueinander. Ich habe diese Geschichte mal gelesen oder als Film gesehen, kann mich aber nur vage erinnern.

Sie hört mir nicht richtig zu. »Amüsier dich einfach, Carlo, ist doch schließlich deine Party«, sagt sie und spricht meinen Namen so weich aus, wie ich ihn noch nie gehört habe.

»Meine Party …?«

Da wird ein Rednerpult neben das Klavier geschoben, Sängerin und Pianist gehen an die Bar. Mein Untergiesinger Nachbar, der Erfolgsschriftsteller, tritt ans Pult und hält eine Laudatio, eine Laudatio auf mich, wie er sagt. Es gelingt ihm jedoch, in seinen einleitenden Worten nur von sich zu reden. Er erzählt eine Anekdote, die davon handelt, wie er seinen Agenten zufällig im Pasinger Bahnhof traf.

»Keine einzige Seite, dafür habe ich gerade Elchfutter gekauft«, sagt der Erfolgsschriftsteller, und die Bar lacht.

Dies sei seine ehrliche Antwort gewesen, erklärt er jetzt, seine Antwort auf die Frage, wie viele Seiten des verabredeten Romans er geschrieben hätte. Sie, die Antwort, sei jedoch, was die Tatsachen betraf, unehrlich gewesen, da es sich in Wirklichkeit um einen Trekking-Fertigfutter-Eintopf mit Elch-*Geschmack* gehandelt habe. Die Pointe, die er dann setzt, bezieht sich auf die Semiotik des Algirdas Julien Greimas, und ich ärgere mich einen Moment, dass sie alle amüsiert tun und ihm diesen Quatsch abkaufen.

Endlich kommt die Rede auf mich. Der Erfolgsschriftsteller sagt, es sei ihm eine Ehre, an diesem In-memoriam-

Abend teilzunehmen. Carlo Kornell sei »ein Rebell« gewesen, sagt er. »Er war ein Rebell und Auflöser aller Rebellion.«

Und dann liest der Erfolgsschriftsteller aus seinem neuen Roman, der »Schlussrunde« heißt und vom Laufen handelt. Darin schimpft ein Icherzähler, der wohl manches mit dem Autor gemeinsam hat, über alles, was sich ihm in den Weg stellt. »Thomas Bernhard in Laufschuhen«, hat die Journalistin, die damals auch die Giesinger Homestory verfasste, in ihrer Kritik in der »Zeit« geschrieben. Sein Verlag wirbt seitdem mit diesem Zitat groß in Annoncen auf den ersten Feuilletonseiten.

Ich würde ihm gern länger zuhören, aber meine Boston-Consulting-Entscheiderin ist vom Dessertbuffet zurück und muss mit mir reden. Sie hat einen Vertrag aufgesetzt und wedelt mit zwei Ausfertigungen vor mir rum, die Stellen, an denen ich unterschreiben soll, sind mit zwei neongelben Klebezetteln markiert. Ich könne die Verträge mit nach Hause nehmen, wo immer das jetzt auch sei. Man sähe es aber lieber, wenn ich hier und jetzt, also sofort unterschriebe. Aber wie auch immer: Das sei bloß noch Formsache.

Was ich denn genau bei Boston Consulting tun solle, frage ich.

»Aber das haben wir doch ausführlich besprochen«, sagt sie. »Tennis spielen für die Firmenmannschaft natürlich!« Und lacht laut auf.

Ich frage den glatzköpfigen Barmann nach den Toiletten und lasse mich vom Hocker gleiten. Vor der Tür setze ich die Stirnlampe wieder auf und gehe durch den Gang zurück zum Fuß der Leiter. Mein Skirolli ist über der rechten Brust blutdurchtränkt. Ich klettere nach oben, ohne anzustoßen, jetzt kenne ich die schwierigen Stellen und spitzen Vorsprünge im engen Schacht.

Im Halbdunkel der Hütte sehe ich auch ohne Stirnlampe genug. Hinten, neben der Treppe, führt eine kleine Tür in den Stall. Sie ist nicht verschlossen, lässt sich aber nur schwer öffnen. Ich drücke mit aller Kraft dagegen, und als ich in den Raum schlüpfen kann, betätige ich mit automatischer Gewohnheit den Lichtschalter rechts neben der Tür. Der Geruch von kaltem Heu und abwesenden Tieren. An der Decke flackern nach brummendem Zögern Neonröhren auf. Der Stall ist mit runden Holzrampen ausgebaut worden, die Rampen gehen ineinander über, es ist eine einzige, glatt verschalte Skateboardbahn.

Ich frage mich, ob die Winkel der Kurven nicht zu spitz sind, um mit dem Skateboard hindurchfahren zu können. An manchen Stellen wird noch gearbeitet, erst das Gerüst der Rampe steht, der glatte Sperrholzbelag fehlt. Ein Akkuschrauber liegt herum und eine Stichsäge, Sperrholztafeln lehnen an der Wand.

Der plötzliche Gedanke, dass hier jemand wohnen und arbeiten muss, der jeden Moment zurückkommen könnte. Die Erinnerung an das Kinderbuch über die Bärenfamilie, die nach Hause kommt und merkt, dass jemand vom Teller gegessen und im Bettchen geschlafen hat. Eine Liedzeile geht mir durch den Kopf: »How I lost my friends, I still don't understand.«

Da sind meine beiden Schulfreunde wieder. Ich bin wieder mit ihnen zusammen, und wir fahren Skateboard, nicht in diesem halb fertigen Halfpipe-Park auf dem Timmelsjoch, sondern auf tempostabilen Longboards die Passstraße nach Italien hinab, die jetzt weniger steil und halsbrecherisch, sondern, ideal zum sicheren Runterfahren, sanft abfällt wie eine Eisenbahnstrecke in den Bergen.

Ich lege mich weit nach hinten und nach vorne in die Kurven und gehe auch mal in die Knie, wie ein Wellenreiter, der ins Wasser greift. Alle drei haben wir kinnlange wehende Haare und werden abends Bier trinken und Marihuana rauchen. Aber ich lasse mich zurückfallen, sehe meine Freunde Vorsprung gewinnen, springe ins Gras am Straßenrand und stehe wieder im Haus auf der Passhöhe, am Fuß der Treppe in den ersten Stock.

Ich steige die Holztreppe hinauf und komme in einen dunklen Flur, in dem eine Tür einen Spaltbreit offen steht. Aufgewirbelter Staub tanzt in einem Streifen Tageslicht. In dem Zimmer steht ein Bett aus schwerem dunklen Holz mit festen weißen Laken bezogen, darauf ein aufgebeultes Daunenplumeau, sichtbar fluffig leicht wie eine Wolke, ein Soufflé von einem Bett. Das Fenster geht nach Süden, ich blicke hinaus und sehe noch höhere Berge, die wohl im Reich Nangilima liegen. Ich schließe die Fensterläden, lasse das Fenster aber auf, Zwielicht mit Durchzug, so mag ich es am liebsten.

Ich tauche die Hände in die Waschschüssel und reibe mir das kalte Wasser übers Gesicht. Es schmeckt klar und frisch, aber ich will mich erst später waschen. Ich ziehe den Skirolli aus, er klebt an der Wunde in der Brust und reißt die ersten Verkrustungen ab. Mein ganzer Oberkörper ist rot und heiß, klar, bei der Strahlung.

Ich setze mich aufs Bett, ziehe die Schuhe aus und habe Mühe, mit meinen steifen Fingern die Doppelknoten in den Schnürsenkeln zu öffnen. Schlammflecken an den Beinen, die beim Kratzen trocken unter den Fingernägeln zerbröseln. Hose und Unterhose streife ich ab und wundere mich über meine Vorhaut, die ganz blau mit Unterhosenfusseln paniert ist. Auf den Knopf rechts unten drücken, Piep!, schon sind 24 Stunden vergangen. Oder hatte ich nicht schon längst die Zeit gestoppt?

Dann lege ich mich ins Bett, herrlich weich und kühl umfängt mich die Decke. Mein Puls schlägt fest in die Schläfen, die Haare sind noch feucht. Ich drücke mit dem Kopf eine geschmeidige Mulde ins Kissen und drehe mich zur Wandseite hin. Und ich sehe euch, meine Mädchen, meine Königinnen.